中公文庫

荒地／文化の定義のための覚書

T・S・エリオット
深瀬基寛訳

中央公論新社

目次

荒地／文化の定義のための覚書

荒地

『そうなんだ、わしはクーマエで一人の巫女が甕のなかに吊されているのをたしかにこの眼で見たんだから。それで子供たちが「巫女さん、あんたは何がのぞみなの」というと、巫女は「わたしは死にたい」と答えたものだ。』

わたしにまさる言葉の匠《たくみ》
エズラ・パウンドのために

I　死者の埋葬　*The Burial of the Dead*

四月はいちばん無情な月
死んだ土地からライラックを育てあげ
記憶と欲望とを混ぜあわし
精のない草木の根元を春の雨で掻きおこす。
冬はわたしたちの体温を保ってくれた
忘れっぽい雪で大地を被い
小さい生命《いのち》をひからびた球根《ね》で養いながら。
夏はシュタルンベルガーの湖上をわたって
わたしたちを驚かした。わたしたちは柱廊に立って雨やどりし、
それから陽《ひ》のさすなかを通ってホーフ・ガルテンに入り、
それからコーヒ飲んだ、それから一時間ばかりお喋りした。

あたしロシア人だなんてとんでもない、これでもリトゥアニア生れよ、生粋の
　ドイツ種よ。
それで子供のころあたしの従兄《いとこ》の太公のうちに泊っていたら
その従兄《いとこ》が橇にのっけてくれたの。
あたし怖かったわ。その従兄《いとこ》がいうのよ、マリちゃん、
マリちゃん、しっかりつかまっておいでって。それからどっとすべり降りたの。
あの山の中にいると、あそこはとってものんびりするのね。
夜《よる》はたいてい本を読み、冬が来ると南へ行くんです。

このしがみつく樹の根はなんの根か。この石の
破屑より、枝よ、なんの枝が育つのか。
人の子よ、君は語り得ず、測り得ず。君は知る、
ただうず高き形象の破屑を。
太陽連打し、枯木影を作らず、蟋蟀に慰めなし、
乾涸《ひからび》の石に水の音なし。
この赤い岩の下にはただ影がある。

(この赤い岩の岩陰に入りたまえ)
御覧に入れたいものがある、
晨《あした》に君の背後から大股で歩む君の影でもなく
夕に立ちて君を迎える君の影でもないものを。
御覧に入れたいものがある——恐怖を一握《あく》の塵のなかに

　　吹く風さわやかに
　　吹くよ故郷《ふるさと》
　　など帰り来ぬ
　　島のわがいとし子

「去年の今夜あなたはじめてヒヤシンス下すったわね、
「みんながあたしのことをヒヤシンス娘なんていいましてね。」
——でもわたしたちが夜もふけてヒヤシンスの園から帰ってきたとき
あなたは花を抱き、髪はしっとり露にぬれ、
わたしは語る言葉なく、見る眼にちからなく、
生き心地なく、識と不識のさだめなく、
ただ静寂の底、光の心臓をじっと見つめていたのです。

海は茫漠、お姿も見えませぬ。
ソソストリス夫人はとても名高い千里眼、
たちのよくないお風邪をめしてはいたんだが、それでも
欧洲切っての女学者で通っていて
いかさまなトランプ占いをするそうな。さあ、と夫人がいいました、
これがあんたの卦《け》なのよ、溺死したフェニキアの水夫の札よ。
(ごらんなさい! 在りし日の眼、いまは真珠)
これはベラドンナ——岩地のおんな、
いろんな境涯のおんなというのです。
これが三叉《みつまた》の戟《ほこ》もつ男。これが「車の輪」。
こっちは片眼《めっかち》の商人《あきんど》。それからこの空っぽの札、
これはなにかこの商人《あきんど》の背負ってるものなんだけど、
あたしは見てはいけないの。
はて「磔刑《はりつけ》の男」がめっからない。土左衛門にお気をつけなさいよ。
ああ見える——環になってぐるぐる歩いてるたくさんの人の群。

有難う存じました。もしもエキトーンさんの奥さんにお逢いでしたら、
天宮図はあたし自分でもっていくからっておっしゃって下さいね。
この節はまったく油断がなりませんからねえ。

非有の都市《みやこ》
冬の夜明の褐色の霧の下を
ひとの群がロンドン橋の上を流れて行った、夥《おびただ》しい人の数だ、
こんなに夥しい人数を死が亡《ほろぼ》したとは夢にも知らなかった。
思い出しては短かく息を吐いて
めいめいがその足もとにじっと眼を据えていた。
丘の上に逆流し、キング・ウィリアム街を流れくだり、
聖メァリ・ウルノス寺院の祈りを告げる鐘音が
九つの最後の鐘音を怠儀そうに打ち出している方へ流れて行った。
そこでわたしは見覚えのある男を見つけて呼びとめた。「ステットソン！
「君、ミーラエの海戦で僕と一緒の船に乗ってたね。
「去年君んとこの庭に植えたあの死骸ね、

「あれ、芽が出そうかい？　今年《ことし》花が咲くだろうか？

「それとも不意打の霜で苗床がやられたのかい？

「ああ、あの『犬』を近づけちゃだめだよ、あいつは人間の味方だからね。

「また爪先で死骸《あれ》をほじくり返すかもしれんからね。

「君！　偽善家の読者！――わが同胞！――わが兄弟！」

II　チェス遊び　*A Game of Chess*

女の坐ってたあの椅子が、磨かれた玉座にまがい
冷い大理石《いし》の面《おもて》に燃えていた、姿見ありて
これを支えて柱脚あり、実りの葡萄の蔓に飾られ
蔓飾りのあい間から金色のキューピッドが覗いていた
（もひとりは翼のうしろに両眼を隠していた）
七つの枝の燭台《カンデラブラ》の焔が鏡に映えて二倍となり
焔が円卓に光を屈折していた
光を迎えて立ち上る女の宝石がギラリと光り
数々の繻子《しゅす》の小函《こばこ》からザクザクと流れ出し
象牙の薬瓶、色染め罎、
栓を抜いたら潜伏した女の秘薬の合成香

練り薬《やく》、粉薬《ぐすり》、水薬《ぐすり》——眼突く鼻突く、
匂いの海に溺れるところ、窓の外気でやっとこ息を吹きかえしたが
香薬のやつ、逆上して
すんなり伸びた燭光をまた豚肥えさせ
その煙を格天井《ごうてんじょう》に抛《な》げつけて
天井板のせっかくの文《ブン》様を混ぜかえす。
銅板喰ったとってもでっかい海の森が
青緑と橙々《だいだい》色に燃えあがり、色染め石の炉縁にくまどられ、
何と悲しい光だろう、海豚《いるか》の彫像が一匹泳いでいた。
古代色の炉棚の壁の上には
したたる緑の森にポッカリ開かれた窓でもあるかのように
あのウグイスの化身フィロメラの絵姿が懸っていた、
あの蛮人国の王様にあのむごたらしい手ごめにおうた——それでも同じ場所に
　あのウグイスが
とても手ごめにできはしない歌声で満目の荒野を充たしていた
でもこの鳥は泣いていた、でもこの世はいつまでも追っかけてるよ、

垢だらけの耳もとで「ジャグ・ジャグ」。
それぱっかりか、ひ萎《しな》びた時間の切株が
四つの壁に語られている、ひたむきに眼を張った何やら人の影みたいなものが
身を乗り出した——危ない——閉じた部屋のなかがしいんとする。
階段に何やらあわただしい人の跫音《あしおと》。
炉焔をかぶり、櫛を乗せた女の髪
燃えひろがって情炎の尖端に尖り、
尖端、白熱して人語と化す。やがて兇猛に鎮静せん。

「あたしこんやはなんだかへんなの。そうなのよ。いっしょにいてよ。

「なんとかあたしにいってよ。あんたなんにもしゃべらないのね。なんとかい
　ってよ。

「なにかんがえてるの？　なにかんがえて？　なァに？

「あんたがなにをかんがえてるのかちっともわかりァしない。かんがえるのよ。」


わたしは考える、わたしたちはネズミどもの路地にいて

20

死んだやつらの骨までが行衛《ゆくえ》不明になるそうな。

「あのものおとはなんでしょう?」
　　ドァの下洩る風だろう。
「それ、あのおとはなんでしょう?　かぜはなにをしているの?」
　　無為　また　無為
　　　　「あんた
「なんにもしらないの?　あんたなんにもみえないの?　おもいださないの
「なんにも?」

　　わたしは憶い出す、
かのひとの、在りし日の眼、いまは真珠。
「あんたいきてるの、しんでるの?　あんたのあたまからっぽなの?」
　　だがね——
おお　おお　おお、シェクスピヒーアまがいのあのぼろっ切れ——
なんと嫻雅《かんが》の措辞だろう

なんと聡明の理達だろう
「あたし、これからどうするの？　どうするの？
「あたし、きのままとびだすの、まちなかをのさばるの、
「さんばらがみの、このざまで。あたしたち、あしたはどうするの？
「あたしたち、これからいったいどうするの？」
　　　　　　　　　　　十時にお風呂。
で、もし雨でも降ろうなら、四時にセダンの車としよう。
で、チェスの遊びを一席いかがでしょう。
蓋《ふた》なしの両眼に手をあてながらドアのノックを待ちましょう。

リルの主人が復員したときさ、あたしいったの——
あけすけにいってやったの、ええ、この口でいってやったの、
時間です　どうぞ　お早くねがいます
せっかくアルバートが帰るんでしょ、少しは身綺麗にしたらどう。
あのひと、きっと訊くよ、あのひとに貰ったあんたの入歯のお金ね、
あれ、どうしたかって。貰ったじゃァないの、あたしもいたじゃァないの。

リル、おめえみんな抜いちまって総入歯になって、
いったよ、いったよ、おめえの面なんて見られァしねえって、
あたしもいってやった、あたしも至極同感だって、それに少しはアルバートの
　身にもなっておやりって、
四年も兵隊にいたんだから、いいめもしたいだろうしさ、
あたしいってやった、あんたが、あれ、いやなんなら、代りはいくらもおりま
　すよって。
ヘエー、おるの、とリルがいうのよ。そんなものよ、とあたしいったよ。
リルがいったよ、──お礼いう人、探してやるわ、──そういって、あのひと
あたしをキッと睨むじゃァないの。
時間です　どうぞ　お早くねがいます
あれ、いやなら、あれでいけるじゃァないの、
あんたぐずぐずしていると、代りはいくらもいるといってやった。
だけどアルバートが逐電したあとでいくらさわいだってあたしァしらないよ、
あたしいったの、あんた恥しうないの、そんなに老けちゃって。
(齢《とし》だってまだ三十越したばかりなのに。)

だって仕方ないわ、とあのひといって、
うまく収めるつもりでお薬飲んだせいよ、と渋っ面《つら》さげて、いうんじゃないの。
（もう五人もできたんだし、末っ子のジョージのときは危なかった。）
薬種屋さんは大丈夫といってくれたのに、あれから調子がよくないの。
あなたほんとの、おばかさんね、とあたしいってやったの。
ね、アルバートがあんたを放《ほ》っとかないなら、そこじゃァないの、
子供が欲しくもないのにさ、結婚するおばかさんがどこにあるの？
時間です　どうぞ　お早くねがいます
そうそう、アルバートが帰ったあの日曜日、二人であぶりたてのベーコン食べ
　てたね、
あたしも御馳走によばれてね、大熱々のところを戴いたっけ――
時間です　どうぞ　お早くねがいます
時間です　どうぞ　お早くねがいます
さいなら、ビルさん。さいなら、ルーさん。さいなら、メイさん。さいなら。
タッタッ。さいなら。さいなら。
左様なら、御婦人方、左様なら、奥様方、左様なら、左様なら。

III 劫火の説教 *The Fire Sermon*

河畔の帷幄《テント》は破られた、名残りの樹の葉の指先が
湿った土手にしがみつき、やがてのめり込む。風は
満目朽葉の野っ原を吹き渡った、聴き手がない。森の仙女《ニンフ》の影も消えた。
麗わしのテムズの流れよ、軟かに歩みたまえ、わが歌の尽くるまで。
水面には、空瓶もサンドウィッチの包紙も
絹ハンカチもボール箱もシガレットの吸殻も
夏の夜をしのぶ名残りの品も泛《うか》んでいない。森の仙女《ニンフ》の影も消えた。
ニンフの遊び仲間ののらくらもの、市《まち》のお偉方の御曹子たちも
宛名の一つも残さずに立ち去った。
われ、レマン湖のほとりに坐して泣きぬれ……
麗わしのテムズよ、軟かに歩みたまえ、わが歌の尽くるまで、

麗わしのテムズよ、軟かに歩みたまえ、わが歌声は高からず長くもなければ。
だが、わたしの背中で、つめたい突風のなかで聞く
ガラガラ声の骸骨と耳から耳に拡がるほくそ笑みを。

ねずみ一匹、叢《くさむら》をこそっと這いぬけた
ぬらぬらしたお腹を土手の上にひきずりながら
ところでわたしはとある冬の日の夕方
ガス・タンクの裏手へ廻った泥くさい運河で釣をしていた、
難破したわたしの兄分の王様のこと
そのまた前の父王の死について思いをこらしながら。
死体はじめじめした湿地の地面に裸で漂白され、
骨はひからびた低い屋根裏の小部屋に打っちゃられ、
来る年も来る年も鼠の跫音がガラガラで子守りするばかり。
だが、わたしはわたしの背中で来る時も来る時も
警笛とモーターの爆音を聞くんです、
春がくるとこの自動車《くるま》がポーター夫人のお宅までスウィーニイを運びます。

おお、月は輝《て》る輝《て》る、あかあかと
ポーター夫人とお嬢さま
炭酸水で足の行水なさいます。
おお、円天井《ドーム》のなかで合唱する少年聖歌隊の歌声よ！

トウィット　トウィット　トウィット
ジャグ　ジャグ　ジャグ　ジャグ　ジャグ　ジャグ
なんと酷たらしい手ごめにおうて
テリュー

非有の都市《みやこ》
冬の真昼の褐色の霧の下で
スミルナの商人ユーゲニデス氏
赤ひげ伸し、ポケットいっぱい乾葡萄を突っこんで
ロンドン渡し、運賃保険料こみ、一覧表手形を所持していたが
げすっぽいフランス語でわたしに話しかけ

カノン・ストリート・ホテルの午餐に呼んでくれ
ついでのことに週末はメトロポールでやろうといった。

すみれ色の時刻、人の眼と背中とが
机を離れて空をむき、人間のエンジンが
胸の動悸打ちやまず、タクシーみたいに待機するとき、
このわたしティレシアス、盲目ながら二つの性のあいだを動悸して、
ひ萎びた女の乳房をもった老人、このわたしには見えまする、
すみれ色の時刻、夕の時刻がつかれた足を家路へはこび、
船人をわだつみの原よりはこび、
タイピストをお茶時に連れてきて、彼女は朝食の食卓を片付けて
ストーヴに火をとぼし、罐詰の食料品を繰りひろげる。
危なげに窓からのさばり出た
干しもののコンビネーションは名残の夕焼に染められて、
寝椅子のうえには（夜はベッドの代用品）
ストッキング、スリッパ、ジャケツ、コルセットが堆《つ》まれている。

ひ萎びた乳房の老人、このわたしティレシアスは
この情景を見てとった、あとはいわなくとも知れたこと——
わたしだって、お待ちかねのお客さまの御到来を待っていたのさ。
いよいよ彼氏の御到来、紅玉《あか》なすにきびの青年で
ちっぽけな家屋周旋屋、むいた眼玉がじろりと坐り
ブラッドフォードの成金さんの頭に坐ったシルクハットさながらに
自信があぐらをかいている連中のお仲間だ。
思うらく、時刻はいまや至れりと、
食事はすんだし、女は退屈してる、疲れてる、
それそろ愛撫の手を伸ばしてみるが
女は別に気乗りもしないが、たしなめる様子も見えぬ。
面《つら》ほてらして、腹を据え、総攻撃と出てみると
まさぐる両手は抵抗感に遭遇せぬ。
男の意地は反応の有無を要せず、
情《つれ》ない女の素振りはもっけの幸い。
（ところでこのわたしティレシアスは同じこの長椅子、即《そく》、ベッドのうえの

演戯なんかなにもかも経験ずみだ、そのはずだ、
テーベ市外の城壁の根元に坐り
雑兵の死体のあいだを潜ってきたこのわたしなのだ。）
旦那気取りのお名残りの接吻をお授けあって、
手さぐりで歩いてゆくと、なんだ、階段に灯《あかり》がない……

女はふりかえってちらと鏡をのぞいてみる
立ち去った恋人のことはもう頭にない、
女の脳髄は半できの思想がひとりまえやっと通れる
「まァこれであれもどうにかすんだ、ほっとした」
美しい麗人が痴行に身を落し、それから
自分の部屋を再び独りぽっちで歩き廻るとなると、
自動装置の片手で髪を撫でつけて
蓄音機にレコードをかけるのだ。

「この音楽は波に乗りわが傍を這い」

ストランドを通り、ヴィクトリア女王街を登っていった。
おお　シティよ、シティよ、わたしは時折
漁夫たちの昼時のたまり場の
下テムズ街の或る酒場のそばで
すすり泣くようなマンドリンの愉しい音や
なかから聞えてくる騒々しい談笑の声を聞くことがある
マグナス・マーター教会の壁がイオニア式の白と黄金の
たとえようもない壮麗さを保っている。

河は汗かく
油とタール
荷舟《はしけ》は漂う
潮は干る
まっ赤な帆布
ひろびろ
風下へ、重たい檣《ほばしら》のうえにゆれ。

荷舟《はしけ》は洗う
漂う丸太
グリニッチ河口を流れ下って
アイル・オヴ・ドッグズを見て過ぎる。
　　　ウェイアララ　レィア
　　　ウォララ　レィアララ

エリザベスさまとレスター殿
波をうつ橈《かい》
艫《とも》の姿
金色の貝
赤と黄金
泡立つ大波
岸辺の小波
西南風に乗せられて
流れゆく

　　　鐘の音
　　まっ白い塔、塔、塔
　　　　　　　　ウェイアララ　　レィア
　　　　　　　　ウォララ　レィアララ

「電車と埃《ほこり》まみれの樹、樹、樹。
ハイベリはあたしを生みました。リッチモンドとキュウの両攻めで
あたしは駄目になりました。リッチモンドであたしは膝を立て、
せまい丸太の舟底で仰向けになりました。」

「あたしの足はムアゲートに立ち、あたしの心臓は
両足の下にございます。あのことがあってから
あの方は泣きました。『新出発』を契ってくれました。
あたしはなんにもいわなかった。あたしがなにを怨みましょう？」

「マーゲートの海浜で。

あたしはなにを
なにに結びつけようもございません。
汚ない両手の裂けた爪さき。
みなさま　なんにも御期待なさらない
こころのまずしいみなさま。」
　　ラ　ラ

それからわたしはカルタゴに来た

燃える　燃える　燃える　燃える
おお　主よ　主はわれを抜きとりたもう
おお　主よ　主はわれを抜きとりたもう

燃える

Ⅳ　水　死　*Death by Water*

フェニキアびとフレバスは死んで二週間、
鷗《かもめ》の鳴声も深海の波のうねりも
利得も損失もみんな忘れてしまった。
　　　　　　　　　海底の潮の流れが
ささやきながらその骨を拾った。浮きつ沈みつ
齢《よわい》と若さのさまざまの段階を通り過ぎ
やがて渦巻にまき込まれた。
　　　　　　　　　ユダヤ人《びと》よ異教徒よ
舵をとり風上に眼をやる君よ、
フレバスの身の上を思いたまえ、彼もむかしは君と同じ五尺の美男であったことを。

V　雷の曰く　*What the Thunder said*

汗ばむ顔と顔に松明《たいまつ》の赭《あか》く映え
園また園に沈黙の霜のおき
石多き処に死ぬばかり苦しみありてより
あるは人の叫喚とかの泣き声と
牢獄と宮殿と、回春の雷
遥かなる山脈《やまなみ》にとどろきてより
生命《いのち》ありしものもいまは亡く
生命ありしわれらいまは死にゆく
一筋の忍耐にすがりて

ここは水なくただ岩あるのみ

岩ありて水なく砂の道のみ
この道は山の背をうねりゆく砂の道
この山は岩のみありて水なき山
水あらばわれら停りて飲まんものを
われら岩の中にては停り得ず考うあたわず
汗は乾き脚は砂中に埋まり
岩の中によし水ありとも
腐蝕せる歯根の死の山の口、唾はくあたわず
ここに立つあたわず臥すあたわず坐すあたわず
山にありて静寂さえもなく
乾ける不毛の雷鳴に雨なく
山にありて孤独さえもなく
ひび割れし泥壁《どろかべ》の家の戸口より
赭き憂憤の顔と顔、嘲り唸るあり

もし水ありて
岩なきことあらば——

もし岩ありて
水またあらば
そも水
泉
岩のなかなる水溜り——
ただ水音のみにてもあらば——
蟬にも非ず
枯草の歌にも非ず
隠者鶫《つぐみ》の松林に鳴くところ
ただ岩わたる水音のしたたりあらば
ポツ　ポトッ　ポツ　ポトッ　ポトッ　ポトッ　ポトッ
されど一粒の水もあることなし

いつも君と並んで歩いてる第三の人は誰だい？
数えてみると君と僕しかいないはずなのに
首をあげてまっ白い路の行くさきを見渡すと

38

いつでも誰かもうひとり君と並んで歩いてる
鳶《とび》色のマントに身をくるみ滑るように歩いてる
頭巾をかぶり男か女かもわからない
それ、君のそっち側にいるやつは誰だい？

高いあの空にきこえるあの音は何だろう
母なる人の愁のつぶやき声だろう
果てしない平原に群がりあふれ
大地の亀裂につまずきながら歩いてゆくあの覆面の大群は何だろう
平ぺったい地平線だけに限どられ
山の彼方のあの都市は何だろう
紫蘭の大気のなかに亀裂し改革し炸裂する
塔が墜ちる、墜ちる、塔、塔、塔、
エルサレム　アテネ　アレキサンドリア
ヴィエンナ　ロンドン
非有なる

女は長い黒髪をぴんと締め
その髪を糸にしてかぼそい音を掻き鳴らし
赤ん坊面《づら》の蝙蝠《こうもり》は
紫蘭の光のなかで口笛吹き
羽搏《はばた》きながら暗がりの壁をさかしまに這い降りて
たくさんの塔は虚空のなかに錯倒し
祈りを告げた鐘音はただ追憶の鐘
歌声はからっぽの水溜りと汲み干した井戸のなかから聞えてくる。

山のなかなる荒れ果てたこの谷間
礼拝堂《チャペル》のあたりに転ったたくさんの墓石のうえ
かすかな月の明りのなかに草が唱歌をうたっている
からっぽの礼拝堂《チャペル》があるばかり、から風の住家があるばかり。
一つも窓がない、扉がゆれる、
干ぼしの骨はもう誰の毒にもならぬ。

40

雄鶏一羽棟桁《むなけた》のうえにとまって歌っている
コ　コ　リコ　コ　コ　リコ
ピカと光った稲妻のなかに。すると湿った風がさっと来て
雨になる

ガンジス河の水が落ち、うなだれた樹々の葉が
雨を待つ、黒い雲がはるかに遠く
ヒマラヤのかなたに集まっていた。
密林はなんにもいわず背をまげて蹲《うずくま》っていた。
すると雷の曰く
ダ
与えよ《ダッタ》——わたしたちは何を与えてきたのだろう?
友よ、血潮はわが心臓を打ちゆすり
かの畏るべき果断、一瞬の挺身
不惑の千歳も遂に撤回し能わざる——
ただ是により、是によりわれらは生存し来りしもの

われらのどんな過去帳にも
慈悲の蜘蛛糸に包まれたどんな形見にも
またからっぽの室内でひょろ長い弁護士が封を切る
どんな遺言状にも見つからないものが是なのだ
ダ
共感せよ《ダーヤズヴァム》——わたしはいつの日だったか
扉に鍵の廻る音を聞いていた、それもただの一回の鍵音を
わたしたちはみんなおのが独房にいて鍵のことばかり思っている
みんな日が暮れて、やっと一つの牢獄を確認する
虚空の物音が聞えてくると
破れた一人のコリオレーナスの思い出がふとよみがえる
ダ
自制せよ《ダムヤータ》——舟は気がるに応答した
帆布と橈に慣れきった漕手の腕に操られ
海は平穏、君の心臓も召さるるままに
漕手の腕に任せていたら

何とか返事ができたのに
　　　　　　　　わたしは岸辺に腰をおろして
魚を釣る、乾からびた平野に背をむけて
せめてわたしの国土でも整理しようか
ロンドン橋がおっこちるおっこちるおっこちる
「かくて彼、浄火のなかに飛び入りぬ」
「いつの日かわれ燕のごとくならむ」——おお、燕よ燕よ
「王子アキテーヌは廃墟の塔にあり」
こんな切れっぱしでわたしはわたしの崩壊を支えてきた
ではあなたのおおせに従いましょう。ヒーロニモウがまた気がふれた。
与えよ《ダッタ》。共感せよ《ダーヤズヴァム》。自制せよ《ダムヤータ》。
　平安《シャンティ》　平安《シャンティ》　平安《シャンティ》

『荒地』自註

この詩は、その題名はもとより、さらにこの腹案からこれに附随する多くの象徴にいたるまで、「聖杯伝説」に関するジェシイ・L・ウェストン女史の著書『祭祀よりロマンスへ』（ケムブリッジ）から示唆を受けてできたものである。事実わたしがこの本のおかげを蒙ったことはひじょうなもので、この詩のいろんな解りにくい点は、わたしの自註などよりも、このウェストン女史の本を読む方が、ずっとよくわかるのではないかと思われるくらいである。だからわたしは、（この本自体がひじょうに面白いということとは別に）このような詩でも、なんとか理解してみようとお考えのかたには、この本をおすすめする次第なのである。またいまひとつ、わたしが一般的に負うところのあった人類学の書物があるが、それはわれわれの世代のものが、ずいぶんと深い影響を受けている例の『金枝篇』なのであって、そのなかでも、特にわたしの利用させてもらったのは、二巻にわたる『アドーニス、アティス、オシリス』である。このような本をよく御存じのかたならば、この詩のなかの或る個所で植物祭にふれてあるところを読まれたら、だれでもすぐそれとおわかりのことであろう。

I　死者の埋葬

二〇行　エゼキエル書第二章一節参照。
二三行　伝道の書第十二章五節参照。
三一行　『トリスタンとイゾルデ』第一幕、五—八行。
四二行　同第三幕、二四行。
四六行　「タロウ・カード」にどういう札があるか、わたしは正確には知らないが、ここではこの詩にうまくあてはまるように勝手につかっておいたので、もちろんもととは異《ちが》ったものになっているだろう。「磔刑《はりつけ》の男」は、もともとこのカードのなかにある札だが、これはわたしの場合、ふたとおりの役に立っている。つまり一つには、これがフレイザーの「絞殺された神」をわたしに連想させるからであり、いま一つには、この詩の第V部のエマオへゆく弟子たちを描いた一節に出てくる「頭巾をかぶった」人の姿が、やはりこれから連想されるからである。「フェニキアの水夫」と「商人」はあとでまた出る。「たくさんの人の群」もそうだ。そして「水死」の方は、現に第Ⅳ部で実現する。

「三叉の戟もつ男」からは（これもちゃんと「タロウ・カード」のなかにある札だ）、まったく勝手なはなしだが、わたしはあの「漁夫王」までも連想しているのである。

六〇行　ボードレールの——

「群衆のひしめく都府よ、幻想に充ち満てる都府、ここ、妖怪《あやかし》は白昼に、道ゆく人の袖をひく」

参照。

六三行　『神曲』地獄篇第三曲、五五—五七行——

「長き列を成して歩める民ありき、死がかく多くの者を滅ぼすにいたらんとはわが思はざりしところなりしを」

参照。

六四行　『神曲』地獄篇第四曲、二五—二七行——

「耳にてはかるに、こゝにはとこしへの空《そら》をふるはす大息《ためいき》のほか嘆声《なげき》なし」

参照。

六八行　こういった現象には、わたしはしばしば出くわしている。

七四行　ウェブスタの『白鬼』のなかにある「葬送歌」参照。

七六行　ボードレール『悪の華』序詞参照。

Ⅱ　チェス遊び

七七行　『アントニィとクレオパトラ』第二幕二場一九〇行参照。
九二行　「格天井」——これには『アェネーイス』第一巻七二六行——
「晃晃たる燈火は黄金の格天井より垂れ下り、燃えさかるかがり火は夜の陰をも止めず」
参照。
九八行　「緑の森」——ミルトン『失楽園』第四巻一四〇行参照。
九九行　オウィディウス『メタモルフォーセス』第六章「フィロメラ」を見よ。
一〇〇行　第Ⅲ部二〇四行参照。
一一五行　第Ⅲ部一九五行参照。
一一八行　ウェブスタの
「かの戸口には、なお風ありや」
参照。
一二六行　第Ⅰ部三七行及び四八行参照。
一三八行　ミドルトンの悲劇『婦人は婦人に御用心』の中の「チェス遊び」参照。

III　劫火の説教

一七六行　スペンサ『祝婚歌』参照。

一九二行　『あらし』第一幕二場参照。

一九六行　マーヴェル『こころ臆せる恋人に』参照。

一九七行　デイ『蜂の会議』のなかの――

「すると、耳かたむけている人に、
にわかに猟の角笛の音が聞えてくる。
泉につかるダイアナへアクティオンをつれてゆく音だ。
あのダイアナのあらわな肌がだれにでもおがめる泉へと。」

参照。

一九九行　ここの数行は、オーストラリアのシドニィの人から聞いた或るバラッドからとったものだが、それにどういう由来があるかわたしは知らない。

二〇二行　ヴェルレーヌ『パルシファル』参照。

二一〇行　乾葡萄は、「ロンドンまで運賃、保険料なし」の値で相場がつけられ、船荷証券などは、一覧払為替手形の支払のとき買手に手渡すようになっていた。

二一八行 ティレシアスは、単なる傍観者にすぎず、またもちろん「登場人物」でもないのだが、やはりこの詩のなかではいちばん重要な人物である。つまりこれが、他のすべての人物を結びあわしているからである。あの乾葡萄売りの「片眼の商人」が「フェニキアの水夫」のなかに融け込んでしまい、またこの「フェニキアの水夫」がナポリの公爵ファーディナンドともはっきり区別することのできないように、この詩に出てくるどの女も、すべてひとりの女と見ることができ、しかもこの両性が、ティレシアスのなかで合体しているわけなのである。事実ティレシアスの見るものがこの詩の実体にほかならない。つぎにオウィディウスからティレシアスに関する全文を引用しておくが、これは人類学的にきわめて興味深いものである――

「……（はなしによると、あるときジョーヴの神が酒《ネクター》に酔い……）ジューノの神をからかって、『男の味わうよろこびにくらべたら、あんたがた女の方がうんといいことはたしかだよ』といったことがあった。女神はそんなことはないと否定した。そこでもの知りのティレシアスに聞いてみたらよかろうということで二人のあいだに話しあいがついた。ティレシアスは男女両性のいずれのよろこびをも知っていたからである。どうして知っていたかというと、あるとき彼は緑の森で、交合している二匹の大きい蛇を乱暴にも棒でなぐったことがあったが、（不思議なことに）彼は男から女に変り、それが七年も続いたのであった。八年目に彼はまた同じ蛇に出くわしたので、『おまえたちをなぐると、なぐったものの性の変る力が出てくるようだから、もう一度なぐってみてやろう』といってこの蛇を打つと、もとの男の身体にもどり、生れついたとおりの姿になった。こうしてこのふざけた口論《いさかい》のさばき役をおおせつかったティレシアスは、ジョーヴの神の言葉に味方したのである。はなしによると、ジューノの神は、こんなことを、いわれなく必要以上に苦にしたということで、このさばき役たるティレシアスを一生盲者にしてしまった。しかしこの全能のジョーヴの神は（どんな神でも他の神のしたことを取り消すわけにはゆかぬので）盲者になったうめ合せに、彼に未来を予知する力をさずけ、この栄誉によって刑罰の軽減をしたのであった。」

二二一行　これはサッポーの詩をそのまま正確に引用しているとは見えないかもしれないが、このときわたしの念頭にあったのは、日暮れに帰ってくる「近海」漁夫や「ドーリ舟」漁夫のことであった。

二五三行　ゴゥルドスミス『ウェークフィールドの牧師』中の歌謡にある。

二五七行　『あらし』、まえと同じところ。

二六四行　聖マグナス・マーター教会の内部は、わたしの考えでは、レンの建造にかかる寺院の内部のうち、最も美しいものの一つである。『旧市内十九ヵ教会の取毀し計画』

（P・S・キング社出版）参照。

二六六行　テムズ娘（三人）の歌はここから始まる。二九二行から三〇六行（これを含む）まで、三人がかわるがわる歌う。ヴァグナー『神々の黄昏』第三幕一場「ライン娘」参照。

二七九行　フルード著『エリザベス』第一巻第四章、「スペイン王フィリップに宛てたデ・クァドラの手紙」――

「午後われわれは屋形船にのって、水上の競技を見物しておりました。（女王は）船尾で、ロバート卿とこのわたしとだけいるところに一緒におられましたが、やがて冗談ばなしが始まりますと、しまいにはロバート卿は、わたしがその場にいあわせておりますのに、女王の方でその思召があるなら、二人が結婚していけない理由など一つもないなどとまで申されました。」

参照。

二九三行　『神曲』煉獄篇第五曲一三三行――

「われピーアを憶へ、シエーナ我を造りマレムマ我を毀《こぼ》てるなり。」

参照。

三〇七行　聖アウグスティヌスの『告白』中の言葉「それからわたしはカルタゴに来た。

すると恥ずべき色欲の大釜が、いたるところわたしの耳もとで、ふつふつと音を立てていた。」参照。

三〇八行　ここの言葉は、仏陀の「劫火の説教」（これはキリストの「山上の垂訓」に比すべき重要なもの）からとったものだが、その全文の訳は、故ヘンリ・クラーク・ウォレン氏の『英訳仏典』（ハーヴァード東洋双書）を参照されたい。ウォレン氏は、西欧における仏教研究の偉大な先達のひとりであった。

三〇九行　これまた聖アウグスティヌスの『告白』からとったもの。この第Ⅲ部の最後を飾るものとして、このように東西両洋の禁欲主義の二人の代表者の言葉が並んだということは、決して偶然ではないのである。

V　雷の曰く

第Ｖ部の最初の部分では、三つのテーマが取り上げてある。エマオへの旅、「危険の聖堂」（ウェストン女史の著書参照）への接近、及び東ヨーロッパの現在の頽廃がそれである。

三五七行　これは Turdus aonalaschkae pallasii という（北米産の）ツグミの一種で、わたしはその鳴声をケベックで聞いたことがある。チャップマンはこんなふうにいっている――「この鳥は、たいてい、人里はなれた森や、茂みのある僻地に棲息している。……

その鳴声は、別に変化に富んでいるわけでもなく、音量が豊かなわけでもないが、そのすんだ美しい音色と絶妙な転調にかけては天下一品である。」（『北東アメリカの鳥類便覧』）その「水の滴るにも似た鳴声」が有名なのも無理はない。

三六〇行　これからあとの数行は、ある南極探検の記事から思いついて書いたもの。（いまはそれがどれだったか思い出せないが、たしかシャクルトンのものだったと思う。）その記事には、探検隊の一行が極度に疲労してくると、実際の人数よりひとりだけよけいいいるような妄想を絶えず受けるものだということが書いてあった。

三六六―七六行　ヘルマン・ヘッセ『渾沌への一瞥』のつぎの一節参照。

「欧洲の半分は、すくなくとも東欧洲の半分は、すでに渾沌への道を歩んでいる。聖なる妄想に酔い、奈落のふちを歩きながら、なおかつ歌っている。ドミトリ・カラマーゾフが歌ったように、酔って讃美歌を歌っている。この歌を、ブルジョワは侮辱を感じて嘲笑し、聖者や予言者は涙を流して聞いている。」

四〇一行　「ダッタ、ダーヤズヴァム、ダムヤータ」（与えよ、共感せよ、自制せよ）。この「雷」の言葉の真意が語られている寓話は、『ウパニシャッド』五ノ一「ブリハダラニヤカ」のなかにある。翻訳の方は、ドイッセンの『ヴェーダのウパニシャッド六十篇』四八九頁にある。

四〇七行　ウェブスタ『白鬼』第五幕六場――

「……うじ虫が、
おまえの屍衣を喰いやぶらぬうちに、
蜘蛛がおまえの墓碑銘にうすい引き幕を張らぬうち、
二人は結婚するだろう……」

参照。

四一二行　『神曲』地獄篇第三十三曲四六行――

「この時おそろしき塔の下なる戸に釘打つ音きこえぬ。」

参照。

またF・H・ブラッドレィは、『仮象と実在』の三四六頁でこういっている――

「わたしの外部的な感覚も、このわたしにとっては、わたしの思想もしくは感情と少しもかかわらず個人的なものだ。このいずれの場合でも、わたしの経験したことは、すべてわたし自身の圏内に、つまり外部の閉された一つの圏内に、含まれる。従って、このようなどの領域も、たとえそれぞれが同じ成分からできていても、それを取り巻く他の領域に対しては、すべて不透明体となるのである。……要するに、この世界全体が、ひとりの人間の魂のなかに現われる一個の存在と見なし得る限り、それは各人にとって、その魂に独特な個人的なものとなるわけである。」

四二四行　ウェストン著『祭祀よりロマンスへ』の「漁夫王」の章参照。

四二七行『神曲』煉獄篇第二十六曲一四八行（以下四行）――

『この階《きざはし》の頂まで汝を導く権能《ちから》をさして

いまわれ汝に請ふ、

時至らばわが苦患《なやみ》を憶《おも》へ。』

かくいひ終りてかれらを浄むる火のなかにかくれぬ。」

参照。

四二八行『ヴィーナス前夜祭』。その第二部及び第三部にあるフィロメラのはなし参照。

四二九行　ジェラール・ド・ネルヴァールのソネット『廃嫡者』参照。

四三一行　キッド『スペイン悲劇』参照。

四三三行　シャンティ。あるウパニシャッドの終りにつけられているおきまりの結びの言葉で、ここと同じくりかえしてある。これは英語でいえば、さしずめ、あの「凡《すべ》て人の思《おもい》にすぐる（神の）平安」（ピリピ書第四章七節――訳者）に相当する言葉である。

文化の定義のための覚書

定義：一、境界を定めること、限定（まれ）――一四八三年
――『オクスフォド大辞典』

まえがき

この試論は四、五年まえに書き始められたものです。本書と同じ表題で下書き風のものを週刊誌 *The New English Weekly* に三号にわたって発表しました。この下書きから、『人間的秩序における文化の勢力』という題の研究がかたちを成し、これは Maurice B. Rekitt 氏の刊行した *Prospect for Christendom* (Faber: 1945) の一巻に出ています。この論文を修正したのが本書の第一章です。第二章は一九四五年十月号の *The New English Review* に出た論文を修正したものです。

わたくしは三回にわたるドイツ向けの放送の英文のテキストを附録として添えておきました。これは 'Die Einheit der Europaeischen Kultur' という題で出版されています (Carl Habel Velagsbuchhandlung, Berlin: 1946)。

この研究を一貫してわたくしは V. A. Demant 師と Christopher Dawson 氏と今は亡き Karl Mannheim 教授の三氏の書かれたものに特に負うところの多いことを感謝いたします。本書の本文中、右の三氏のうち前両氏には言及することがなかっただけに、また、教授に対するわたくしの負い目は本書において教授の理論を論じた一箇所だけではとうてい計られないほど大きいものであるだけに、ここに一括して感謝の意を示しておかなくてはなりません。

わたくしはまた、一九四四年、二月号の *Politics* 紙（New York）に出た Dwight Macdonald 氏の『「大衆文化」の一理論』と題する寄稿からも得るところがありました。また、同じ雑誌の一九四六年、十一月号に出た、右の寄稿に対する匿名批評からも得るところがありました。Macdonald 氏の理論は、わたくし自身の理論を採らないとすれば、これに代る意味で、わたくしの読んだもののうち最も優れたものとして感銘いたしました。

一九四八年一月　T・S・E・

緒　言

わたしは思う、われわれの研究はほとんど無目的というに近いものでなくてはならない。研究は数学とひとしく純潔の精神を以て追いかけられることを願う。——アクトン

以下の諸章を書いたわたくしの目的は、目次を何げなくのぞいてみた上では或いはそう見えるかも知れませんが、何か社会理論とか或いは政治理論とかいうものの大要を示そうとするものでもなく、またこの書物は単にいくつかの話題を捉えてそれについてわたくしの私見を載せるために書かれたものでもありません。わたくしのねらいはただ一つの単語、カルチュアという単語の定義をさだめるための一助としたいというに過ぎないのであります。

あたかも一つの教理がそれに対する何等かの異論が出現したのちにおいてはじめて定義される必要が生れてくるように、一つの単語もそれが濫用されるに至るまでは何もこのような注目を受ける必要はありません。わたくしは最近五、六年のあいだこのカルチュアと

いう単語のなりゆきをみまもりながら次第に危惧の念を深めてまいりました。かつてその先例を見ないほどの破壊の一期間を通過するうちにいつの間にかこの単語がジャーナリズムの用語において重要な役割を受け持つに至ったということは当然のなりゆきでもあり、それに全然意味のないことでもないと考えていいでありましょう。この単語の受け持つ役割はいうまでもなく文明という単語の役割と重なり合っています。わたくしはこの試論においてこれら二つの単語の意味のあいだの境界線を決定しようというような試みには全然手をつけなかったのであります。というのは、そういう試みをしてみたところで結果はその書物だけに通用する何か取ってつけたような区別を設けるだけが関の山であるし、読者はその区別をいつまでも憶えていてくれるはずのものでもなし、そんなものはその書物を閉じてしまえばやれやれといった気持ですぐにも忘れられてしまうからであります。毎度のことですが、われわれは一つの文章のなかで或る単語を使用しますが、必ずしもその単語でなくても結構間に合うという場合があります。また文章によっては或る単語がどう考えてもぴったり合うが他の単語では合わないという場合があります。これしきのことで何もはじめからまごつくには当りません。ここで論じようとする問題においてはいたずらに無用の障碍物を設けなくても、すでに当然出会わさなくてはおさまらない障碍というものは一つや二つにとどまらないのであります。

一九四五年八月に「国際連合、科学教育、文化教育組織」のための設計案のテキストなるものが公にされました。この組織の目的は、その第一条において、次のごとく規定されています。

一、世界の各国民の生活と文化、芸術、古典、及び諸科学の相互の理解と鑑賞とを発展し、これを維持し、以て有力なる国際的組織化と世界平和の基礎たらしめること。

二、世界の有する十分なる知識と文化の総体を人類共通の必要に役立たしめんがために拡大し、すべての国民に利用せしむべく共同すること、またかくのごとき知識と文化が世界の各国民の経済的安定と政治的安全と一般の福祉に及ぼす貢献を保証するために共同すること。

わたくしはいまここで、これらの文章から何等かの意味を引き出そうとすることを問題とするのではありません。わたくしはただ文化という一つの単語に注意を喚起し、そうしてこのような議決に基づいて行動を起そうとするには、われわれはこの唯一つの単語がいったい何を意味するかを発見しようと努力しなくてはならないゆえんを提案せんがために、右の文章を引用しただけのはなしであります。これもまた引用しようとすれば決してその種に窮しない幾多の例証の一つにとどまるのでありまして、つまり、問題は誰一人として敢て検討しようともしない一つの単語の用法に関する問題なのであります。大まかにいえば、この単語は二様に使用されています。その一つは一種の代喩法――全体を以てその一部を表わす方法――つまり、その言葉を語る当人が自分の心のなかに文化の諸要素もしくはその現われのうちの何か一つ――例えば「芸術」のごときものを考えている場合にその代用として使用されるか、もしくは、右に引用した文章に見られるごとく、一種の情緒的刺戟剤として――或いは麻酔剤として使用されるかのいずれかであります。*

＊ カルチュアという単語を使用する以前にこの言葉の意味を深く熟考しているとはわたくしの見るところではどうしても考えられないという場合は、無数の例によって例証することができるであろう。もう一つの例で十分であろう。わたくしは Times Educational Supplement, 一九四五年、十一月三日（五二二頁）から引用する――

『何ゆえにわれわれは国際的共同事業に対するわれわれの企画のなかへ教育や文化に関する機構を持ち込まなくてはならないか』この問いは去る木曜日に、教育及び文化に関する一つの組織をロンドンに確立するために国際連合協議会に出席した約四十ヵ国に及ぶ各国の代表者に向って首相が演説を試みた際、首相が「陛下の政府」を代表して彼等に挨拶の言葉を差しのべた言葉のなかで発した問いである……アトリー氏はこの演説を結ぶにあたって、もしもわれわれがわれわれの隣人を知ろうと思うならば、われわれは彼等の書いた書物、彼等の新聞、ラジオ、映画を通して彼等の文化を理解しなければならないという弁明を以てした。

文部大臣もまた次の言を発している――

「いよいよここにわたくしたち、教育の仕事にたずさわる者、科学的研究に従事する者、文化の各種の分野にはたらく者が互いに相会したのであります。わたくしたちは人を教える者、発見する者、筆を執る者、音楽や美術にみずからの霊感を表現する者を代表するのであります……最後にわたくしたちは文化をもつのであります。人々のなかには、美術家、音楽家、作家、その他すべて古典や諸々の芸術にたずさわって創造的なはたらきをする人々を国家的にしろ、国際的にしろ組織化するということはできない相談であると主張する方々もあるかと存じます。よくいわれますように、芸術家はただ自分のたのしみのために制作するにすぎないといえるかもしれません。それは戦前においては尤もな論法であったかもしれません。しかし、戦争が公然開始される以前の数年間、極東及びヨーロッパにおける闘争を記憶するわたくしどもとしましては、かのファシズムに対する抗争が作家や芸術家たちの決意、すなわち、急速に高まりつつあった国境の障碍を乗り越さんがために彼等の国際的接触を維持せんとした彼等の決心に依存することがいかに大であったかを知っているはずであります。」

文化というものに関してたわいもないナンセンスを語るという段になれば、政治家である以上その政党色如何によって賢愚の色別けがつくものではないということをここに附言しても、それは決して誹謗の言とはならないであろう。もしも一九四五年の選挙の結果、現政権に代わる政党が政権を取っていたとしても、恐らくわれわれは同様の事情の下においてほぼ同様の宣言を聞かされたであろう。政治商売というものはあらゆる場合に、言葉の正確な意味に対する厳密な注意とは両立しないものである。それゆえに読者はアトリー氏にしろ、その長逝を惜しまれているミス・ウィルキンソンにしろ、彼等を嘲笑することは遠慮した方がよろしい。

本書の第一章においてわたくしはこの単語の三つの主なる用法を区別し、そうしてそれらを関係づけようと試みました、またわれわれがこの用語をこれら三種のいずれかの意味に使用する場合には、その他の意味を意識しながら使用すべきゆえんを立証しようと試みました。次にわたくしは文化の宗教に対する関係の本質を顕わにし、そうしてこの「関係」を表わす言葉としては関係という単語では不充分であるゆえんを明らかにしようと試みました。まず最初の重要な主張は、いかなる文化も何等かの宗教を伴わずしては出現もしなかったし発展もしなかったということであります、ただ観察者の観点の如何に応じて、文化が宗教の産物と見えることもあり、或いは宗教が文化の産物と見えることもあるだけのことです。

それに続く三つの章においてわたくしは文化の三つの重要な条件と思われるものを論じました。これらの条件のうちの第一のものは有機体的構造（単に計画されたものでなくして、伸びゆくものとして）ということでありまして、一つの文化の内部において文化の相伝的伝達を保育するごときものでなければならないのであります。そうしてそのためには諸々の社会階級というものの存続が要請せられることになります。第二の条件は一つの文化は、地理的に、地方的各文化に分解され得ることの必要があること。このことからして「リージョナリズム」の問題が発生します。第三の条件は宗教における統一性と多様性のあいだのバランスということ――つまり、教理の普遍性と祭事、信心の特殊性との結合ということであります。読者に是非記憶していただきたいことは、何もわたくしは一つの文化の繁栄に必要なすべての条件を説明しようとする者ではないということであります。わたくしは特にわたくしの注意をひいた三つの条件を論ずるにとどまるのであります。* もう一つ読者に記憶していただきたいことは、わたくしの提案するものは何も一つの文化を人為的に組み上げるための一組の処方でも何でもないということです。何もわたくしは、これらの条件、及びその他の附随的な条件を整える仕事に着手するだけで安心してわれわれの文明の改善を期待し得るというのではありません。わたくしのいうのは、わたくしの観察のとどく限りでは、これらの条件を欠いている場合には恐らく高度の文明というものを諸君は持ち得ないであろうというだけのはなしです。

＊　一九四六年七月二十四日の *Christian News-Letter* の意義に富む附録において、Miss **Marjorie Beeves** は「産業文化について」と称するきわめて暗示的な文章を書いている。彼女が文化の意味をも少しだけ広義に使用すれば、彼女の言わんとするところは「文化」という単語に対するわたくし自身の使用法と合致したであろう。青年労働者に対して提出すべきものと信ずる点においていかにも彼女のいう通りであるが、そのような産業文化について彼女は言う「産業文化はその文化の原料と最後市場とその歴史的展開と発明と科学的背景とその経済と、その他のものの地形図を含む。」これらすべてのものが含まれることは確かである。しかし一つの産業が労働者の自覚的意識以上の関心を呼び起そうとするならば、それと同時にその文化はその文化に親しんでいる人々だけにとって多少特有な生き方をも考えてやらなければならない、その世界に特有の形の祝祭や行事をも併せて考うべきである。いずれにしてもわたくしがこの産業文化という興味ある教唆をここに挙げるのは、わたくしが本書において論じた文化の中核とはまた別の文化の中核というものをわたくしも自覚していることを明らかにしておきたいからである。

本書の残りの二章は文化を政治と教育から解き放そうとするささやかなわたくしの試みであります。

恐らく或る読者はこの論述からしていくつかの政治的推論を抽《ひ》き出されるかもしれません。更にも一つ気づかわれることは、或る特定の思想の持主は彼等自身の政治的信念と偏見の裏書きもしくは否認の意味をわたくしのテキストのなかに読み込むかもしれないということです。筆者自身にしたところで何も政治的信念と偏見を持たないわけではありません。しかし、そういうものを押しつけようとすることは本書の意図のなかには全然含まれていないのです。わたくしの言わんとすることはこうです。文化の生長と存続にとって欠くことのできない条件とわたくしの信ずるところのものがこれである。もしもこれらの条件が読者の抱懐する堅い信念と相容れないという場合――例えばもしも読者が、文化と平等思想とは相容れないという考えに対して烈しい不快を感じたり、また何ぴとも「身分の特典」というものをもつべきであるという考えに対してこれを荒唐無稽と感ぜられるとするならば――わたくしは決して読者がその信念を変えることを要求する者ではありません、ただわたくしが読者に要求するのは、文化というものに向って口先きばかりのお世辞を呈することだけはどうかよして貰いたいというだけのはなしであります。もしも読者が「余の実現したいと欲する事態の方が真（right）である、もしくは正当*（just）である、もしくは不可避的（inevitable）である。そうしてもしもこの行き方が必然に文化の退化に拍車を加えるとしても、われわれはその退化を甘受しなければならない」と言われるならば――

もはやわたくしには読者と論争する余地が残らないのであります。場合によってはわたくしも読者を支持する義務を感ずることさえあるかもしれません。とにかくこのように坦懐に真情を吐露するならば、カルチュアという単語がいたずらに濫用されることだけはなくなるでありましょう、この言葉が元来属すべきでない文章のなかに徒《いたず》らに顔を出すというようなこともなくなるでありましょう。実はこの単語をどうにかして救出したいというのがせいぜいのところわたくしの野心なのであります。

＊　横道にそれるようであるがここでわたくしは「社会正義」という通用語の濫用に対して抗議の言葉をはさまないわけにはゆかない。この言葉は「各集団もしくは各階級間の関係の正しさ」という意味から、これらの関係が執るべき形についての或る特定の想定を意味する方向へ滑り込む危険があるのである。かくして、「正義」の見地からすれば正しいとはいえないような「社会正義」の目的を或る一定の行動が代表しているからという理由で以てその行動が支持されないとは限らないのである。「社会正義」という用語はその理性的内容を喪失する危険に曝されている——そうなればそのあと釜にきわめて強力な感情が装薬されるかも測られない。わたくし自身もこの用語を使用した憶えがあるように思う。しかしこの言葉は、その使用者が、社会的正義とは彼にとって何を意味するか、また何ゆえに彼はそれを正しいと考えるかということを明確に定義する用意を

もたない限り、決して使用すべきではない。

所詮この世の中は神の世界ではないのですから、誰がいかなる社会的改革を擁護しようとも、われわれの政治組織をいかように改変しようとも、教育事業をいかように拡張しようとも、もしくは社会事業をいかように発展せしめようとも、彼が自信を以てみずからの改革が文化の改善と増大に導くものであることを主張したところで不思議でも何でもありません。時には文化とか文明の問題が第一線に押し出され、何はともあれわれわれに必要なもの、是非ともわれわれが持たなくてはならないもの、またわれわれの手に入るものは「新しい文明」にほかならないということを聞かされます。一九四四年にわたくしは *The Sunday Times*（十一月三十一日）に載せられた諸家のシムポージアムを読みましたが、そのなかでハロルド・ラスキ教授か或いはその代理の論説記者かは知りませんが、われわれが最近の戦争に参加したのは「新しい文明」のためであったと断定せられています。少くともラスキ氏は次のごとく主張しています。

チャーチル氏が好んで呼ぶところの「伝統的」大英国を再建しようとするこれらの人々がとうていその望みを達する見込みがないことに一致したとするならば、その当然の帰結として、新しい文明における新しい大英国というものができなければならない。ここでわれわれは「まだ誰も一致していやしないのだ」という半畳を入れることもできます。しかしそれはわたくしの言わんとするところから外れることになるのです。何ものにしろ、もしもわれわれが永遠に取りのがして二度とそれが回復の望みがないというならば、われわれはそのものなくして済ます方法を講ずるよりほかはありません、その限りにおいてラスキ氏の言葉は当っています。しかしラスキ氏は何かそれ以上のことを言うつもりではなかったかとわたくしは思うのです。

ラスキ氏は現在もそうかもしれませんが、彼が実現しようと欲しまた社会のためにもそれが有利であると信じているところの特定の政治的・社会的変革は、それがきわめて根本的な変革なるがゆえに、必ずそれは一つの新しい文明に結果するであろうという確信を懐いていました。そういう結果は充分に想像し得ることはたしかです。社会機構における彼の提案するごとき変革、その他何びとにしろその提案する変革について、直ちに結論することを許されないと思われることは、その「新しい文明」なるものがそれ自身として望ましいものであるということです。まず第一には、その新しい文明がいかなるかたちのものになるかわれわれとしては想像の方法がないのであります。たまたまわれわれが心に描いているものとは異なるさまざまの原因がはたらく。それやこれやの原因が相ともにはたらく結果はあまりにも予測を許さないものであり、われわれとしてはその新しい文明のなかに生きることがいったいどのような感じがするものかその具体的な感覚については全く想像の方法がないのです。第二には、その新しい文明のなかに生きる人々は、その文明に属するというだけの事実によって、われわれ自身とも異なり、またそういえば、ラスキ氏ともまた同様に異なるでありましょう。われわれが試みる変革はその度毎に、その本性についてわれわれが何の知る手がかりもなく、またわれわれすべての人間がそのなかにあって例外なく不幸であるかもしれないような新しい文明をもたらす方向へ進んでゆきます。新しい文明というものは事実において時々刻々に現われ生れつつあります。今日の文明は、十八世紀のいかなる文化人の眼から見ても新しいというよりも恐らく珍奇そのものというべきものに映ずるでありましょう。それに当時のいかなる熱心な或いは急進的な改革者といえども、現代に生れて、彼の眼に映ずる文明なるものによろこびを感ずるものとわたくしは想像することができないのであります。文明へのわれわれの配慮によってわれわれが行動すべく導かれることは、とにかく現在われわれの手にある文明がどのようなものであるにもせよ、これを改善してゆくというより外にとるべき道はないのであります、というのはわれわれは現在の文明とは異なる文明を想像に浮べ得ないからなのです。ところがその一方には、或る特定の変革をそれ自身において善なりと信じて何の疑いもはさまず、文明の将来について何等心を悩ますこともなく、またうわべばかりきらびやかな無意味な約束を提供することによって革新の押売りをする必要さえも感じないというほどの自信家に至っては、かつて一度もその跡を絶ったためしがないのであります。

新しい文明というものは時々刻々に作られつつあります。例えば今日現にわれわれが享受しつつある事態とは、とりもなおさず各々の時代がよりよき時代へ進もうとする各時代の強い願望が具体的にとらざるを得なくなった姿に該当しているのであります。われわれの発し得る最も重要な問いは、われわれが一つの文明と他の文明とを比較し得る何か永遠の規準、またわれわれ自身の文明の進歩もしくは衰頽《すいたい》を察知し得る何か永遠の規準というものがあるかないかということであります。われわれは一つの文明を他の文明と比較してみて、またわれわれ自身の文明の各段階を比較してみて、一つの社会なりその社会の一つの時代というものは、そのどれか一つで以て文明の諸々の価値の全部を決して実現するものではないことを認めざるを得ないのであります。これらの諸価値が全部互いに両立し得るとは限らないのであります。それと少くとも同等の確実性を以て言い得ることは、或る種の価値を実現することがとりもなおさず他の種の価値を味識する力を喪失することを意味するということであります。それにもかかわらずわれわれは、高次の文化と低次の文化とを区別することができます。われわれは前進と退歩とを区別することができます。われわれ自身の時代が衰頽の時代であるということ、また、文化の水準が五十年前よりは下っているということを或る程度の自信を以て主張することができます。またこの衰頽の徴候が人間活動のあらゆる分野に見えていることを断言し得るのであります。* 文化の頽廃がさらに悪化しないという理由も考えられないし、文化を全然もたなくなるであろうと断言できる、相当長期間にわたる一つの時代を予見し得ないという理由もまたないのであります。その時が来れば文化は再びこの土壌から改めて生長しなくてはならなくなるでありましょう。わたくしが文化は再びこの土壌から生長しなくてはならないという時、わたくしは決して、文化が政治的策謀家の手によって生み出されるであろうということを意味しません。この試論によって発せられる問いが何であるかといえば、何かその条件を欠いているという場合、いかなる高度の文化も期待し得ないような何か永遠の条件というようなものがあるかどうかということであります。

＊ この試論の書かれた観点とは全く別個の観点から試みられた確証については、Victor Gollancz の *Our Threatened Values*（1946）を参照。

もしも、この問いに対する答えに幾分でも成功したとするならば、その時、われわれが直ちに警戒しなければならないことは、これらの条件をば、われわれの文化の改善の目的を以て生み出そうとすることの誤りであります。というのは、もしも何等かのはっきりした結論がこの研究から出てくるとするならば、その結論の一つはまず動かないところで、こういうことなのです――つまり、文化とはわれわれが意識的にそれを目的とすることのできない唯一のもの、なのです。文化とは、互いに充分調和し得るかどうかは別として、ともかくも調和し得る幾種かの活動が、各々それみずからを目的として追求されることによって生み出されたものであります――画家はそのカンヴァスに彼の注意を集中しなくてはなりません、詩人は彼のタイプライターに、官吏はその場その場の特定の問題が彼の机上に現われる度毎にその問題を正しく取りきめるということに、とにかく各自がその置かれた立場に順応して仕事をしなくてはならないのです。かりにわたくしが問題とするところのこれらの条件が読者の眼から見て望ましい社会的目標を代表するもののごとく見えたところで、これらの目標がもっぱら意識的な組織化によって充分に充たされ得るという結論に読者は一足飛びに飛び移ってはなりません。一つの絶対権威によって社会の階級的区分を計画するならば、それはいたずらに人為的なとうてい堪えがたいものとなるでありましょう。中央の指導権のもとに地方分散化を計れば、それは一個の矛盾となるでありましょう。教権の統一によって信仰の統一をもたらそうというつもりで教権を押しつけるというわけにはゆきません、それかといって宗教的多様性というものをそれ自身を目的として開拓するなどということは全くお話にならない矛盾であります。われわれの到達し得る地点は、せいぜいこれら文化の諸条件が人間という存在にとって「自然」であるという認定にとどまります、われわれはそのような条件を奨励するうえにほとんど何事をもなし得ないとしても、その途上に横たわる知的誤謬と感情的偏見とを相手に闘い得るというだけの認定にとどまります。その他のことは敢て問うことなく、われわれが互いに各個人としてのみずからの改善を計る場合と等しく、比較的細目の特殊例に即して、社会の改善を期すべきであります。われわれは「余は余自身を別個の人間に改造しよう」ということはできません、われわれは「余はこの悪習を廃して、このよき習慣に親しむために努力しよう」と言い得るのみであります。それと同様に、われわれが社会について言い得ることは――「われわれは行き過ぎもしくは欠点が誰の眼にも明瞭な甲もしくは乙の特定の場合に、それを改善することに努力しよう。それと同時にわれわれはでき得る限りの視野をわれわれの眼界に取り入れるように努力しなくてはならない、かくしてわれわれは一つの誤りを正そうとして他の何ものかを誤らせないように注意しなくてはならない。」これだけに留まります。実はこれだけの注意を払うだけでも、われわれとして実現し得るかどうか危かしいほどの大望を表明することになるのであります。何となれば、一つの時代の文化がそれに先立つ時代の文化と異なるものとなるゆえんは、もちろん右のごとき努力に俟つことにもよりますが、むしろそれ以上に、われわれが何等その努力の結果を理解することもなく、予見することもなくして、一寸刻みに重ねてゆくところのわれわれの営みに俟つことがきわめて大だからであります。

第一章「カルチュア」の三つの意味

カルチュアという用語は、われわれが一人の個人の発展を念頭におくか、一つの集団もしくは階級の発展を念頭におくか、もしくは一つの社会全体のそれを念頭におくかに応じてそれぞれ異なる連想を伴います。個人の教養は一つの集団もしくは階級の文化に依存し、またその集団もしくは階級の文化は、その集団なり階級の属する社会全体の文化に依存するというのがわたくしの論旨の一部分であります。それゆえに根本をなすものは社会の文化であって、まず最初に検討すべきものは社会全体との連関におけるこの「カルチュア」なる用語の意味であります。「カルチュア」なる用語が「培養」の意味で下等有機体に対する処理に――つまり、細菌学者とか農学者などの仕事に――適用された場合には、その意味は簡単明瞭であります、その場合には、到達すべき目的について意見の一致が成立し得るし、その目的にわれわれが達したか達しなかったかということに意見の相違はあり得ないのであります。この言葉が人間の頭や精神の改善ということに適用された場合にはカルチュアが何であるかについては意見の一致する可能性はより少くなります。人間に関する事柄において意識的に目ざさるべき或るものを意味するものとしては、この用語それ自体が決して長い歴史をもっているとはいえません。充分自覚的な努力によって到達さるべき或るものとしての「カルチュア」は、われわれが個人の自己教養を問題とする時にはその個人のカルチュアは集団のカルチュア、社会のカルチュアを背景として眺めることができるのでその意味が比較的に理解しやすいのであります。集団のカルチュアもまた、社会全般の発達度のにぶいカルチュアと対比した時にははっきりした意味をもつことができます。この用語の三つの適用例のあいだの相違が最も明瞭に捉えられるためには、個人もしくは集団、もしくは一つの全体としての社会との連関において、果してどの程度にまでカルチュアを達成せんとする自覚的目的ということがおよそ意味をもつものであるかを反問してみる必要があります。もしもわれわれが、個人の目的としかなり得ないものを集団の目的として掲げたり、一つの集団の目的としかなり得ないものを一つの全体としての社会の目的として掲げたりすることをさし控えるならば、われわれは徒に無用の混乱に陥ることなくしてすむでありましょう。

カルチュアという言葉の一般的な、もしくは人類学的な意味、例えば、タイラー（E. B. Tylor）がその著『原始文化』（*Primitive Culture*）の題名として使用したような意味はその他の意味とは独立に発展しています。ところで、もしわれわれが高度に発達した社会、殊にわれわれ自身の現代社会のごときものを考察しようとするならば、われわれはこれらの三つの意味の連関を考察しなければなりません。まさにこの地点において人類学は社会学のなかへ移入するのであります。文学者やモラリストたちのあいだでは従来、カルチュアを第三の意味とは無関係に、はじめの二つの意味において、特に第一の意味において論ずるのが普通になっています。直ちにわれわれの念頭に浮ぶこの選び方の一例を挙げれば、それはマシウ・アーノルド（Matthew Arnold）の『教養と無秩序』（*Culture and Anarchy*）でありますｏアーノルドは第一義的に、個人と個人の目ざすべき「完成」とを問題にしています。有名な彼の分類法「貴族（Barbarians）、ブルジョワ（Philistines）、大衆（Populace）」において彼は諸々の階級に対する規範を問題としていることは事実であります。ところで、彼の批判はこれらの諸々の階級をその階級に欠けたるもののゆえに非議するにとどまって、各階級の本来の機能もしくは「完成」が何であるべきかを考察するところまでは行っていないのであります。従ってその結果は、アーノルドが「教養」と呼ぶ一種特別な「完成」に達しようとする個人に向って、アーノルドはその個人の属する社会の達し得る限りでの最高の理想を実現すべく要請するのでなくして、個人がすべて階級なるものの限界を超然として無視すべきことを強要しているのであります。

アーノルドの「カルチュア」なるものが近代の読者にとって何となく手薄い印象を伝えるゆえんは、その幾分は彼の描いてみせた風景に社会的背景の欠けていることに基づくのであります。ところで、わたくしの考えでは、それはまたわれわれが「カルチュア」という言葉を使用する際に、すでに右に挙げた三つの意味のほかにさらに別種の使い方をしていることをつい彼が失念していたことに基づくものと思うのであります。同じ教養といっても、その場その場でわれわれが念頭に描くその達成の仕方にはいろいろの種類があります。われわれは精練された起居動作——みやびやかさや礼譲の正しさを考えているのかもしれません、もしそうだとすれば、われわれはまず最初に、或る一つの社会階級のことを念頭に浮べ、またその階級の最上の人々を代表する優れた個人のことを念頭に浮べるでありましょう。われわれは学問のことか、過去から積み立てられた知慧に親しく接触するという意味を考えているのかもしれません、もしそうだとすればわが教養人なるものは学者のことであります。われわれは最もひろい意味での哲学のことを考えているのかもしれません——つまり、抽象観念に対する関心と抽象観念をもてあそぶ多少の能力のことを考えているのかもしれません、もしそうだとすればわれわれは知性人を意味するでありましょう(但し、この用語は現代ではきわめてルーズに使用せられ、知力に秀でているのでも何でもない人々までも含んでいることを認めたうえでのはなしですが)。或いはまたわれわれ

われわれは芸術のことを考えているのかもわからない、そうならばわれわれは芸術家やアマチュアやディレッタントのことを意味します。ところでわれわれはこれらのすべてのものを同時に念頭に浮べるということは滅多にないのであります。例えば、音楽や絵画に対する理解ということがアーノルドの描いた教養人の目ぼしい特徴となっているとは考えられません、しかるにこれらの芸能が教養において一役を担っていることには誰も異論はないでしょう。

前の節に表示した教養のいくつかの活動をのぞいてみただけでも、それらの活動のどれか一つに完全に到達しても、その他の活動を排除すれば、誰一人として教養の御利益には与《あずか》らないという結論を下さざるを得なくなります。起居動作にすぐれていても、教育と知力と芸術への感受性とを欠くならば単なるお人形になるほかはなく、すぐれた起居動作や感受性を忘れた学問は徒らに学識の羅列に終り、知力にすぐれていてももっと人間的な属性を欠如するならばそれは将棋の天才児の鬼才と同じ意味でしか誰も感心する者はないでしょう。また知的内容の伴わない芸術は単なる虚飾でしかありません。それに、もしもわれわれが、これらの完成された技能のいずれの一つにも単独にそれのみではそこに教養なるものを発見しないとするならば、それと同様にわれわれは誰か一人の人間がそれらの技能のすべてに達し得るものと期待することもまた筋違いであります。遂にわれわれは完全なる教養人というものは全く一個の空想的産物であると推論せざるを得なくなるでありましょう。そうなればわれわれはカルチュアというものを特定の一個人にもまた各個人の特定の一つの集団のなかにも探すことをやめて、その範囲を次第に拡大するに至るでありましょう。そうして結局はこれを一つの全体としての社会の描くパターンのなかに発見せざるを得なくなるでありましょう。このことはわたくしには明白すぎるほど明白な考えとしか思われない、ところでしばしばそれが見のがされているのであります。人々はいつもみずからを一芸に達するゆえを以て教養人と考えたがります、事実は彼等は他の諸々の技能に欠くるばかりでなく、彼等の欠くところの技能に眼を塞いでいるのであります。いかなる種類の芸術家も、たとえきわめて偉大な芸術家にしても、ただその理由のみによって教養人であるということはできません、芸術家というものはその専業以外の芸術に対してはしばしば無感覚であるばかりでなく、時にはその起居動作は甚だ粗暴であり、知的能力において甚だ貧弱であります。文化に貢献する人間は、彼の貢献がいかに重要であるにもしろ、必ずしも「文化人」ではありません。

このことからして一個人なり或いは一集団なり或いは一階級のカルチュアについて語ることに何等の意味もないという結論が出るのではありません。われわれはただ個人のカルチュアは集団のカルチュアから引き離すことができないし、また集団のカルチュアは全体の社会のそれから抽象することができないということ、また「完成」についてのわれわれの観念は「カルチュア」の三つの意味を同時に考慮に入れるものでなくてはならないことを意味するのみであります。それにまた、カルチュアの高低の如何にかかわらず、とにかく一つの社会においては、各自みずからの文化活動にたずさわっている諸々の集団がそれぞれ判然と区別され、互いに他を排するであろうというのでもありません。むしろ反対に、カルチュアというものにとって必要な結合力を得る道はお互いの関心を重ね合い、分ち合い、互いに関与し合い、他の立場を理解し合うよりほかにはありません。一つの宗教にとっても、一面において、みずからの行いつつあることを自覚している祭司者の一団が必要であると同時に、他面においては、行われつつあることが何であるかを自覚している信者の一団が必要なのであります。

比較的に原始的な共同社会においては、カルチュアのいくつかの活動が互いに織り込まれて解きがたい状態を呈していることは明瞭であります。例えばディアク族（Dyak）は年一回の首狩り儀式に必要な独特の設計の小舟の形を作り、それに彫刻を施し、色を塗るために季節の大部分を費すのですが、彼等はいくつかのカルチュア活動を同時に――つまり、水陸戦を行うと同時に芸術的活動と宗教的活動にも従事しているのであります。文明が次第に複雑になるに従って、そこに職業の分化というものがそれだけ目立ってきます。ジョン・レイアード氏（John Layard）の語るところによれば、「石器時代」にあるニュー・ヘブリデイズ諸島（New Hebrides）においては、いくつかの島々がそれぞれ或る特定の芸術、工芸を専門とし、その物品を交換し合い、互いにその出来栄えを誇り合い、かくしてこの多島海の各々のメンバーが交互に満足を買っているということであります。しかし、一つの部族なり、島々や村々の一集団なりに属する各個人がそれぞれ別個の職能をもつにしても――そのうち最も変っているのは王と呪術＝医の職能ですが――文明の程度がよほど進んだのちでなくては、宗教と科学と政治と芸術とが互いに別個のものとして抽象的に概念せられるということはありません。そうしてまた、あたかも各個人の職能が世襲的となり、世襲的職能が硬化して階級別もしくはカスト別となり、遂には階級別が闘争にまで導くように、それと同様に、宗教と政治と科学と芸術も、互いに自律もしくは絶対的支配を求めて意識的な闘争を開始する一地点にまで到達します。この摩擦は、或る段階、或る状況においてはきわめて創造的なはたらきをします。それがどの程度まで自覚の増大の結果であるか、どの程度までその原因であるか、その問題はここで考察する必要はありません。社会の内部における緊張が同時にその社会の比較的自覚にめざめた個人の心理の内部における緊張となる場合があります。かの『アンティゴーネ』（*Antigone*）における義務と義務とのあいだの衝突――それは単に敬神と市民的忠順とのあいだの衝突、もしくは宗教と政治とのあいだの衝突というだけではなく、当時においていまだ宗教＝政治的でしかなかった一つの複合体の内部における法と法との矛盾のあいだの衝突なのですが――このような衝突はきわめて高度に進んだ一つの文明段階を代表するものであります。というのは、この矛盾が劇作家によって明瞭な表現を与えられ、この矛盾がまたその劇作家の技術が要請するところの反応をば聴衆から受け取ることができるというためには、その以前において、聴衆の経験のなかで、この矛盾がともかくも何等かの意味を有するものでなくてはならないからであります。

一つの社会が職能の複雑化、個別化の方向に発展するに従って、われわれはそこにいくつかの文化的水準というものの出現を期待することができます、つまり、階級もしくは集団の文化というものがおのずから現われてくるのであります。いかなる未来の社会においても、過去のあらゆる文明社会においてそうであったように、これらの互いに異なる水準というものがなくてはならないことは疑う余地がないとわたくしは考えるのであります。いかに熱心な社会平等論者といえどもこの点に異論があるとはわたくしは考えません。意見の相違は、集団文化の伝承が世襲によるべきものかどうか――各々の文化的水準がめいめいみずからを繁殖さすべきものかどうか――或いはそこに何等かの選択の機構が発見されて、その結果としてすべての個人が、然るべき順序を経て、彼の持ち前の資質からいって当然占むべき最高の文化的水準に据ることが望ましいかどうかということであります。更に問題を進める前にここで注意しておきたいことは、比較的高度の文化的集団が出現した場合、そのことによってその余の社会が決して影響を受けずにはおさまらないということであります。その現象自体がその社会全体の変化する過程の一部を構成するのでありまます。それにも一つ確実なことは――殊にわれわれが芸術の世界に注意を振り向けるときにはっきりすることですが――新しい価値というものが出現するにともない、また思想、感性、表現力がいよいよ精巧の度を増すに伴って、それ以前のいくつかの価値が消滅し去るということであります。ということはとりもなおさず、諸君はすべての段階の発展をば一ときに兼有することを期待し得ないということであります。一つの文明は、一つの文化的水準において偉大なる民謡を、他の文化的水準において『失楽園』(*Paradise Lost*)を、同時的に産出することはできないということであります。そういえば、時間というものがあらゆる場合に確実にもたらすところの唯一のものは損失なのであります。利得もしくは補償というものはほとんどあらゆる場合に、構想し得るものであるとしても、決して確実なものではありません。

文明の進歩度によって、より特殊化された文化集団が生れ出ることは大体において誤りでないとしても、われわれはこの発展が危険を伴わないものと思い込んではなりません。

文化の解体は文化の特殊化の結果として起りかねないのであります。そうしてまたこの場合は、一つの社会が被る解体のうち最も根本的な解体なのであります。それが唯一の解体でもなく、もしくは解体を研究するのにその場合が唯一の象面であるというのでもありません。しかし原因なり結果なりが何であろうとも、文化の解体というものはいかなるものにもまして最大の難患であり、それが修復は最大の難事なのであります。（もちろんわれわれはいま全体としての社会のことを主として語っているのですが。）この現象は、ヒンズー教のインドにおいて見られるごとき他の疾患、つまり、もともと諸々の職能の階層組織にすぎなかったものが硬化して世襲階級に堕した場合と混同してはならないものです。しかしまた必ずしもひとごとではない、事によるとこの二種の病気が一挙に、現代のイギリスの社会にその魔手を伸ばしていないとは決して断言できないのであります。文化の解体は二つもしくはそれ以上の社会層が全くかけ離れてしまって、それらが事実上別個の文化と化する場合に現われます。また上層水準の集団における文化が分裂して断片化し、それらの各々が一つの文化的活動のみを代表する場合にも現われます。もしもわたくしの観察に誤りがなければ、社会の或る水準と他の水準とのあいだの或る程度の文化的分離がすでに西欧社会に発生しているばかりでなく――文化が最も高度に発達しており、もしくは当然そうあるべきはずの諸々の階級において、その階級の或る程度の分解がすでに西欧社会では始まっていると思うのであります。宗教上の思想と実践、哲学と芸術、すべてこれらのものが互いに流通の道をもたない諸々のグループによって切り拓かれた孤立の領域と化しつつあります。芸術的感性は宗教的感性からの離婚によって貧困化されています、宗教的感性は芸術的感性からの分離によって弱体化しています。そうしてまた、起居の正しさに至ってはかすかにその名残りをば、まさに消えんとする一つの階級の少数の残存者の専業に一任しようとするかに見える、それがまたその感性教育を宗教にも芸術にも求めず、その知性の設備の貧困は気のきいた会話の材料にも事を欠き、結局、彼等の挙動に価値を附してくれる生活上の足場というものを全然持っていないのであります。ところでこの高度の水準における頽化の現象というものは、そのために一見明瞭な影響を被る当の集団のみにとって心痛の問題となるのではありません、実はその国民全体にとって由々しい問題なのであります。

　文化の全面的な衰頽現象を起す諸々の原因は、その明証が多種多様であるごとく、またきわめて複雑であります。それらの原因の或るものは、各種の専門家の手によって比較的捉えやすい社会的病弊の原因として示される説明のなかに見出すこともできるでありましょう。そういう病弊に対してはわれわれは絶えずその場その場の治療法を講ずべきでありましょう。それにも拘らず、われわれが日に日に気づかしめられることは、世界中のあらゆる部分が他の部分に対してもつ関係の諸問題の根柢に、この「カルチュア」という甚だ始末の悪い問題がいかに根深く横わっているかということなのであります。われわれが大国民と大国民とのあいだの相互の関係を問題とする場合、また大国民と小国民とのあいだの関係、*インドにおけるごとき互いに混淆《こんこう》した諸々の「共同社会」のあいだの相互関係、植民国として出発した国民に対する母国民の関係、植民の土着民に対する関係、西インド諸島におけるごとく、強制もしくは経済的誘因によって互いに異なる民族の多数の人口がひとところに掻き集められているような地域において問題となる各人種間の関係――これらの関係を問題とする場合、――多数の人々によって日々の解決を迫られているこれら至難の問題の背後には、いつも文化とは何であるか、またそれはわれわれの力を以て管理し或いは意識的に左右し得る何ものかであるかどうかという問題が横わっているのでありま す。われわれが教育についての何等かの理論を考案し、或いはその政策を組み立てる場合にも、直ちにこれらの問題にわれわれは直面するのであります。文化というものをもしもわれわれが真剣に考えるならば、一つの国民は、単に充分の食物を与えられなければならないというだけではなく（この問題さえも、われわれの力で以て充分に保証し得るものではないのです）、そのうえに然るべき特殊の調味法をも考えなければならないことに気づくのであります。実に、イギリスにおける文化の衰頽の一つの徴候は料理法に対する無関心でさえもあるのであります。文化というものは単純に、ただ生をして生き甲斐あらしめるものとさえ規定することができるのであります。或る一つの死滅した文明が残した遺跡やその影響力についてつくづく思いをひそめてみる時、その文明がかつて存在したことは決して無駄ではないと、後世、他の国民をして発言せしめることに正当な理由が認められるとするならば、それはほかでもない、その文明の文化にどこか生き甲斐があったというにすぎないのであります。

＊　この点には E. H. Carr（*Conditions of Peace*, Part 1, ch. iii）が触れている、尤も「カルチュア」の意味については何も論じられてはいないが。彼はいう、「中央ヨーロッパにおいて発生した多少ぎこちないが便利な用語でいえば、われわれは『文化的国民』と『国家的国民』とを区別しなければならない。共通の伝統と、共通文化の開拓とによって堅く結ばれた多少の程度に同質なる人種的もしくは言語的集団が存在するということを一見したのみで、無造作に一個の独立した政治的単位を設け、これを維持すべき理由となすことはやめなければならない。」しかしカー氏はここで政治的単位の問題に関心しているのであって、各文化の保存の問題とか、それらを政治的単位のなかで保存すべきものであるかどうかの問題には触れていない。

すでにわたくしは緒言の章において、いかなる文化も一つの宗教との連関においてでなければ出現することも発展することもないことを主張しておきました。しかしここに使用せられた連関という用語は容易にわれわれを誤りに導く危険があります。文化と宗教とのあいだに一つの関係を無造作に想定したということが恐らくアーノルドの『教養と無秩序』の最も根本的な弱みでありましょう。アーノルドの与える印象からいえば、教養（彼のこの用語の使用法からいって）とは宗教よりもさらに包括力の広いものであり、後者は、窮極の価値であるところの教養にとって必要な一要素であるというにとどまり、教養に対して倫理的な形成力と多少の情緒的な色どりとを補給する役割を持たされているというにすぎません。

　すでに読者の注意をひいたかもしれませんが、わたくしが文化の発展について語ったこと、また一つの文化が高度の発展段階に達した時の解体の危険について語ったことは、同様に宗教の歴史においても適用し得るのであります。文化の発展と宗教の発展とは、外部からの影響を受けない社会においては互いに判然と分離することができません。文化の純化が宗教における進歩の原因と見るべきかどうか、或いは宗教における進歩がその文化の純化の原因と見るべきかどうかということは、観る者の観方次第でどちらともいえるでありましょう。宗教と文化とを二つの別個のもののごとく取り扱う方向へ恐らくわれわれを動かした原因と考えられるものは、「キリスト教信仰」によるギリシア・ローマ文化への透入の歴史であります――この透入の及ぶところ、それはその当のギリシア・ローマ文化に対し、及びキリスト教的思想と実践のとった発展の進路に対して、いずれも深刻な影響を及ぼさずにはおかないものでありました。しかし原始キリスト教が接触した文化といえども（キリスト教が発生した環境の文化はいうまでもなく）それはそれ自身がすでに衰頽期の一つの宗教的文化だったのであります。だから、一面においてはわれわれには同一の宗教が幾種かの文化に魂を吹き入れることが信ぜられますが、他面において、果して何等かの宗教的根柢なくして文化というものが発生し得るや、或いはみずからを維持し得るや否やは甚だ疑問であるといわねばなりません。さらにわれわれは一歩を進めて、われわれが一民族の文化と呼ぶものと宗教と呼ぶものとは、実は同一物の異なる象面ではないかどうかを問うことができると思うのであります。つまり、一民族の文化は、本質的には、その民族の宗教の（いわば）肉化《インカーネイション》ではないかということであります。問題をこのように置いてみると、連関という言葉についてわたくしが今まで保留してきた問題に対してここで何等かの光が投ぜられることになりはしないかと思うのであります。

一つの社会が発展するに従って次第に多くの程度と種類の宗教的能力や機能が――もちろん他の能力や機能も増大するのですが――現われてきます。或る宗教の場合ではこの分化の幅が非常に広くなり、事実上は二個の宗教――一つは一般大衆のための宗教、他はその道の奥義をきわめた人々のための宗教となっていることが注目されるのであります。宗教における「二つの国民」の弊は明白であります。キリスト教はヒンズー教と較べるとこの病弊への抵抗においてより強力でありました。十六世紀の宗教的分立、及びそれに続く分派の増殖は一面においては宗教思想の分裂の歴史として研究することができますが、他面においては相い対立する社会的集団間の闘争として――つまり、一方は教理の種別化の問題として、他方はヨーロッパ文化の解体現象として、研究することができるのでありま す。ところで、同一の水準における、信念のこれらの大幅のひらきは決して喜ぶべき現象ではないとしても、「信仰」というものは、同一の教理に対する各種の度合の知的・想像力的・情緒的受容力を認めることの可能なものであり、また認めざるを得ないものであります。あたかも「信仰」が各種の宗団や儀式を抱擁することができるのと同じであります。そのうえに「キリスト教信仰」というものは、心理的に考えた時には――つまり、肉体をもつ特定の各個人の心理上の信念や態度の体系と見た場合には――信仰でありながらも、一つの歴史というものをもたなければやまないものであります。ただこの際、注意しなければならないのは、「キリスト教信仰」が発展し変化するものとして語り得る意味のなかに、もしも、人間がその集団的進歩を通じて、より深い聖化とより明るい神の光りとをわがものとなし得る可能性が含まれると想うならば、それは途方もない誤りといわなければなりませんが。(われわれは、芸術においてさえも、一つの長い期間をとってみれば、そこに進歩の跡が見られるとか、「原始」芸術が、芸術として、文明の芸術よりも必然に劣等であるとかいう勝手な想定を立てることはできません。)しかしながら、われわれが宗教的見地をとるのと文化的見地をとるとにかかわらず、発展の徴候の一つと見るべきものは懐疑的精神の出現ということであります。——この言葉によってもちろんわたくしは背信の精神を意味するのでもなければ破壊的精神を意味するのでもありません(まして元来知的怠慢に基づくところの不信の意味では全くありません)、ただわたくしの言わんとするのは、明証を検討する習性と、一気に事を決しないだけの能力ということであります。懐疑的精神とは一個の高度の文明的特性であります、ただしそれが、認識の可能さえも拒否するピロニズム的懐疑に堕するならば、それはそれだけでも文明の死因となりかねないのであります。懐疑的精神を強さの精神とすれば、ピロニズムは弱さの精神であります。何ゆえとなれば、われわれは決定を引き延ばすだけの強さをもたなければならないという に尽きないのであります——われわれは決断に至るだけの強さをもたなくてはならないからであります。

文化と宗教とが、これらめいめいの言葉をその正しい地盤において解釈した場合には、実は同一のものの異なる象面にすぎないという観念は、相当に立ち入った説明を加えなくては簡単には理解しがたい観念であります。しかしわたくしはまず最初に、この観念は互いに補足的な意味をもつ二つの誤りを矯正する方法をわれわれに与えてくれるものであることを言いたいのであります。そのうち広く一般に受け容れられている誤りは、文化というものが宗教なくして保存され、伸張され、発展せられることが可能であるという考えであります。この誤りは背信者によって抱懐される誤りであると同時に、キリスト教徒のいだく誤りでもあるのです。そうしてこの誤りをそれなりに反駁するためには相当綿密な歴史的分析を必要とするでありましょう、何となればこの場合、真相は一挙に明瞭になるたちのものでもなく、単に表面だけで判断するならばその真相はむしろ表面の事象によって反駁されるかの観さえ呈するからであります。つまり、一つの文化は、その文化の宗教的信念が衰頽したのちまでも残光を保つこともできるし、そういえば芸術やその他の業績においては、場合によってきわめて華々しい効果を生み出すこともできるからであります。もひとつの誤りは宗教の保存と維持とは文化の保存と維持とを勘定に入れる必要がないという信念であります。この信念はさらに進んで、文化の産物をすべて霊的生活にとって有害無益な障碍物として排斥する結果に導くことさえもあります。前者の誤りとともにこの後者の誤りを排撃し得る立場に立つためには、われわれは近視眼的立場を離れなくてはなりません。つまり、われわれの眼に映ずる文化が衰頽期の文化であるという場合、文化とはわれわれとは無縁の衆生として敬遠しても腹のいたまない或るものだという結論を受諾することを拒否しなくてはなりません。さらに附言しておかなくてはならないことは、文化と宗教との統一性を上述のごとき見方で認めるといっても、それは、すべての芸術的産物を無批判に受け容れてよいということでもなければ、その見方によって、各芸術品と芸術品とのあいだの識別が何ぴとにも即座につき得るごとき一つの規準が与えられるというのでもありません。美的感性は霊的知覚となるまでに伸張されなくてはなりません、そうして、芸術におけるデカダンスとか悪魔主義とかニヒリズムについてわれわれが判断を下す資格を得ようと思えば、その以前に、霊的知覚が美的感性となり、精練された味識となるまでに伸張されなくてはなりません。一個の芸術作品を芸術的標準によって判断するか、或いは宗教的標準によって判断するか、一つの宗教を宗教的標準によって判断するか芸術的標準によって判断するかは、窮極においては同一の結果に至らなくてはなりません、尤もそれはいかなる個人といえどもとうてい到達し得ない窮極点であることも事実ですが。

おぼろげながらもその正体を捉えようとして以上わたくしが試み来った、文化と宗教に対する見方というものはきわめて困難な見方でありまして、当人のわたくしにしましても、時たま瞬間のひらめきによってのみこれを捉えるよりほかはなく、またこの問題に含まれたあらゆる意味合いをくまなく了解したという自信も持ちません。それにまたこの見方は、刻々に誤りに陥る危険を絶えず蔵した見方でありまして、それというのも、この二つの用語をこのように対語として結び合わせた時にはいずれにも具わっている意味が、単独に取り出してみると、いずれの用語も含み得る或る意味へわれわれの気づかないあいだにいつの間にか移り変ってしまう危険があるからであります。わたくしのこの見方に存する妥当性というのは、例えば、世間の人々は自分たちの属する文化にも宗教にもいずれに対してもはっきりした自覚というものを持っておりませんが、いわばそれと似た意味においてはじめて妥当するものであります。たとえわずかでも宗教的意識を具えている者ならば自分の宗教的信念と自分の挙動とのあいだの対照に時々は心をいためるでありましょう。また、個人の教養なり、集団の文化からして与えられる何等かの賜物を味わうだけの舌を具えている者ならば、自分ながらいかにしても宗教的とはいいがたい諸々の価値がそこに含まれていることを承知しているに相違ありません。そこで、「宗教」という言葉も「文化」という言葉もいずれも互いに異なる内容を意味しながらも、個人の立場からいっても集団の立場からいっても、それらの言葉は、現在彼等が手に持っているものだけではなくして、目標として彼等が努力しつつある理想をも含まなければならないことは争えないことであります。それにも拘らず、一つの宗教という時、それは一つの国民の生き方のすべて、つまり、誕生から墓場まで、朝から夜中まで、いな、われわれの睡眠の最中をも含めた一つの生き方と見るべき面がたしかにあるのであります。ところでどうでしょう、その生き方なるものが同時にまたそのままその国民の文化なのであります。ところでまたそれと同時に、この両者の同一化がゆくところまで完了してしまった場合には、とりもなおさずそれは、現実の社会においては、文化としても劣等文化であるばかりでなく、宗教としてもまた劣等宗教となることをわれわれはどうしても認めないわけにはゆかないのであります。少くとも潜勢的には、一つの世界宗教というものは一民族なり一国民がみずからの専売を要求する宗教よりも高等であります。ところで少くとも潜勢的には、他の諸々の文化のなかにも実現されているごとき宗教を実現している文化というものは、一つの宗教を独占する文化よりも高等であります。一つの見方からするならば、われわれはどうしても同一化を試みなければなりません、他の見方からするならば、われわれはどうしても分離化を試みなければならないことになるのであります。

　いまここで同一化の見方を採るとするならば、まず読者も、わたくしが絶えず想起しなければならなかったように、ここでカルチュアという用語にどれだけの意味合いがひろく抱擁されているかということを想起していただかなくてはなりません。それは実に一つの国民の特性をなすすべての活動と関心とを包含するのであります――ダービーの競馬、ヘンレーの素人端艇《たんてい》競漕《きょうそう》、カウズのヨット競漕、八月十二日の狩猟解禁日、蹴球優勝戦、針さし遊戯板、投槍板、ウェンズリデルのチーズ、湯煮したキャベツの区切り法、赤甜菜《あかてんさい》の根の酢づけ料理、十九世紀式ゴチック寺院、エルガーの音楽。読者は御自分でリストを作ってみて下さい。たちまちわれわれは或る奇妙な観念に直面せざるを得ないのでありま す、つまり、われわれの文化の或る部分はそれが同時にそのままわれわれの生きられた宗教の或る部分であるということになるのです。

われわれはわれわれの文化というものをあますところなく統一されたもののごとく考えてはなりません――わたくしの掲げた上記のリストはその意味の暗示を避けるためにわざわざ考案されたものであります。またヨーロッパのいかなる国民の現実の宗教もかつて一度も純粋にキリスト教的であったためしもなく、それかといって純粋にその他の何ものであったためしもありません。そこにはあらゆる場合に、より原始的な信仰の切れっぱしや残滓《ざんし》が半分消化されたかたちでくっついています。そこにはあらゆる場合に、寄生的な信念へ進む傾向が跡を絶ったためしがありません。そこにはあらゆる場合に、歪曲が行われています、例えば愛国心ですが、それは自然宗教の一部分であり、それゆえに立派に法にかなうものであり、「キリスト教会」からも奨励されもしますが、それが誇張されてあられもない愛国心の漫画が出来あがることがあります。またいかなる国民にしたところで、いとも簡単容易に互いに矛盾する信念をごり押しに押し通したり、交互に対立する諸々の強国の鼻息を窺うくらいのことならば誰に遠慮もあったものではありません。

われわれの信ずるところのものが単にわれわれが公式化したり記名承諾を与えたものではなくして、われわれの挙動が同時に信仰であるということ、また極度に発達した自覚に富む人間でも、それと同時にまた、信念と挙動との区別のつかない水準で生きている人間でもあるということを考えてみるならば、この反省は何の奇もないようで、ひとたびわれわれの想像力をそのうえに活潑に働かせてみるならば、全く手も足も出ない結果となってくるのであります。こういう風に考えてくると、われわれの日常の何の変哲もない行事や各瞬間の仕事までが突然重大な意味を帯び来り、それを考えるとわれわれは全く暗澹たる恐怖に襲われ、とうてい長時間の正視には堪えられないのであります。霊的生活を完全に切り開くためにいかなる性質の合理化を遂行すべきかに思い及ぶとき、われわれが絶望のどん底に落ちこまないためには神の恩寵の可能性とわれらの先人たる聖者の遺業を深く心にとどめておかなくてはなりません。またわれわれが福音普及の問題、キリスト教的社会の発展の問題に思い及ぶとき、われらの意気が沮喪《そそう》するのもまた決していわれのないことではありません。われわれこそ宗教的国民であり、他の国民は宗教を知らないと思い込むのは問題をあまりにも単純化するものであって、むしろそれは問題の歪曲に近いといわなければなりません。或る見方からすれば宗教は文化であり、また他の見方からすれば文化は宗教であるという反省はわれわれの自己満足を破る意味において甚だ不愉快な反省であるのかもしれません。見たまえ、いまさら宗教を云々するまでもなく、すでに国民はダービー競馬と犬の競走路がその一役を買って出る、一つの宗教を立派にもっているではないかと開き直られてみると、まことにお気の毒ですが御挨拶にさぞお困りでしょう。高級の司教の奉ずる宗教のなかには勲章留めのゲートルと「芸術院《アシニーアム》」が予定されているではないかと匂わされると、御迷惑はお察しいたします。キリスト教徒で安心している鼻の先で君たちはキリスト教徒としては信心未到の新発心《しぼち》にすぎないとお叱りを受けたかと思うと、また誰やら別の声で、君たちはよっぽど世間のお付き合いがいいと見えてやたらに博愛衆に及ぼすね、と言われては堪るまい。しかし反省のお蔭というものか、こういうことが判明しました――ビショップといえどもイギリス文化の一部分であり、犬馬といえども実はイギリス宗教の一部分であるということが。

　文化というものがある、ただしそれは社会の一小部分の所有にすぎないと一般に想定されています。そうしてこの想定からして二つの結論のうちの一つへ急ぐのが普通であります。つまり、文化とはきわめて少数の人々の関心事でしかあり得ない、ゆえに未来の社会においては文化の余地は残されない、と考えるか、もしくは、未来の社会においてはかつて少数者の所有であった文化は万人の手に委ねられなければならない、と考えるかのいずれかであります。この想定とそれから引き出される結果とを考えてみると、それはかつてピュリタンが修道院生活《モナスティシズム》と禁欲生活に対して示した反感を想起させるものがあるのでありま す。というのは、現代では少数者のみが接近し得るごとき文化が敬遠されるのと全く同じ筆法で以て、かつては密室の観想生活というものが極端なプロテスタンティズムによって非難され、また独身生活はほとんど変態性慾にも劣らないほどの嫌悪の眼を以て睨まれたからであります。

この章においてわたくしが述べようとつとめてきた宗教と文化の理論を端的に捕捉するためには、二つの相互排除的な誤りを避けることにつとめなければなりません。つまり、宗教と文化とをそのあいだに一つの関係をもつ二つの別個のものと見る誤り、次に、宗教と文化とを同一化することの誤りであります。わたくしは本書の或る個所で一国民の文化をその国民の宗教の肉化（インカーネイション）として語りました。ところでわたくしはこのようなだいそれた言葉を使用することの大胆さを充分承知しているつもりですが、一面において関係という用語を避けるとともに他面において同一化をも避けようとするわたくしの意図をこの言葉以上に適切に伝えてくれる言葉を思いつきません。一つの宗教の真理、もしくは一面の真理、或いはその虚偽でさえも、その宗教を標榜する諸々の国民の文化的業績に存するのでもなく、また文化的業績による精密な試験に曝されることをいさぎよしとするものでもありません。というのは、一つの国民がその挙動によって示す意味において信じていると言い得るものは、すでに述べたように、いつも純粋にその標榜するところの信念から遥かにはみ出したもの、また、遥かにそれにはとどかないものだからであります。それればかりでなく、その国の文化が一面的真理にすぎないような宗教と相俟って形成された文化は、より真理に近い光をもつ他の国民よりも遥かに忠実に（少くともその国民の歴史の或る期間だけは）その宗教を実践することがあり得るのです。われわれが敢てキリスト教文化を最高の文化として語り得るのは、われわれの社会が真に一個のキリスト教的社会である限りにおいて、われわれの文化をばそのあるべき姿において構想する時にのみ言い得ることであります。この文化が世界がかつて経験した最高の文化であると断定し得るのは、かつてヨーロッパの文化であったところのこの文化をばそのあらゆる象面にわたって検討することによってのみ断定し得るのであります。今日あるがままのわれわれの文化をばキリスト教外の諸々の国民の文化と比較するに当っては、われわれの文化は何等かの点において後者に劣るものであることを知るだけの用意をもたなくてはならないのです。もしもイギリスがキリスト教よりも劣る何等かの宗教もしくは唯物的な宗教の処方に従ってみずからを改革することによってその背教行為を行きつくところまで行かしめるならば、現在よりも遥かに華やかな文化の花を咲かせてみせる可能性のあることをわたくしは決して見落しているのではありません。しかしそれは、その新しい宗教が真理であってキリスト教が虚偽であるという明証にはならないでありましょう。それは単に、いかなる宗教といえども、それに生命のあるあいだは、またそれ相応の水準においては、生命に意味らしいものを与えるものであるということ、そうして大多数の人類を倦怠と絶望から保護するものであることを証明するだけのはなしでありましょう。

第二章　階級と「エリット」

前章において提案された文化の各水準についての説明に従うならば、比較的原始的な諸々の社会のあいだにあっては、高等な類型に属する社会は、下等な類型の社会よりも、その社会内の各員のあいだに職能の個別化をより著しく示すことが知られるでありましょう。* さらにも一つ高次の段階においては、われわれは、或る職能が他の職能よりもより多くの尊敬を受けていることを発見します。そうしてこの区分が階級というものの発展をうながしていることを発見します。そこでは、より高い名誉とより高い特権とが職能者としての人格に与えられるのみならず、その階級の一員としての人格にも与えられています。ところでその階級自体がまた一つの職能を所有しているのであります。つまり、それはその社会の文化全体のうちその階級に所属する文化的部分を維持するという職能であります。われわれが決して忘れてならないことは、一個の健康な社会においては、文化の或る特定の水準のこの維持ということは、これを維持する階級の利益となるばかりでなく、一つの全体としての社会の利益ともなるということであります。この事実に気づくならばわれわれは、「高次の」一階級の文化が一つの全体としての社会にとって、或いは多数者にとって、余計な或るものであると想像したり、またその他のすべての階級によって平等に分有さるべきものと想像しなくてもいいことになります。同時にまたこの事実は、その「高次」の階級が特に関心をもつところの文化が存続するかどうかはその国民の文化の健康に依存するものであるということを、その「高次の」階級なるものが存在する限り、彼等に想起せしめることにもなるでありましょう。

＊　原始文化がより高次の形態へ向って進む進化が何か観察によってわれわれの認知し得る過程であるかのごとき言い方をわたくしは特に避けたいと思う。われわれはそれらの諸形態間の相違を観察する、われわれはそれらのうちの或るものが、われわれの観察した低次の文化の段階と類似する一つの段階から発展し来ったものと推論する。しかしわれわれの推論に誤りがないとしても、わたくしはここではその発展を問題としているのではない。

右のごとく階級的に区分せられた社会はわれわれが強いて到達すべき最高の類型ではないというのが、いまでは現代的思惟の常識となっています。ところで、単にそれだけでなく一個の進歩的社会である限り遂にはこれらの階級別を征服することは理の当然であり、またそれがわれわれの意識的な指導力によって左右され得るものであり、従って、階級なき一つの社会を実現することはわれわれに課せられた当然の義務であるということもまたわれわれの常識となっています。ところで、いかなる意味にもせよとにかく過去との連想を維持するという意味での階級というものは消滅するであろうと一般には信じられながらも、その傍らにおいて、個人と個人とのあいだの何等かの質的相違は依然として認知さるべきであり、また卓越した諸々の個人はそれぞれ適当な集団にまで形成さるべきであり、彼等に対して応分の権限を附与し、場合によっては各種の報酬や名誉をも与うべきであるという考えがまた時代に先駆する或る人々のあいだの意見となっているのであります。政治や行政の能力に適した各個人から成る集団は国民の政治生活を指導するでありましょう。その集団を構成する個人は指導者と呼ばれるでありましょう。芸術にたずさわる集団もあるでしょう、科学にたずさわる集団もあるでしょう、哲学にたずさわる集団もあるでしょう、もちろん行動人から成る集団もあるでありましょう。そうしてこれらの集団がつまりわれわれの呼ぶ「エリット」（選ばれたるもの）であります。

現在の社会状態においては、志を同じくする各個人の自主的な集りや、共通の物質的利益もしくは共通の仕事、職業を基礎とする諸々の集りが見られるのでありますが、それはともかくとして、未来の選ばれたる人々の団体は一つの重要な点において従来のいかなる団体とも異なるものとなるであろうことは明白であります。つまりそれは彼等は過去の諸々の階級のあと釜にすわり、それらの階級の積極的な職能を一手に引き受けるであろうということであります。この変貌は必ずしもつねに大びらに公言されているのではありません。階級の区別を堪えがたい悪と見る思想家もあり、それはただ死を待つのみであると考える思想家もあります。この後者は、ともあれ「エリット」によって支配される一つの社会というものに目ぼしをつけて、階級などいうものには頭から眼をつぶり、その「エリット」というものは「社会のすべての部門から自由に引き抜ける」ではないかと仰せられるかもしれません。ところでいかがなものでありましょうか、もしもわれわれが、将来その一群の「エリット」となるであろう各個人を幼年時代から劃一化し、彼等の将来の役割を目標として教育し、そうして是が非でも権勢の地位にすわらせるための手段方法をば完成すればするに従って、かつての階級的区別なんぞはすっかりその正体を没して影の影となり、もしもそこに何等かの社会的地位の上下の区別が認められるものとするならば、それはその一群の「エリット」とその他の庶民とのあいだに認められるよりほかはないことになりはしないか。必ずしも杞憂ではないと思うのですが、その御本人の「エリット」の一群、彼等の何人かのあいだに席次の前後や信望の多寡が問題になって来ないというならば、それはまことに結構なはなしというよりほかはありません。

この「エリット」という教義がいかに遠慮がちに、まるで人目を忍ぶがごとく提出されたとしたところで、それはまさに社会の根本的変貌を意味するものであります。皮相的に考えれば、それはわれわれの誰もが当然欲望せざるを得ないところのもの――社会上のすべての地位がその地位の機能を行使するうえに最適任と考えられる人々によって占めらるべきものである、という理想を目ざしているにすぎないもののごとくに見えます。従来われわれは、個人個人の場合について、彼等がその個人の性格からいっても知力からいってもとうてい占有する資格のない社会的地位を占め、従って各個人は単に形ばかりの教育や生れや血縁関係を通してのみ配置されている幾多の例を見せつけられております。このような光景を虚心坦懐に観察して憤慨しない者はないでしょう。しかるに「エリット」という教義はこのような不正の矯正というだけの意味に決してとどまり得ない。それはアトム的社会観を措定することになります。

この「エリット」の問題についての見解――それ自身の有する価値からいっても、その及ぼす影響力の点からいっても、最も綿密な注意を払うにあたいする思想家は故カール・マンハイム博士（Dr. Karl Mannheim）であります。そういえば実に、この国において、「エリット」という用語の中興の宗祖たる栄誉をになうべきものはマンハイム博士であるといってもいいのであります。文化についてのマンハイム博士の説明はこの試論の前の章で与えた説明とは異なるものであることをわたくしたちは注意しないわけにはゆきません。彼は言う（『人間と社会』*Man and Society* 八二頁）——

自由社会における文化の社会学的研究は文化を創造する人々の生活を出発点として、すなわち、インテリゲンチアと、一つの全体としての社会の内部における彼等の位置を起点として出発しなくてはならない。

わたくしの与えた説明によれば、一つの「カルチュア」は一つの全体としての社会の産物として考えられ、他面から見るならば、それはその社会をして一つの社会たらしめる当のものでもありました。それはその社会のいずれかの一部分の産物ではありません。マンハイム博士の立場からいって文化創造的集団というべきものに該当するものの職能は、わたくしの説明に従えば、むしろその文化を有機的複合性において更に一歩進展せしめる役割を意味するものになるでありましょう。それは一段と自覚化された一つの水準における文化ではあるが、やはり同一の文化であることに変りはありません。文化のこの高次の水準はそれ自身において価値あるものであると同時に、低次の諸々の水準をも豊饒化するという双方の役割において考えられなくてはなりません。かくして、文化の運動は一種の円環運動を描き、めいめいの階級がその他の階級を育成しつつ進行するでありましょう。すでにこれだけでも相当重大な相違であります。わたくしの第二の観察は、マンハイム博士は一つの「エリット」的世界よりもむしろ複数の「エリット」を問題にしているということであります。

（彼は言う――『人間と社会』、八二頁）われわれは「エリット」に次のごときいくつかの類型を区別することができるであろう――政治家、組織者、知性人、芸術家、道徳家、宗教家。政治家、組織者としての「エリット」が多数の個人的意志を合体化することを目標とするに反して、知性人、芸術家、道徳＝宗教家としての「エリット」の職能は、社会がその日々の生存競争に追われて十分に消費することのできない心理的なエネルギーを昇華するにある。

これら諸々の「エリット」のこの区劃化ということはすでに或る程度まで行われており、また或る程度まではそれは必要でもあり、悪いことでもありません。しかし、それが現在行われていると観察される限りでは、それは必ずしも全面的にいいことだということはできません。わたくしは他の個所において、われわれの文化の病勢の進行は諸々の「エリット」の孤立化の進行であり、その結果として、政治家、哲学者、芸術家、科学者、これらそれぞれの「エリット」が、単に思想の全面的な流通の停滞という原因によるばかりでなく、遥かに低次の水準において、思想などいうものよりも恐らくさらに重要なかの相互の接触、交互の影響というものの欠乏によって、互いに孤立化し、それが各自の非常な損失をきたしているということを暗示しておきました。それゆえに、諸々の「エリット」の形成、保存、発展という問題は同時に、「エリット」というもの、、、の形成、保存、発展の問題でもあるのです。これはマンハイム博士の触れてない問題であります。

この問題への緒言の意味でわたくしはわたくしの見方とマンハイム博士の見方とのあいだの、もひとつの相違点に注意を喚起しなければなりません。彼は或る文章において（これにはわたくしも同感ですが、八五頁）言う――

自由＝民主主義的社会の危機は第一に次の事実に起因している――かつては文化的に創造的な役割を果した諸々の、「エリット」の発展に有利であったところの基礎的な社会過程が現在ではその反対の効果、つまり従来よりは遥かに広汎な部分にわたる一般大衆が諸々の文化活動に積極的に参加するに至ったために、かえって「エリット」の形成にとって障碍となって来たことに起因する。

もちろんわたくしはこの文章の最後の一句をこのままでは受け容れるわけにはゆきません。わたくしの文化観からいえば、一般大衆の全部が「諸々の文化活動に積極的に参加」すべきものである――全部が同一の活動に、もしくは同一の水準において参加すべきではありません。この一句は、わたくしの用語に移していえば、次第に多くの割合の一般大衆が集団文化に関与するということを意味します。恐らくマンハイム博士も同感と思うのですが、このことは階級＝構造というものが徐々に変化し来ったために起る現象であります。ところで、ここまでくると、マンハイム博士は「エリット」を階級といつの間にか混同し始めたのではないかとわたくしには感じられるのであります。というのは彼は次のごとく言っているからであります。（八九頁）――

諸々の「エリット」を選出する上の根本的形式であって現在までに歴史の舞台に現われたものを記憶に浮べてみるならば、そこに三つの原理を見分けることができる――血と財産と業績とに基づく選定である。貴族的社会は、殊にその陣容を整えてから後は、その「エリット」を主として血の原理に基づいて選択した。ブルジョワ社会は徐々に一つの補足的方法として、富の原理を取り入れた、それはまた同時に知性人の「エリット」にとっても受け容れられるものでもあった、というのは教育というものがともかく富裕な家庭の子弟にしか利用できなかったからである。もちろん業績の原理も昔の時代の他の二つの原理と結びついていることは事実である。しかし近代民主主義が厳格にその方向を守る限りにおいてその重要な貢献として認むべきことは、この、業績の原理というものが次第に社会的成功の規準となる傾向を示していることとである。

わたくしも一応の大づかみな受け容れ方としては、歴史上の三時代に対するこの説明を認めることに躊躇《ちゅうちょ》するものではありません。ただわたくしがここで注意したいのはここではわれわれは諸々の「エリット」でなくして諸々の階級を問題にしているということ、より正確にいえば、一つの階級的社会から一つの階級なき社会への進化を問題としているということであります。わたくしの見るところでは、かつて諸々の階級が最も尖鋭に分割されていた段階においてさえも、なお一つの「エリット」的世界なるものを見分け得ると思うのであります。われわれは中世時代の芸術家がすべて貴族の位にあり、もしくは各階層の聖職者や政治家たちがすべて彼等の系図に準じて選定されたものと信ずべきでありましょうか。

　こういうことを信じさせようとするのがマンハイム博士の本来の意志であるとはわたくしは思いません。しかし彼は、諸々の「エリット」をば、彼等「エリット」が奉仕し、その色合に染められ、また彼等のうちの幾人かは場合によってはそこから召し出されるところの、その時代の支配的な部分と混同しようとしているものとわたくしは考えるのであります。最近五百年かそこそこのあいだに現われた社会の推移の仕方の大まかな図式が世間一般には受け容れられています。わたくしはこの受け容れ方を問題にしようとする気はありません。わたくしはただ一つの条件を持ち出したいと思うのです。ブルジョワ社会、(わが国の立場からいえば「上流中産階級」といった方が適切だと思うのですが)これが支配力をもった段階においては、特にイギリスにとって適用さるべき一つの相違点が存するのであります。かつてこの社会がいかに強大であったとしても――というのは、その力はすでに過去のものになりつつあると一般にいわれているのですから――なおその上位に、ブルジョワ階級がその理想の或るものとその規範の或るものとをそこから引き出し、また上流中産階級に属しながらも大望をいだいている人々の野心の的ともなった一つの階級が存在していなかったならば、ブルジョワ階級といえどもかくのごときものとはなり得なかったであろうと考えられます。このことが、ブルジョワ階級に、それに先行した貴族社会からも質的に異なるものであり、かつその次に来るものと期待されている大衆社会とも質的に異なる一つの相違点を与えているのであります。

マンハイム博士の論説のなかのも一つの文章に移りましょう、これはわたくしには全面的に真であると思われるのです。彼の頭のたしかさは現在の人間境位の陰鬱から故意に眼をそらすようなごまかしから彼を救っているのであります。しかしわたくしの判断する限りでは、彼はいわゆる「プラニング」（計画）の可能性に対する彼自身の強い信頼を読者に吹き込むことによって、大部分の読者の頭に強いて積極的な希望に満ちた感じを伝えることに成功しているのではないかと見られる節があります。それにも拘らずなお彼ははっきり次のごとく言い切っています――

業績の原理のみが問題となるごとき機会均等の大衆社会において、果して諸々の「エリット」の選定がいかように運営されるものかわれわれには何等はっきりしたことはわからない。そのような社会においては諸々の「エリット」の相続関係があまりにも急激に行われ、かくして、本質的に、支配力をもつ集団の勢力がゆるやかに漸段的《ぜんだん》に拡大されることによって成り立つ社会的連続性というものがこの社会では欠けることになりかねないと思う。*

＊マンハイム博士はさらに進んで、この業績原理さえも抛棄《ほうき》しかねない、大衆社会のもつ或る傾向に注意を喚起している。この節はたいへん重要である。しかしわたくしはこのことから発生する危険はさらに重大な警戒を要する意味において彼と同感なるがゆえに、この場所でその節を引用する必要を認めない。

このことはわたくしのこの論説にきわめて重大な問題を提起するものであります。マンハイム博士はこの点を詳細に論じているとは思われません。それは文化の伝達の問題であります。

われわれが文化のある特定の部分の歴史、例えば芸術、もしくは文学、もしくは哲学の歴史を問題とする場合、われわれが或る特定の部類の現象を孤立化して考えることは無理もないはなしであります、尤もこれらの題目を一般社会史との関係において、より密接に結びつけようとする運動もないわけではなく、この運動からして興味ある書物、価値ある書物もたくさん書かれています。ところで、そのような説明にしたところで、それらは普通、或る種の現象の歴史を他の種の現象の歴史の光に照して解釈しようとする試みにとどまるのであって、またマンハイム博士の著書のごとく、わたくしがここに採用した文化観よりも遥かに限定された見方を取ろうとする傾向があります。われわれが考えなくてはならないことは、一つの世代から次の世代にわたる文化の伝達において、「エリット」の演ずる役割と階級の演ずる役割の問題であります。

ここでわれわれは想起しなければならない、それは前章に示しておいた危険、すなわち、文化をば各種別個の文化的活動の総計と同一化するということの危険性であります。そうして、もしもわれわれがこの同一化を回避するならば、われわれはまたそれと同時にわれわれの集団文化をばマンハイム博士のいう諸々の「エリット」たちの諸々の活動の総計と同一化することも承諾するわけにはゆかないでありましょう。人類学者ならば或る特定の一部族民の社会制度、経済現象、芸術、宗教を研究することは自由であります。彼等の心理的特性をさえ研究することも自由であります。しかしこれらの現象の全部を詳細に観察し、それらを併せて同時に把握してみたところで、単にそれだけで人類学者がその民族の文化の了解に一歩近づくわけではありません。というのは、一つの民族の文化を了解することは、とりもなおさず、その民族を了解することだからであります、そうしてこのことはわれわれの想像力に訴えて了解することを意味するからであります。そのような了解は決してどこまで行けば完了するというたちのものではありません。了解は必然に抽象的となるか——その場合には本質は取り逃される——そうでなければわれわれがその了解を生きるかのいずれかとなるほかはありません。そうしてそれが生きられる限りにおいて、研究者は彼の研究する民族と寸分の距てもなくみずからを同一化する方向へ進み、遂には、或る見方に立てばこそそれを研究する甲斐もありまた研究も可能であったはずの当の観点そのものをも失うに至るでありましょう。了解というものは、われわれの意識にのぼせ得る範囲よりも遥かに広汎な範囲を含むものであります。われわれはものの外側と内側とに同時に立つということはできません。他の国民を了解するという言葉によって普通われわれの意味するところはもちろん了解への接近ではありますが、それは、研究者がみずからの文化の或る本質的なるものをそろそろ喪い始めた途端にぴったり停止するものでなくてはなりません。食人種の内部世界を了解せんがために実際に食人の経験を味わったという人があるとすれば、恐らくそれは行き過ぎというものでありましょう。その人は二度ともとの同胞の一人になり切ることはむつかしいでありましょう。*

＊　ジョウゼフ・コンラド（Joseph Conrad）の『闇の心』（*Heart of Darkness*）はこれと類似の意味を暗示している。

しかしながら、わたくしがこの問題を取り上げたのは専ら、文化というものは単に幾種かの活動の総計ではなくして一つの生き方であるとするわたくしの主張を裏づけんがためであります。ところで、職業的に一芸に達しているという理由によってはマンハイム博士のいう諸々の「エリット」の一員となる充分な資格を恵まれているかもしれない天才的専門家にしたところで、恐らく当人は集団文化を代表するいわゆる「文化人」の一人ではありそうにもありません。わたくしが前にも言ったように、彼は単にその集団文化に局外から貴重な貢献を寄与する人間であるにすぎないかもしれません。それでいてまた、集団文化というものは、過去の事実に照してみて、一度も階級というものとぴったり延長を同じしたというためしがありません、それは貴族階級の場合でも上流中産階級の場合でも変りはない。これらの階級に属する実に多数の人々はいつの時代にも著しく「教養」に欠けています。わたくしは、過去においてはこの教養の貯蔵庫なるものはつまり「エリット」の原義に即して「選び取られたるもの」すなわち「エリット」的世界であったと考えます。この世界の主要部分をなすのは時の支配階級から引き抜かれた人々であり、この人々が、きわめて少数の人々によって生産された思想や芸術などの第一位の消費者を構成し、そうしてその少数者の出身もまたひろく各種の階級（右の支配階級自身もそのなかに含めて）にわたっていたと考えます。この多数者の方の単位をなすものは、その或るものは個人であり、他の或るものは家族でありましょう。しかしながら、その支配階級から引き抜かれた個人であって文化的「エリット」の中核をなす人々は、それだからといって、彼等の属する階級から遮断されてはならないのです。というのは、彼等がその階級の成員たることをやめれば、彼等はその演ずべき役割がなくなってしまうからであります。彼等の機能は、文化生産者との関係からいえば、彼等の継承した文化を伝達するにあります、それは、彼等の属する階級の他の人々に対する関係からいえば、その文化が化石化することを防止するにあるのと一般であります。一つの全体としての階級の機能は、起居動作の標準を保存し伝播するにあります――ところでこの起居動作というものが集団文化における一つの生命的な要素となるのです。[*] 階級に属する優れた個人、優れた家族の機能はその集団文化を保存するということであります。それは文化生産者の機能がその文化を変更するにあるのと一般であります。

＊　ここで誤解を避けるために言っておきたいことは、「起居動作の標準」というものが社会のどれか一つの階層に特有のものであることをわたくしは想定しているのではないということである。健康な社会においては起居動作の標準はどの階層にも見出されなければならぬ。しかしあたかもわれわれが「カルチュア」の意味をその各種の水準において区別するように、「起居動作の標準」の意味も自覚度の多少に応じてその間に区別を設

けるだけである。

専ら各個人の個人としての卓越性のみによって一つの「エリット」的世界へ進出するごとき個人から成る世界においては、その背景をなす出身別の相違があまりにも大きくなり、もしも彼等が結合するとすればそれは彼等に共通の利害によるよりほかはなく、分散するとすれば、その理由なら実に数え切れないのであります。それゆえに一つの「エリット」的世界は上層、下層にかかわらず、何等かの階級に附随せざるを得ないのであります。しかしともかくもいくつかの階級というものが存する限り、この「エリット」的世界を引き寄せるものは支配階級である可能性が多いものであります。それでは階級なき一つの社会においてはどういうことになるでありましょうか――このことは世間で一般に考えられているよりも遥かに予想は困難なのですが――こう考えてみると、われわれは思い思いの臆測に立ち入らざるを得なくなります。しかしながら、敢てここに推測を試みても必ずしも無駄とは思われないものがいくつかあるようであります。

文化の伝達の通路として第一義的な意味をもつものは家族であります。いかなる人間も彼の幼少年時代の環境から習い憶えた文化の種類から脱出しきれるものでもなければ、その程度を乗り越しきるということもできるものではありません。このほかに伝達の通路はあり得ないというとすれば、それは全く野暮なはなしであります。多少でも複雑な社会においては、この通路はその他の筋道による伝承方法によって補足され、引き継がれています。比較的原始的な社会においてすらそういう風になっています。諸々の活動が専門化された、文明度の進んだ共同社会——そこではすべての子供が彼等の父親の仕事を踏襲するのでもなく、また徒弟が（少くとも、理想的には）その親方の命令を墨守して単に技芸学校で技術を覚えるように親方の技術を覚えるのでもありません——そういう社会においては、徒弟はその特定の商売なり手芸なりと並行した一つの生き方のなかへ消化されてしまいます。恐らく現在失われた手芸の秘密というものが何であるかといえば、そこでは単に一個の技術だけでなくして、一つの生き方の全体が伝達されていたからであります。文化は——それは文化についての知識とは別ものでありますが——今からいえば旧式の大学によってかつては伝達されていました。そこでは勉強の味も覚えず、ゴチック建築や学寮の礼式、型式の意味も知らない怠け者の学生でありながら、多くの青年は何ものかを得ていたのであります。恐らく何かこれと似た或るものがフリーメーソン型の結社によっても伝達されているのではないかと想像されます。というのは、入門の型式というものは、過去から受け取りかつ未来へ永久に伝うべきともかく一つの生き方（その生きる力のはたらく舞台がいかに狭いものであろうとも）そういう生き方へ案内するという意味をもっているからであります。しかし何といっても文化の伝達の最も重要な通路は家族であることに変りはありません。そうして家庭生活というものがその役割を演ずる力を失った時、われわれはわれわれの文化の頽化が始まることを期待しなければならないのであります。ところで家族といえば、殆んど誰一人としてその悪口をつかない一つの制度であります。しかし一口に家族といってもそれは種々の拡がりをもった言葉であることを忘れないことが望ましいのです。現代においてはこの言葉は現存の家族のメンバーを意味するに過ぎません。現存のメンバーのうちでも広告などで大家族もしくは三代家族の図を瞥見《べっけん》することはたまの例外であって、広告掲示板で見受ける普通の家族というのは両親のほかに一人か二人の幼児が描かれてあるだけです。讃美の的として掲げられるのは一つの家族への厚い奉公心というものではなくしてその各メンバー間の個人的な愛情であります。そうして家族の人数が少なければ少ないだけこの個人的愛情というものが無造作にセンチメンタルに取り扱われるのです。しかしわたくしが家族について語る時、わたくしはこれよりは遥かに長期間を抱擁する一つの繋がりを眼中においているのであります。故人に対する敬慕、それがいかに過去の闇に埋れていようとも、またいまだ生れざる者への配慮、それがいかに遠い未来の霞に閉ざされていようとも、この二つを含むのであります。過去と未来へのこの敬意が家庭において培養されない以上は、家庭といっても単に言葉の上だけの社会的因襲にすぎないのであります。過去へのこのような関心は系図を誇示する虚栄とは全く別個のものであります。未来へのこの責任感は社会的プログラムの設計者のそれとは全く別個のものであります。

してみると、生命力の強靭な社会においては階級の現象と「エリット」の現象とが同時に見られるのであって、この両者のあいだに多少の重なり合いと絶えざる交互作用が行われるものとわたくしは見たいのです。「エリット」的世界が政治家の世界であるという場合、そうして彼等がその子孫に権力と信望とを伝えようとする自然の衝動が人為的に阻止されない場合には、その世界はおのずから一つの階級としてみずからを確立する方向に進むでしょう。マンハイム博士の見方において一つの見逭《みのが》しとしかわたくしには思われない結果に導いた原因は、この「エリット」の変貌にあるのではないでしょうか。ところで、このようにみずからの変容を遂げた「エリット」は「エリット」としての機能を喪失する方向へ進みます、というのは「エリット」の最初のメンバーがそれによって彼等の地位を獲得した諸々の性質はその子孫へは全部が同様に伝わるわけではないからです。またその半面においてわれわれは、その逆の場合が起った時どういう結果になるかを考えてみなければなりません。その時われわれは、階級の機能が諸々の「エリット」によって引き取られる社会をもつことになるのです。マンハイム博士はこの現象が起ることを信じているように見えます。すでにわたくしが引用した一節が示すように、彼はその危険に充分気づいていることは明らかです。ところで彼はその危険に対するはっきりした保障を提案する用意があったとは考えられないのです。

諸々の階級というものがなく、諸々の「エリット」のみによって専ら支配せられるような社会の立場というものは、失礼ながら、われわれがそれについて何等信頼すべき明証をもたない社会であると申すよりほかはありません。想うにそういう社会とは、あらゆる個人が何の特権もハンディキャップもなくして出発する社会、そういう機構を考案するに適した一番の知慧者によって組み立てられた何等かのからくりによって、すべての人間がめいめい占めるに最も適当な地位に向って進むか或いは指導されるかして、かくしてあらゆる地位がその地位に最も適した男性もしくは女性によって占有されるという、そういう社会を意味するよりほかはないでありましょう。もちろんいくら楽天家でもこの体制がいま言ったように理想的に運転するとは考えないでしょう。もしも大局から見て、曲りなりにも適材を適所に置くことに従来の制度に較べて多少でも成功するならば、われわれは誰も一応それで満足するでありましょう。わたくしが、諸々の「エリット」によって「治められる」と言わないで、「支配せられる」と言う時、わたくしはそのような社会は、然るべき人によって治められることにいくら満足しようとしてもとうてい満足し得ない結果となるほかはないということを意味するのです。そのような社会では最も有能な芸術家や建築家が最高の地位に登り、われわれの趣味を決定し、何としても彼等に委任された重要な社会的任務を遂行すべく絶えず注意を緊張していなくてはならない。そのような社会はその他の種類の芸術や科学によっても結局同じことを行わなければならない。そうして何よりも先にそういう社会は、恐らく最も有能な精神が思弁的な思惟に表現を見出すような社会でなくてはならない。この体制はこれらの仕事の全部を、社会のために、或る特定の境位において行う義務を負うばかりでなく、——世代から世代へと絶えずこれを行い続けていなくてはならない。一国の発展の或る特定の局面においては、また或る一つの限られた目的のためには「エリット」というものは立派なはたらきをすることができる、それを否定するのは愚の極であろう。「エリット」はみずからに先行する政治的集団であってみずからと対比すれば一個の階級と見得るものをば追放することによって、国民生活を救出し、もしくは改革し、もしくはそれに新生命を附与することもできるであろう。そういう現象はこれまでにも起っている。しかしわれわれは「エリット」による政治の永続化ということについては殆んど何等の明証をもたないのであります。そうして現在われわれのもっているものは決して満足なものではありません。何等かの例証をロシアから引き出す以前には相当な時間が経過しなければなりません。ロシアという国は至って荒削りでそれにまた甚だ元気のいい国であります。それにとても大きい国であります。それは長期間にわたる平和と国内的発展とを必要とするでありましょう。そこには三つの場合が起り得ると考えられます。ロシアは、一個の安定な政治と繁栄せる文化とが諸々の「エリット」のみによっていかにして伝達され得るかという方法をわれわれに教えてくれるかもわかりません。それは東洋的麻酔状態に墜《お》ち込んでしまうかもわかりません。或いはまた、政治家たる「エリット」が例のいやほど見せつけられた御多分に洩れず、一個の支配階級に転化するのかもわかりません。われわれはまたアメリカ合衆国からの明証に信頼することもできない。この国における真の革命は歴史の教科書に書いてあるいわゆる『革命』ではなくして、実は「南北戦争」の一つの結果というに過ぎません。その後から起ったのがあの金権的な「エリット」です。この国の膨脹と物質的発展が加速度を示したのはまたその後のことであります。更にまたその後において、かの各国の雑然たる移民の大河が氾濫して、その結果それは一種のカスト制度*にまで発展する危険をもたらし（或いはむしろ倍化し）、この危険は今日においてもいまだに全部が克服されているわけではありません。社会学者にとってはアメリカからの明証もいまだ決して熟しているとはいえないのです。「エリット」による政治の他の明証は主としてフランスから得られたものであります。「王座」が全権を握っていた長い期間にわたって、いつの間にかすっかり政治をお留守にしていた支配階級が、こんどはめぐりめぐって普通の市民の水準にまで落されるという羽目になりました。

近代フランスは何等支配階級というものをもたなかったわけである。つまり、「第三共和制」におけるフランスの政治生活について、説明の方法はいろいろあるにしても、ともかくそれは何といっても不安定であったことだけは動かせないのであります。われわれがここで念のために言っておいてもいいと思うことは、一個の支配階級がその職能を果すことにいかに拙劣であろうとも、その階級を暴力的に撤去した場合にはその機能は決していかなる他の階級によっても全部的に引き継がれるものではないということです。「追われる雁の群」という熟語は恐らく、イギリスがアイルランドに加えた危害を象徴するきわめて適切な表現といっていいでしょう――それは、わたくしの以上の見方からいえば、クロムウェルの行った虐殺よりも、或いはまたアイルランド人自身が好んで想い起すいかなる怨恨よりも遥かに重大なるものであります。同じまたウェールスやスコットランドに加えた危害という点では各々それらの地方の国家主義によって声明されているいわゆる虐待行為よりも（それらの或るものは事実であり、或るものは勝手な想像であり、或るものは誤解に基づいているのですが）むしろ何でもないことのようで、イギリスがそれらの地方の上流階級の子弟を甘言を以ていくつかの「パブリック・スクール」へおびき寄せたということがかえって罪が深いといえるのであります。しかしこの点でもまたわたくしはロシアに関するわたくしの判断を保留したいのです。革命当時、あのロシアという国はその発展段階においていまだきわめて未熟であったために、その国の上流階級を撤去したということが決してロシアの発展を停止しなかったばかりでなく、かえってその発展に刺戟を加えたともいえるのであります。しかしながら、この場合よりもより更に発展した一段階において、上流階級を撤去するということが一国の悲しむべき不幸となり得ると信ずべき充分の根拠があります。その撤去が外国人の干渉によって行われる時、確実にそれは最も悲しむべき不幸なのであります。

＊ カスト制度と階級制度とのあいだの本質的な相違は、支配階級がみずからを一つの優越民族と考えるに至るという種類の差別を前者がその根柢として持っているところにあるとわたくしは信ずる。

わたくしは以上の諸節において主として「政治する階級」と「政治するエリット」について語ってきました。しかしここで再び読者に想起して貰いたいことは、われわれが「エリット」対階級を問題とするに当って、われわれは一国の文化の総体を問題としている、ということです、そうしてそのことは単に政治のみにては尽されないものを多分に含むのであります。われわれは、共和制時代のローマ人が権力を独裁者たちの手に委ねたように、何か或る明確な目的を眼中に描いているあいだは――そうして危機といっても相当長期間にわたる場合がある――そのあいだは相当の信頼を以て政治する「エリット」に身を任せることができます。同時にまたこの限られた目的というものによって「エリット」を選ぶことが可能となります、何となれば、何ゆえにわれわれがそれを選ぶかをわれわれは知っているからであります。しかるにもしもわれわれが、あらゆる「エリット」的世界を構成する適材を無限の未来にわたって選ぶ方法を探すということになると、われわれはいかなる機関によってこれを行えばいいのであるか。もしもわれわれの「目的」が、あらゆる生活部門にわたって、最良の人間をその部門の頂点に坐らせるというだけであるとしても、さてその最良の人間が誰であるかを判定する規準をわれわれは持っていないのであります。またもし何等かの規準をわれわれが押しつけるとするならば、それは斬新性に対して圧迫を加える結果となるでありましょう。芸術にしろ、科学にしろ、哲学にしろ、その世界の天才の新しい仕事が反対を受けることとは決して珍しいことではありません。

今ここでわたくしが問題とするのは、ただ、われわれは単に教育というものによって、果して文化の伝達を確保することができるかどうか、しかも或る種の教育者たちは階級別というものに無関心な風であり、また他の種の教育者たちは階級別を全然撤去しようと欲しているらしく見えるような社会において、果してそれが可能であるかどうかということであります。いずれにしても「教育」というものにあまりにも多くの意味を持たせ過ぎる一方に、またあまりにも少ない意味を持たせようとする危険があるのです。教育というものが教授され得るものに限られると考えられる場合には意味が狭すぎ、すべて保存の価値あるものならば教授によって伝達し得ると考えられる場合には意味が広すぎるのです。或る種の改革論者の要望する社会においては、家庭によって伝達し得るものは最小限度に留められるでありましょう、殊にデント氏（H. C. Dent）が希望するごとく、子供は一つの統合された教育組織によって「揺籃から墓場まで」操縦されなければならないとするならばなお更のことであります。その子供が、それを選り出す仕事を受け持つ役人たちによって分類される時、父親の顔に準じて分類されるのでもない限りは、当然父親とは異なる学校環境——それは必ずしもよりよい環境ということにはならない、何となればどの環境もよしあしの別はないというのだから単に異なるだけである——そういう環境において育て上げられ、またその当座のお役所の意見で以て「純粋に民主的な方針」と考えられたものに基づいて訓練されるでありましょう。その結果として選び出された「エリット」は彼等を結ぶ唯一の結帯が彼等の職業的関心のみであるごとき各個人から成り立つこととなるでありましょう。そこには何等の社会的粘着力もなく、何等の社会的連続性もないでしょう。彼等は彼等の人格のわずかに一部分、それも最も自意識の発達した部分によってのみ結びつくでしょう。彼等の「カルチュア」の大部分は、その国民を構成するすべての他の個人と共有するものの外には一歩も出ないことになるでありましょう。

一つの階級的構造をもつ社会を主張するとき、或る意味ではそれが「自然的」社会であるというような断定を試みるとき、貴族政治と民主政治という対照に置かれたこれらの二つの用語によって実はわれわれは麻酔にかかっているということを万一われわれが知らずにいるとするならば、われわれは途方もない偏見に陥るのであります。これらの用語を対照的に使用するとき、この全問題が、たちまち歪曲されるのであります。わたくしが提出したものは「貴族社会の擁護論」ではありません――社会の一つの機関の重要性を強調するに留まるのであります。むしろそれは貴族階級が一つの特有な本質的な機能、その点では社会のその他のいかなる部分のもつ機能とも少しも変らない機能をもつべき或るかたちの社会のために弁じているにすぎないのであります。大切なことは「頂点」から「底辺」までそれぞれの文化的水準が連続的段階をなすごとき一つの社会構造であります。われわれの記憶すべき大切な点は、われわれは上部の水準が下部の水準よりもより多くの文化を所有すると考えてはならないこと、むしろそれは、より自覚的な文化、より特殊化された文化を代表するものと考えなくてはならないことであります。真の民主主義である以上、それがこれらの互いに異なる文化水準を含まない限りはみずからを維持することはできないとわたくしは信じたいのであります。文化の各水準は同時に力の各水準、とも見ることができるでありましょう、但しより高い水準における、より少数の一団が低次の水準における多数の一団と同等の力をもつ限りにおいて。何となれば、完全な平等は普遍的無責任を意味すると主張することができるからであります。ところでわたくしの構想するごとき社会においては、各個人は、彼の受け継いだ社会上の地位に応じて、その共同社会に対する大なり小なりの責任を受け持つ責任を多少異にするでありましょう——あらゆる人間があらゆる事柄に平等の責任をもつごとき民主社会は良心ある者には圧制となり、その他の者を放縦に委ねるでありましょう。

階層社会というものを弁護し得る根拠はこれだけに留まるのではない。ただわたくしの大まかな希望としては、この試論によって、わたくし自身はこれ以上深く探求しないとしても、そこから暗示される思想の方向が感知されることが願わしいのであります。ただわたくしが絶えず読者に想起して貰いたいのは、わたくしの題目の限界ということであります。文化の伝達にとって基本的な役目をつとめるものが家族であるということにわれわれが一致するならば、また比較的高度の文明社会においても互いに異なるそれぞれの文化的水準がなければならないということにわれわれが一致するならば、当然その結論としてこれらの互いに異なる水準の文化の伝達を確保せんがためには、世代から世代にわたって同様の生き方を各自において絶え間なく続けてゆくところの諸々の家族的集団がなければならないことになるのであります。

さらにも一度反復しなくてはなりません、わたくしの提出する「文化の諸条件」は必ずしもより高度の文明を産出するものではないということを。ただ、それらの諸条件が不在である場合、高度の文明というものは恐らく発見されないであろうと主張するに留まるのであります。

第三章　統一性と多様性：地域

人間の共同体と共同体とのあいだの多様化の傾向は、人間精神の長途の冒険の旅路にその刺戟と資材とを供給するためには欠くことのできないものである。習慣を異にする他の国民は決してわれわれの敵ではない、彼等は思わぬ儲けものなのだ。人々は自分たちの頭で消化し得る程度の類縁を具えた或るものを何かしら彼等の隣人から要求する。また眼をそばだてるに足るだけの異質のものを要求する。讃嘆せずにはいられないまでに偉大なる何ものかを要求する。

A・N・ホワイトヘッド――『科学と近代世界』

一国の文化が繁栄するためには、その国民は統一されすぎてもまた分割されすぎてもいけないというのがこの試論においてわたくしが絶えず反復し来った論題でありました。過度の統一は野蛮に起因する場合が多く、それは結局、圧制に導く可能性があり、過度の分割は頽廃に起因する場合が多く、これまた圧制に導く可能性があります。いずれの行き過ぎも文化における未来の発展を妨げます。すべての国民に永久に妥当する一様性と多様性との適切な度合を決定することはできません。われわれとしては、行き過ぎなり欠陥なりが危険性をはらむと見られるいくつかの部門について語り、そういう場合を例証し得るのみであります。或る特定の国民にとって、或る特定の時期において、何が必要であり何が有益であり何が有害であるかは、賢者の叡智と政治家の洞察力に俟たなくてはなりません。階級なき社会も、厳格にして侵しがたい社会的障壁をもつ社会も、いずれも理想的ではありません。各々の階級は絶えず余分の附加物と補うべき欠陥とを持っていなくてはなりません。各階級はその区分を明確に保ちながらも、しかもお互いに自由に交わり得るものでなくてはなりません。またそれらの階級はすべて、それによってはじめて或る共通なるものが与えられるところの文化の共同性というものを互いに分ち合わなくてはなりません、この共同性の方が、その社会の各階級が他の社会における各々の対応階級に対してもつ共同性よりも遥かに基本的なのであります。前章においてわれわれは階級によって遂行される、文化の特殊なる発展の道をいくつか考えてみました。いまわれわれは地域によって遂行される、文化の特殊なる発展の道を考察しなければなりません。

戦争を経験した今日のわれわれは、もはや行政上または感情上の統一の利益についていまさら思いを新たにせしめられる必要はありますまい。しかししばしば独断的にきめられていることは、戦時の統一が平時においても保存されなければならないということであります。戦争に参加したどの国民のあいだでもいえることとですが、殊に戦争が純然たる防衛戦と見られ、或いは、そういう外観をつくろうことのできる時期においては、われわれは全く不純物を混じない自発的な感情的統一を期待することができるでしょう、また、憎まれ者にはなりたくないというだけのことならば、うわべだけでもそういう顔をしてすませる人々もありましょう。そうしてまた官憲の命令に対する服従ということならば誰彼の別なしに期待することができます。われわれはこれと同様の協調と従順とを、救命ボートに乗って漂流する難破船の生存者のあいだに発見することができるでありましょう。危急の場合には難なく行われるこの統一と自己犠牲と同胞愛とが、その危難の過ぎ去った後までもそのまま残らないことについて、人々はしばしば遺憾の気持を表明します。バリー（Barrie）の『あっぱれクライトン』（*The Admirable Crichton*）という劇をみる大部分の観衆はこの劇を観て、孤島における社会組織の方が正しくて、田舎のお屋敷における社会組織の方が誤りであるという推論を引き出しています。わたくしはバリーのこの劇にこれとは別の解釈を下す余地があるのではないかと密かに思っています。いずれにしてもわれわれは、危急の場合に必要な種類の統一と、平時における一国民の文化の発展に適切な統一とのあいだを区別しなければなりません。もちろん「平和」の時期といえども戦争準備の時期であり、或いは形を変えた戦争継続の時期というにすぎないとも考えられないことはありません。そういう境地においては、われわれも愛国的感情の意識的な奨励と中央政府の強力な統制とを期待してもいいのかもしれません。そういう時期においてはまた、「経済戦」も政府の厳格な訓練によって指導され、単に個別的もしくは搾取的な企業に一任すべきでないといわれても無理はないかもしれません。しかしわたくしがここで問題にするのは、一つの国が他の国々と平和である場合に望ましいという種類とそういう程度の統一についてであります。何となれば、もしもわれわれが真の平和の時期というものを持つことができないとするならば、文化というものを希望することさえも頭から徒労となるだろうからであります。わたくしが問題とする種類の統一は共通の感激とか共通の目的とかいうかたちでは表現することのできないものであります。感激も目的もあらゆる場合に、その場限りでないものは一つもありません。

わたくしの問題とする統一はだいたいにおいて無意識なるものでなくてはなりません。それゆえに、恐らくこの問題に近づく最善の方法は実地に即した具体的な多様性の場合から入ってゆくに越したことはないように思われます。この章ではわたくしは地域の多様性を問題とします。一個の人間はみずからを一特定国民の一市民として感ずるばかりでなく、自国の一特定の一部分の市民として、地方的な忠誠を負わされたものとして感ずることが大切であります。これらの地方的忠誠は階級に対する忠誠と等しく、家族への忠誠から発生します。もちろん、一個の個人として彼の誕生の土地とは別の場所に対して、また何等先祖以来の血縁をもたない共同社会に対して、最も厚い献身の情を発展せしめることはできます。しかし、強い地方的感情をもちながらも、一つの社会の全員がどこか他の場所から来て移り住んでいるという一つの共同社会には、何かしら取ってつけた感じ、少しく自意識が勝ち過ぎた感じはまぬがれないという点では誰も異論はないのではないかと思います。一つの地方の住民が祖先から受け継いだものであり、またそれが自覚的選択の結果でもないような忠誠心が成熟するまでには、是非とも一世代か二世代まで待たなくてはならないといえるのではないかと思います。大局から見て、人類の大多数は自分たちの生れた場所で生き続けるのに越したことはないと考えていいようです。家庭と階級と地方的忠誠心とはみなお互いに助け合うものです。もしもこれらのいずれか一つが衰える場合には、同時にその他のものも被害を受けるのであります。

「リージョナリズム」の問題はそれに適切な見通しの下に眺められることが滅多にありません。わたくしは「リージョナリズム」という用語を、この言葉がいつも誘発しやすい連想のゆえに故意にここに持ち出したのです。たいていの人々の頭にはこの言葉によって地方の不平分子の少数の一団が政治的煽動を操っている光景が浮び上るでありましょう、しかもそれが恐るべき勢力になる心配も何にもないので、いささか滑稽にしか見えないのでありますーーというのは、最初からすでに勝負の決したものとして怪しまれない主義のために運動するということは、あらゆる場合に人々の侮蔑を呼ぶからであります。われわれは「リージョナリスト」と聞けば、いつでも、現に消滅しつつあり、また当然消滅すべき昔の言語の復活を企てたり、意味も何にもなくなった過去の時代の風習の復活を計ったり、或いはまた、不可避的なものとして何人も怪しまないところの機械化や大量生産の邪魔をしようとしている人々だと想像する癖がついています。そういえば、地方の伝統の擁護者の言い分が無事に通過することはむしろ稀であり、またこれもよくあることですが、同じ地方の他の連中から猛烈に反対されたり嘲笑されたりすると、第三者の直感では、「リージョナリスト」の主張などはどうせ真面目に考えるには当らないと思い込んでしまうのであります。それに彼等自身がみずからの主張に対する構想を誤っている場合も少くない。とかく彼等は対抗策を全面的に政治的なかたちで公式化しようとする傾向があります。そうして彼等は政治的には経験に乏しい場合もあり、しかもそれと同時に、その動機は単なる政治的動機よりも遥かに深いところから発しているために、せっかくの彼等のプログラムも誰の目にも実行不可能に見えてくるのであります。それにまた彼等が何か経済的なプログラムを提出する場合にも、実際家として名を売っている人々との対照からいうならば、やはり経済よりは遥かに深い動機をもつために、かえって不利な立場に立たされるのであります。そのうえにも一つ、普通「リージョナリスト」と呼ばれる人々は自分自身の地域の利害のみを問題としているために、境界線を越えた向う側の隣人には、一方の利益になるものならば必ず他方の不利になるにきまっているという印象を与えやすいのであります。例えば、イングランド人は普通は、スコットランド人、ウェールス人がスコットランドなりウェールスを一つの「地域」として考えるのと同じ考え方を、イングランドに対してもっているのではありません。後者はイングランド人に対して君たちの利害もわれわれの利害と同舟であって、決して別ものではないということをはっきりさせないものだから、彼等の主張もイングランド人の同情を呼ぶことができない。このようにしてイングランド人はみずからの利害をば地方的・民族的区別を抹殺しようとする傾向と合体せしめ、その結果としてこの傾向は、隣人たちの文化にとって有害であると共にみずからの文化にとっても有害なものとなるのであります。それゆえに、「リージョナリズム」の主張は、かえってそれが一般化されない限りは、公平な聴き手を得る可能性に乏しくなるのであります。

もしも本職の「リージョナリスト」がこのあたりのページを読んでいられるとすると、恐らくここまでくると胡散くさそうな眼を光らし、お前のこれから演じようとするトリックは、こちらでちゃんと見ぬいているよというかもしれません。お前の曲芸というのは、俺の地域の政治的・経済的自律を与えることを拒絶しておいて、その代りに「文化的自律」という替え玉を差し出して御機嫌を取ろうという腹だろう、だってこの代物は政治的権力も経済力も、まんまと抜き取られているんだから、本物からいえば酸《す》ゆくも甘くもない一幅の画餅《がへい》にすぎないのだというのかもしれません。政治、経済、文化の各問題は互いに分離し得ないことはわたくしも充分承知しています。政治的・経済的機構に何等の変化をも与えないようないかなる地方的「文化復興」も、単に人工的に寿命を引き延ばすだけの考古趣味以上に出るものではないことはわたくしも充分承知しています。要望されることは、近代的条件の下において辛うじて許されるような、消滅し去った文化の復旧とか、消滅し去らんとする文化の注射とかいう問題ではなくして、いかにして古き根柢よりして現代的な一つの文化を発生せしむべきかの問題であります。しかしながら、健全な「リージョナリズム」の政治的・経済的条件が何であるかはこの試論に関わる問題ではなく、またわたくしが判定を下す資格のある事柄でもありません。のみならず、政治的もしくは経済的な問題が真の「リージョナリスト」の第一義的な関心問題たるべきものであるともわたくしは考えておりません。絶対価値として動かないところは、各々の地域がその地域に特有の文化を持たなければならないということであり、同時にその文化は隣接の諸々の地域の文化と調和し、これらを豊富にするものでなくてはならないということです。この価値を実現せんがためには、ロンドン或いはその他の場所への中央集権に代る政治的・経済的方法を研究することが必要になってくる。そうなるとそれは可能性の問題――つまり、一つの全体としてのこの島国に害を及ぼすことなく、また、結果から見ればその「リージョナリスト」が関心を寄せている一局部の地方にも害を及ぼすことなくして、いかにして文化のこの絶対価値を助長すべきかという問題となってくる。しかしこれはわたくしの研究範囲の外にある問題なのであります。

すでに読者も気づかれたであろうように、われわれはいまこの「ブリテン諸島」において見出される特定の配置をもつ諸々の文化をば第一義的に問題としているのであります。考察さるべき諸々の相違点のうち最も明瞭なのは、いまだに各地方独自の言語を所有するところの地域と地域とのあいだの相違であります。この相違ですらも案外簡単ではないのであります。というのは、（英語を話すアイルランド人のごとく）自国語を失った民族でも、その民族本来の言葉の構造、イディオム、抑揚、リズム（単語はさほど重要ではない）、これらを充分に保存していて、その民族がのちに採択した言語のどこを探しても見つからないような性質が彼等の口語や書きものに具わっている場合があるからです。またその傍らにおいて、一地方の「方言」も、かつてはどの国語と較べても退《ひ》けを取らなかったところの立派な国語の一変種の名残りを、最低の文化水準において保有している場合がありま す。しかしどの点から見てもまがう方ない衛星的文化といえるのは、民族の言語を保存してはいるが、あまりにも密接に他の言語と結びつき、またそれに依存しているために、全人口のうちの或る階級だけでなく、全部の階級が結局二国語を話さなければならないような文化であります。この衛星的文化が独立の一小国民の文化と異なる点は、後者にあっては外国語を知る必要は普通わずかに二、三の階級に留まるということであります。また独立の小国民においては外国語を一つ知る必要のある人々は更に二つもしくは三つの外国語を要することになりがちであります。その結果は、一つの外国文化の方向への引力が少くとも他の一つの外国文化の牽引力によってバランスをとり得ることとなるのであります。力の弱い文化をもつ国民は、時代を異にして甲なり乙なりの強力文化の支配を受けるかもしれません。真の衛星的文化とは、地理的その他の理由によって、一つの強力文化に対して一定の永久的関係に釘づけにされた文化であります。

わたくしのいわゆる衛星的文化を考察する場合、われわれはその文化が強力文化に完全に吸収されることに対する異議として二つの理由を発見します。第一の異議はきわめて深刻なものであるゆえに、それはただもう単純に受諾するよりほかはないものであります、つまり、あらゆる生物は生物の本能としてその生物本来の存在において持続することがその生物にとって自然だということなのであります。吸収へのこの反感は、この反感に加えて、自己の劣等性もしくは失敗への訴えどころのない自覚が結びついている人々によって時々最も強烈に感じられ、また絶叫されます。それと同時に他方においては、この反感は、強力文化へ採択されることが結局成功を意味した人々――彼等の運命が生れ故郷の窮屈な制限を受ける場合よりも遥かに大きな権力なり、富なりを意味した人々――この種の人々によってしばしば否認されます。* しかしながら、この両者の型の個人的証言を差し引いて考えれば、もしもその小国民が生活力の旺盛な小国民であるならば、いかなる国民もみずからの個性を保存することを欲するものであるといって差支えありません。

＊ しかし、故郷との縁をみずから断ち切って成功している人間が時々その生れ故郷に対して甚しい懐郷の思いに駆られ、休暇の度毎に帰郷し、もしくは晩年に豊かな引退生活を楽しもうとする例は珍しいことではない。

地方文化を保存すべき他の理由というのは、その理由が不思議に、衛星的文化が衛星たることを続けながら、しかもみずからを強力文化から完全に切断しようとするほどの意志をもたない理由として、立派に通用する理由なのであります。つまりその理由というのは、衛星文化が強力文化に対して逆に少なからぬ影響を及ぼすということ、そうしてその衛星文化が孤立している場合よりも、広く世界の舞台において、遥かに大きな役割を演ずるということであります。アイルランドとスコットランドとウェールスがイングランドから完全にみずからを断ち切るということはヨーロッパと世界からみずからを断ち切るということとにほかならず、そうなったが最後、「昔恋しい仲直り」をいくら歌ってみたところでいまさらどうにも手はつけられない。しかしわたくしとして興味のあるのはこの問題の他の半面であります。これは従来あまり認められていない半面だからであります。つまり、それは衛星文化の存続は強力文化にとって甚大の価値をもつということであります。ウェールス人、スコットランド人、アイルランド人がイングランド人と何の見境もつかなくなるということは、イギリス文化にとって一文の得にもならないというのです――そうなった場合、当然そこに起る現象は恐らく、われわれは、これら各個別の地域のいずれの文化よりもさらに低次の文化水準において、目鼻立ちのさっぱり区別のない昔の一色の「ブリトン人」と化するであろうということです。それとは正反対に、スコットランド、アイルランド、ウェールスから間断なく影響を受けるということはイギリス文化にとって非常な利益なのであります。

一つの国民が歴史の審判を受けるのは、その国民と時を同じして繁栄しつつある他の諸国民の文化への寄与の如何により、また後世発生する諸々の文化への寄与の如何によるのであります。言語の保存の問題についてもわたくしの眺めたいと思うのはこの見地からでありますーーわたくしは頽化の状態が相当に進行した言語（言い換えれば、その社会の比較的教養あるメンバーの表現の必要にもはや応じきれなくなった言語）には興味を感じません。自国の言語ができ得る限り多数の他国民にとって必要な媒体となることが一つの利益であり、また光栄の源泉でもあるとしばしば考えられています。言語のこの普及ということがいかなる言語にもしろその言語にとって重大な危険を伴わないとは決して断言し得ないのであります。多数の人々の母国語となっている言語の場合、その言語の一般普及性ということよりも遥かに確実な利点と見るべきものは、その言語において思考した科学者や哲学者の果した業績のゆえに、またかくして創造せられた伝統のゆえに、その言語が他の言語に比して科学的思考、抽象的思考によりよく適合した媒体となるに至ったという点であります。適合範囲の遥かに狭隘な言語を弁護するためには、その論拠が右のごとき直接性をもたない論拠の上に立って弁護しなければなりません。

例えばウェールス語のごとき言語についてわれわれの発し得る問いは、この言語が果して広く世界一般にとって何等かの価値のあるものであるかどうか、この言語はウェールスにおいて使用さるべきではないかどうかということであります。しかしこのことは実は、ウェールス人がウェールス人として何等かの価値があるかどうか、もちろん人間としてではなく、イギリス文化ならぬ一つの文化の保存者、持続者として価値があるかどうかを問うのと結果において大差はありません。英語でものを書くウェールス人及びウェールス生れの人々が英詩に与えた貢献はきわめて大きいものがあります。また彼等の詩が彼等とは異なる民族的起源をもつ詩人たちに与えた影響もきわめて大きいのであります。英語がいまだウェールスにおいて知られなかった時代に、相当量の詩がウェールス語で以て書かれているという事実は、右の事実と較べるとさほど直接の重要性をもつものではありません。何となれば、この言語が、あたかもわれわれがラテン語やギリシア語で書かれた詩を研究するのと同等の条件で以て、よほどの篤志家のみによって研究されて悪いという理由をどこにも見出すことができないからです。皮相的に考えれば、どの点から見てもウェールスの詩人は専ら英語のみで詩を書くのが最善の方法であると考えられるでもありましょう。何となれば、かつて二つの国語で書いていずれの場合にも第一位に達した詩人の例をただの一人もわたくしは知らないからであります。そのうえ、英詩に与えたウェールスの影響というものは、英語のみを以て書くウェールスの詩人たちの仕事に主として限られているからであります。しかしここで是非とも記憶されなければならないことは、一つの文化——或る特色をもった考え方、感じ方、挙動の仕方——を伝達するためには、またそれを維持するためには、一介の言語というもの以上に信頼し得る保障は一つもないということであります。そのうえ、一つの言語がこの目的のために存続せんがためには、その言語は文語としての連続性を持たなくてはならないのです——必ずしも科学語である必要はないとしても、確実に詩的言語として連続しなくてはならないのです。そうでなければ教育の普及によってその言語は消滅し去るのであります。その言語で書かれた文学は、もちろん、広く一般世界に直接の衝撃を与えることはないでしょう。しかしその言語がもはや培養されないということになれば、その言語の所属する国民（ここではわれわれは特にウェールス人のことを考えているのですが）それは次第に彼等の民族的性格を喪失するに至るのであります。ウェールス人は次第にウェールス人でなくなってくる。また彼等の詩人も、彼等の個人的天才を越えて英文学に対して何等の貢献をも寄与しなくなるでありましょう。それにわたくしはこう考える――これまでスコットランド、ウェールス、アイルランドの作家たちが英文学に恵み与えた恩恵というものは、これら個々の天才人が、仮りにすべて幼年時代にイギリスの養父たちによってイギリスに引き取られたとした場合に想像される貢献をば遥かに乗り越すほどにも大きいと思うのであります。

この試論に多少でも取りどころがあるとすれば、それは専ら簡単を旨とするところにあると思われますが、それ以上に強いて求めるところのない本論のごときものにおいては、わたくしは、イギリス人は永久にイギリス人たるべしというような主張の弁護に関わっている暇をもちません。わたくしはそのことは当然の前提として認めざるを得ないのです。もしこの想定がなおも疑問に付せられるというならば、わたくしは時を改めてこれを弁護しなくてはなりません。しかしながら、もしもわたくしが、ウェールス人が永久にウェールス人であり、スコットランド人がスコットランド人であり、アイルランド人がアイルランド人であるということがイングランドのために有利であるという立論の弁護に多少でも成功したとするならば、読者もイングランド人が永久にイングランド人であることがとりも直さず、その他の地方の人々にも多少の利点を意味することに同意する気持になってくれるのではないかと思うのです。もしも「ブリテン諸島」の他の諸々の文化が全面的にイギリス文化によって取り代られるならば、そのイギリス文化もまた消失するであろうということがわたくしの立論の本質的な一部分をなすのであります。多くの人々はイギリス文化はそれ自身において何の不足もなく安泰であり、それは何事が起ろうとも存続するものと想定して少しも疑わないように見えます。一方には、いかなる外国の影響といえども場合によっては悪影響となるということを認めようとしない人々があるかと思えば、他方には、イギリス文化は「大陸」から完全に孤立しても充分繁栄し得るものといい気になってきめてしまっている人々もあります。イギリスの諸々の周辺文化（イングランド自身の内部におけるあまり見栄えのしない地方的特色はむろんのこと）これの消失は一つの災厄となり得ることを多くの人々はてんで反省する気が起らないらしいのです。われわれはいまだ諸々の文化の生態学というものに充分の注意を払っていない。「ブリテン諸島」の全部を通じて完全に一様な文化が発生するとすれば、それは全体から見れば、従来よりも遥かに低度の文化をもたらすことは決して杞憂ではないと思うのであります。

わたくしは決して「リージョナリズム」の問題の解決を試みようとするものではないことをはっきりさしておかなくてはなりません。それに「解決」といえば、いかなる場合にもその地方の個々の必要と個々の可能性に応じて無限の種類があるはずであります。わたくしはただこの問題に含まれた諸々の要素を分析し、その綜合は他の適任者に一任しようと思うのみであります。わたくしは特定の地域的な改革に対する特殊の提案に賛成するものでもなく、これを否定しようとするものでもありません。この問題を解こうとするたいていの試みは文化、政治、経済の各象面のあいだの統一か差別かのいずれかを綿密に検討することに失敗することから由来する欠陥におちいっているようにわたくしには思われるのです。他の象面を排除して、これらの象面のいずれか一つを取り扱うことは、そのプログラムの不充分なるがゆえにいささか間の抜けた感じを伴う一つのプログラムを提出するという結果になります。「リージョナリズム」を主張するとしてもその際、国家主義的動機を極端に推し進めると、それはたしかに途方もない不条理な結果に導きます。例えば、ブリタニー人がフランス人と、ウェールス人がイギリス人と密接に結びつくということは何ぴとのためにも決して悪結果をもたらさない。しかしフランスとの結合を断ち切ったブリタニーと、イングランドとの結合を断ち切ったウェールスとが結びつくとするならば、それは絶対の不幸となるでしょう。けだし、一個の国民文化は、もしもそれが繁栄すべきものとすれば、諸々の文化が相寄って一つの星座を構成し、その各構成分子が互いに他を利することによって結局全体を利するごとき構造をもたなくてはならないからであります。

　ここにおいてわたくしは一つ新しい観念を取り入れたいと思います。つまり、それは一つの社会にとって、その各部分と部分とのあいだの摩擦というものがいかに重大な生命をもっているかということであります。普通われわれは、機械の用語を以てわれわれの思想を形容する習慣になっているから、この場合もその慣例に従うならば、一つの社会というものは、あたかも一個の機械のごとく、最良質のスチールで作られたボール・ベアリングをもち、でき得る限り上等の油で以て潤滑に運転さるべきものとわれわれは考えています。われわれは普通摩擦というものをエネルギーの浪費と考えています。わたくしは形容詞を機械の用語から借用することはここらあたりで留めておきたい。ここではでき得る限り比喩の言葉で考えないことが恐らく最も望ましいことと思われるのです。わたくしは前章において、一つのカスト制もしくは階級なき社会制度のいずれのかたちにしろ、永久にそのようなかたちに固定した社会においては、その社会の文化は頽化するであろうということを暗示しておきました。この言い方をさらに言い換えるならば、われわれは、階級なき一つの社会は絶えず階級として出現すべきであり、階級をもつ一つの社会はその階級別を絶えず不分明に搔き消す方向に進むべきであるといってもいいのであります。この章においていまわたくしは改めて、階級と地域とはいずれも一国の住民を二つの相異なる集団に分割することによって、創造性と進歩にとって有利な結果をもたらすごとき闘争に導くものであるといいたいのであります。それにまた（わたくしが緒言で述べておいた言葉を読者は想起していただきたい）階級と地域といっても、それらは社会にとって有益な数限りもない多くの闘争と警戒嫉視のうちのわずかに二例というにすぎないのであります。実にこれらのものは決して多すぎるということはないのであります。多ければ多いほど、あらゆる人間が何等かの点において他のあらゆる人間の同盟者となり、他の何等かの点においては敵対者となり、かくしてはじめて単に一種の闘争、嫉視、恐怖のみが他のすべてを支配するという危険から脱却することが可能となるのであります。

個人としてのわれわれ人間の立場からいえば、われわれの発展は各自の生涯の生活過程においてわれわれが出逢う人々によって左右せられます。（これらの人々のなかにはわれわれの繙読する書物の著者や、小説とか歴史書などに出てくる人物も含まれる。）これらの出逢いの与える利益は自他の人格のあいだの類似による場合もありますが同時にその相違によっても与えられるのであり、共感によると同時に反撥にもよるのであります。出逢うべき時に然るべき友人に出逢う人間はまことに幸いであります、同時に、出逢うべき時に然るべき敵に出逢う人間もまた甚だ幸いであります。わたくしは決して敵の撲滅に賛成しません。外敵の撲滅政策、もしくは現代の野蛮な表現で以てすれば、いわゆる解消政策というものは、文化の存続を希求する人間の立場から見るならば、戦時と平時に拘わらず、近代的発展が生んだところの最も奇怪な産物の一つであります。われわれは敵を要するのだ。同様に、或る限界を越さない限り、個人と個人のあいだばかりでなく、集団と集団とのあいだの摩擦というものは文明のためには、わたくしは必須の要件だと考えるのでありますます。刺戟が絶えず遍在しているということが何よりも確実な平和の保障なのであります。一国の内部において諸々の分裂があまりにも深化している国は、誰でもないその国自身にとって、すでに一個の危険であります。あまりにも理想的に統一された国――自然的統一と人為的統一に拘わらず、純良な目的によると欺瞞や抑圧によるとに拘わらず――それは他の国々に対する威嚇となります。すでにわれわれはイタリーとドイツにおいて、政治＝経済的な狙いをもった統一が無理やりにまたあまりにも急速度に押しつけられたがために、両国民に不幸な結果をもたらした例を見ています。元来この両国の文化は極端なリージョナリズム、しかも、極端に細分化されたリージョナリズムの歴史の進行過程中に発展し来った文化でありました。そこへ持って来て、ドイツ人にはまず第一にみずからをドイツ人として考えよと教え、イタリー人にはまず第一にみずからをイタリー人として考えよと教え、彼等が或る特定の一小侯国とか一小都市の土民であることを忘れさせるということは、およそ未来的な文化がそこからのみ生長し得るところの伝統的文化をば攪乱《かくらん》しないでは収まらなかったのであります。

わたくしは一国民の内部における相剋の重要性という観念をば、各種の、時としては相い矛盾するさまざまの忠誠の対象をもつことの重要性を力説することによって、さらに積極的に提出するに憚《はばか》りません。もしもわれわれが、階級と地域というこれら二種の分裂のみを考えただけでも、これらは或る程度まで互いに反作用的にはたらくべきものであります。一個の人間は、自分と同一の階級には属しながら住む地域を異にする人々を対象とする場合には、自分と地方文化を共通する人々と共同して或る種の利害や共感をわけ持たなくてはなりません。同時に、何等場所に関係なく、みずからの階級に属する他の人々と共同して利害や共感をわけ持たなくてはなりません。互いに交錯する分割線が多ければ多いだけ、敵対心を分散させ混乱させることによって一国民の内部の平和というものに有利にはたらく結果を生ずるのであります。それはまた各国民のあいだにおいては各人にその侵略性の全部を消費させるに足るだけの対立というものを、国内において与えることによって、国際間の平和にも有利に作用します。大多数の人々は外国人を嫌うというのが普通であります。わずかの刺戟を加えるだけで簡単に外国人に敵愾心《てきがいしん》を燃やします。それに大多数の人々には外国の国民についての知識を持つことはとうてい望まれません。階級というもののいくつかの段階を有する国民は、他の条件の等しい場合には、そういう組織を持たない国民よりもより寛容であり平和である可能性に富むものとわたくしは考える者であります。

以上われわれは、より大きいものから小さいものへと考えを進めて来ました。一つの国民文化とは無限の地方文化の総結果であり、またこれらのものを更に分析すればそれらは更に小さい諸々の地方文化から構成されていることを見出しました。理想的にいえば、各々の村落、もちろんより大きな都市ならば目につきやすいことですが、それらは各自それらに特有の性格をもつべきものであります。しかしすでにわたくしの暗示しておいたように、一個の国民文化はその外部の諸々の文化と接触を保って、与えると同時に受け取ることによって、それだけの利益を得るものであります。そこで次にわれわれは前とは反対の方向、つまり、より小さいものから大きいものへ進むことにしましょう。われわれがこの方向に進むにつれてわれわれは、カルチュア、という用語の内容が多少の変化を受けることを発見します。この単語は、われわれが一村落の文化を語る時と、一小地域の文化を語る時と、いくつかの明確な性格に分れた民族文化を包含する「ブリテン島」のごとき島国の文化を語る時とで、何かしら多少の相異した内容を意味します。ところで、例えばわれわれわれが「ヨーロッパ文化」について語る時、その意味はさらに大きな変化を受けます。われわれは政治的な連想の大部分を拋棄しなくてはなりません。というのは、いま右に挙げたような小単位の文化においては、普通には或る政治的な統一というものがあるのに反して、例えば「神聖ローマ帝国」の政治的統一というがごときは、この用語によって被われている大部分の時期を通じて、きわめて危なかしい統一でもあり、同時にそれは主として名目だけの統一でもあったからであります。「西ヨーロッパ」における文化の統一の性質については、わたくしは三回にわたる放送――この試論の読者とは別の聴衆を眼中において書かれ、従って文体も多少変っていますが――それは「ヨーロッパ文化の統一性」という題の下に附録として巻末に添えておきました。そこでこの章では同じ内容を語るつもりはありません。しかしわたくしは更に進んで、いったい「世界文化」という用法にどういう意味が、かりに意味があるとしても、附せられ得るものであるかを探求してみたいのであります。一つの可能性としての「世界文化」の研究というものは、世界連合のための或いは世界政府のための各種の計画のいずれにもせよ、その計画を支持する人々にとって特に興味の深い問題であるはずであります。というのは、言うまでもなく、或る点を通り越せばもはや互いに対立し、しかも和解の道なきまでに対立するいくつかの文化が存在する限り、政治＝経済的統合のあらゆる試みは当然徒労に終るであろうからであります。「或る点を通り越せば」とわたくしは言う。それは、いかなる文化にしろ、二つの文化のあいだの関係にはいつも反対の二つの勢力――牽引力と反撥力とが互いにバランスをとるものであり、牽引力がなければ二つの文化は互いに影響し合うことができず、反撥力がなければそれらは二つの別個の文化として生き残ることができない。一方が他方を吸収してしまうか、或いは双方ともにただ一種の文化となって混融するでありましょう。ところで、世界政府の熱心な支持者たちは時として無意識に、彼等の考える組織化の統一性が或る絶対の価値をもつものであって、その際、各々の文化と文化とのあいだの差別が邪魔物になるというならば、それらの差別を排棄すべきであると勝手にきめてしまっているかに見えるのであります。これらの熱心な支持者がもしも人道主義的類型の人間であるという場合には、彼等はこの過程がきわめて自然に何の苦痛もなくして行われるであろうと想定し、つまり、彼等はその窮極の世界文化とは、それが何であるかを少しも知らないくせに、単純に彼等がたまたまそのとき所属する文化の延長にすぎないと考えて少しも怪しまないようであります。ロシアのわが友人たちは遥かに彼等よりは現実的なのですが、但し窮極においては、より実際的であるかどうかは疑わしいけれども、ともかく文化と文化とのあいだの非妥協性については充分な自覚をもっており、自分たちの文化と相容れない文化ならばいかなる文化といえどもこれを無理やりにでも根絶すべきであるという見解をいだいているように見えます。

しかしながら、世界計画の立案者たちが――彼等は至極真面目でかつ甚だ人道主義的なのですが――かりに彼等の方法が成功することを信じるとしても――文化に対する威嚇となるという点では、彼等よりも暴力的な方法を実行する連中に比しておさおさ退けは取らないのではないかと思うのです。というのは、わたくしがすでに地方文化の価値について弁じておいたところから自然に出てくる結論ですが、一つの世界文化といってもそれが単に劃一的な文化であるならば、それは文化でも何でもなくなるであろうからであります。つまりその際、われわれは非人間化された人間性しか持たないでありましょう。それはまさに悪夢の世界でしかないでありましょう。しかし、それかといってわれわれは世界文化の構想を全然あきらめてしまうこともできない。というのは、もしもわれわれが「ヨーロッパ文化」の理想を以て足れりとするにしても、そこにわれわれは何等の明確な境界線というものを定めることができない。ヨーロッパ文化は一つの地域を持っています。しかし何等明確な境界線というものを持たない、いまさら万里の長城を築くわけにもゆきません。純粋に自足的なヨーロッパ文化の観念もつまりは致命的であることは、自足的な国民文化の観念と同様であります。窮極においては、イングランドの一州もしくは一村落に、何等外界からの影響に曝されない一地方文化を保存しようとする観念と同じ、それは全くお話

のものはわれわれの想像に浮べ得ない或るものであることは認めながらも、われわれはやはり一個の世界文化の理想をば主張しないわけにはゆかなくなるのであります。われわれはそういうものを、各々の文化と文化とのあいだの関係を表わす論理上の名辞として概念し得るのみでありま
す。あたかもわれわれが「ブリテン島」の各部分が或る意味では一つの共通文化――但しこの共通文化もそれぞれ異質の地方的な現われ方においてのみ現実化するよりほかはありませんが――そのような共通文化を持たねばならないことを認めるのと同様に、われわれは一つの共通の世界文化、しかもそれでいて、各構成部分の特殊性を決して減少することのない世界文化を理想として求めないわけにはゆかないのであります。ところでもちろんわれわれはここに至ってはじめて遂に宗教なるものにぶつかるのであります。これまで同一地域の内部における地方的差別を考えていたあいだはこの問題はわれわれの直面する必要のなかった問題でありました。窮極的な意味では、宗教と宗教とのあいだの対立は文化と文化とのあいだの対立を意味せざるを得ません。そうして窮極的には、異なる宗教と宗教とは和解し得ないものであります。公定のロシア式観点からいえば、宗教に対する異論は二つあります。その第一は、いうまでもないことですが宗教は国家の要求する忠誠とは別個の忠誠を提供する傾きがあるということ。その第二は、現にこの世界中に多くの信者

によっていまだに堅く信仰されているいくつかの宗教があるということ。この第二の異論は或いは前者よりもいっそう重大であるかもわからない。何となれば、唯一つの宗教しかないところにおいては、その宗教が国家に対する抵抗の刺戟剤とならないでむしろ国家への帰順命令の主体たらしめんとして、その宗教をひとの気づかないあいだにこっそり変更することが何時《いつ》でも可能だからであります。

世界文化の実現ということがいかに困難を極めたものであるか、否、実際は不可能に近いかということをもしもわれわれが認めるならば、かえってそれだけ、われわれの想像に浮べ得ない世界文化の理想というものにわれわれが忠実に留まる可能性が増大するのであります。そのうえに更に、決して無視することのできない第二次的な困難があります。われわれはいままで、文化というものがすべて同一の生長過程によって、つまり同一の場所における同一の国民によって生れたものであるかのごとく考えて来ました。ところでここに植民地（colonial）の問題がある、それにまた植民（colonisation）の問題がある。「植民」という言葉が二つの全然別個の意味に仕えなくてはならないのは遺憾であります。植民地の問題というのは、その土地に土着の住民のもつ一つの文化と一つの外来文化とがあって、より高度の文化が低次の文化の上にしばしば強制的に課せられる時、その二つの文化のあいだの関係の問題であります。この問題には解決の道がない、その取るかたちも一種ではない。まずわれわれが始めて低次の文化と接触する場合が一つの問題となります。しかし世界中にこのことがいまだに行われ得る場所は今では殆んどなくなっています。いまひとつの問題は、土着の文化が外国の影響のもとにすでに解体作用を起しており、土着の人民がすでに外来文化を十二分に取り入れ、これを自力で以て追放する望みがもはや失われている場合の問題であります。さらにまた第三の問題がある。それは西インド諸島の或る島々に見られるごとく、いくつかの根抜きにされた民族がでたらめに混合せしめられた場合。ところでこれらの問題には解決の道がありません。という意味は、これらの問題の解決なり緩和のためにいかなる努力を払ってみたところで、そのわれわれの努力が何を意味するのか、それをわれわれが知悉《ちしっ》し得るとはとうてい考えられないからであります。もちろんわれわれはその意味を自覚していなければなりません。われわれはわれわれの理解のとどく限り、できるだけの努力を払わなくてはなりません。しかし、一国民の文化の変化ということには、とうていわれわれの頭で把握しわれわれの手で操縦することのできないほどの数々の力がはたらくのであります。それに文化の発展がいやしくも積極的であり、群を抜いて優れているような場合というものは、いつも前以て予測のできない、ただその場の奇蹟的現象というより外は説明の方法のないものなのです。

植民の問題は移住から発生する。諸々の民族が前＝歴史時代、太古時代にアジアやヨーロッパを横切って移住した時代には、相い共に移住したのは一民族全体か、少くともその民族を全面的に代表するその一部分でありました。それゆえに、移動するのは文化の全体であります。近代における移住の場合では、その移住者はすでに高度に文明化された国々からやって来ています。彼等は社会の組織化の発展がすでに複雑化している国々から来ています。移住した人々は、彼等の離れてきた国の文化の全体を決して代表しているのではありません。或いは代表していても、その度合はすっかり違ってしまっています。彼等は何か社会的、宗教的、経済的もしくは政治的な決意に基づき、或いは何かこれらの混合した特別の動機から別の場所に根を下したものであります。それゆえに、この分離には何かしら宗教上の分立現象にその性質上比例するようなものがあったのであります。移民たちは、彼等が本国に居残る限りは参与していた全文化のわずかに一部分のみを持参して来たのです。それゆえに、新しい土壌の上に発展する文化は、その親の文化に類似していながらしかも相違するということに始末の悪い現象を呈するのであります。時にはその文化は移動先の土着の民族と、とやかくの関係を結ぶことにより、更にはまた、最初の源とは別の土地からの移住によって一そう複雑な結果を来すこともあります。このようにして、一種特有ないろいろの型の文化＝共感と文化＝衝突とが、植民の結果人々の住みついた地域と、その移民たちの離れて来たヨーロッパ諸国とのあいだに現われてくるのであります。

最後にインドという変り種があります。ここには文化計画者のいかなる名案も打破するに足るだけの殆んどあらゆる錯雑が発見されるのであります。高度文明の古来の伝統をもつ諸々の民族と、きわめて原始的な文化しかもたない部族民とを包含するインド的世界においては、社会の層別化が行われているが、それも必ずしも純粋に社会的なものではなく、或る程度まで人種的な区別であります。また婆羅門《バラモン》教があるかと思えば、回教がある。完全に異なる宗教的基礎に立つ二つもしくは三つの重要な文化がある。この混然たる世界へ「ブリテン人」がやって来ました――彼等自国の文化こそ世界第一という自慢の鼻をうごめかし、文化と宗教との関係への無智にかけては三歳の児童も顔負け、それに（少くとも十九世紀このかたは）宗教問題はとにかくにもあとまわしと極めこんで涼しい風を吹かしている「ブリテン人」がやって来ました。他人の気心が飲み込めない、それかといって知らぬ顔もしていられないという場合、その他人の人格に無意識の圧力を加えていやが応でもその人間を、飲み込み得る人間に切りかえる、こいつは甚だ人道的だ。世間の多数の亭主と女房とはこの圧力をお互いに押しつけ合っているのです。このような力に支配された人間の受ける影響はその人の人間性の改善となるよりはむしろ禁圧、歪曲に終る場合の歩が遥かに多い。それにいかに善良な人間といえどもみずからの姿にかたどって赤の他人を改造する権利はない。「ブリテン人」の支配から生れた御利益というものはまもなく跡方もなく消えてしまうでありましょう。しかし一個の土着文化が遠来の珍客文化によって攪乱されたのちの悪影響というものはそう簡単には消えはしない。赤の他人の国民に向ってまずみなさまの文化を最初に提供いたします、みなさまの宗教は明後日のおたのしみというやり口は価値の転倒というものです。それに、あらゆるヨーロッパ人は例外なく善かれ悪しかれ、みずからの属する文化を代表しているのですが、さてヨーロッパの宗教的信仰の代表者というに恥じないものに至ってはきわめて少数の人々に限られます。* インドが安定し得る唯一の望みは、願わくは平和的な条件の下に、諸々の王国のあいだに窮屈でない一つの連邦的形式を発展せしめる道を取るか、そうでなければ、階級別の廃止と宗教の抛棄の代価によってのみ到達される大量的劃一への道を進むか、そのいずれかに尽きるように思われます――むろん、後者はインド文化の消滅を意味するのであります。

＊　ここで想像をめぐらしてみて興味のある問題は、もちろんわれわれはその結論を証明することは不可能にもせよ、かのローマ人の西欧征服によって、もしも宗教的信念も習慣も少しも動揺を受けないような、一律な文化のかたちが課せられていたとしたら西欧というものは一たいどうなっていたであろうということである。

以上、わたくしが一つの国民と各種の外国地域とのあいだの文化関係のいくつかの類型の問題へ寄り道して、簡単ながら考察を試みることを必要と感じたのは、その国民の内部の「リージョナリズム」の問題がこのより大きな背景において眺めらるべきものと考えたからであります。もちろん、簡単な解決法というものは一つもありません。すでに前にもいったように、文化の改善と伝達とはわれわれの実際的活動がいかなる種類に属するにもせよ、その直接の目的とはなり得ないものであります。せいぜいわれわれのなし得ることは、われわれの行ういかなる行動も、われわれ自身の文化に影響を与えるか、または、誰か他の人々の文化に影響を与えるものであることを決して忘れないことであります。またわれわれは、自国以外の文化がわれわれの文化よりも劣るように見え、或いはその文化の或る局面をわれわれとして否認すべきいかに正当な理由をもつにしても、あらゆる文化を一つの全体として尊敬すべきことを学ぶことができるのであります。一つの全体としての他の文化を故意に破壊することは、人間を動物として待遇する悪にも比すべき、償いがたい罪悪であります。われわれの救済方法を以てしてもすでに救いがたい難問題についてあまりにも長く思い悩む時、われわれの全身にみなぎる絶望感をどうにか克服することができるのは、われわれの最もよく知るきわめて限られた地域、またその地域においてのみわずかにわれわれが行動して大過なき機会を最も多く恵まれる地域、そういう限られた地域の内部における統一性と多様性の問題に思いをひそめることによるよりほかは道はないのであります。

わたくしたちはこの地球上の広大な各地域のことに想いを馳せる必要を痛感したのでありますす、それというのはそのような広大な場所においては問題はおのずからわれわれが狭隘な世界で考える問題とは異なるかたちをとるからであります。殊にその必要を感ずるのは、二つもしくはそれ以上の別個の文化がその近接性と日常の生活の点で、互いに解きがたいまで入り込んでいて、われわれがこの「ブリテン島」において構想するごとき「リージョナリズム」などはまるでお話にならないような広い地域があるからであります。そういう地域にとっては、われわれが世界のこの一角に立って考えたり行動したりしている形とは甚しく異なる型の政治理論によって政治行動が起されることも決してあり得べからざることではないからであります。これらの相違点をいつもわれわれの考え方の背景に留めておくということは、われわれが本国において処理すべき諸々の条件をよりよく玩味するためにも結構な方法であります。これらの条件というのは、種を一にする一個の一般文化が一個の宗教の伝統と結び合わされるという条件であります。これらの条件さえ与えられるならば、その時はじめてわれわれは一個の国民文化という観念を主張することができるのであります――それは、その文化の生命力をその文化に含まれたいくつかの地域の各文化から取り来り、更にまた、それら各文化の内部に、独自の地方的特性をもつ小単位の文化ができるという――そのような一つの国民文化の観念にほかならないものであります。

第四章　統一性と多様性：宗派と祭式

第一章においてわたくしは、同一の現象が同時に宗教的ともまた文化的とも見られるという観点に立ってみようとしました。この章においてはわたくしは宗教的分立のもつ文化的意義を問題としようと思います。ここに提案した考察がもし真剣に受け取られるだけの価値をもつとするならば、それはキリスト教の再結合の問題について思い悩んでいるキリスト教徒にとって特に興味のある問題ともなるでありましょう。しかしわたくしの本来の目的は、キリスト教の分立ということ、従ってキリスト教の再結合の案件の問題は、単にキリスト教徒にとどまらず、但し、キリスト教的伝統と完全に訣別するごとき社会を擁護しようとする人々を例外として、その他のすべての人々にとっても関心問題となるべきゆえんを明らかにしてみたいというにあります。

わたくしは第一章において、たいていの原始社会の場合、宗教的活動と非宗教的活動とのあいだのはっきりした区別は認められないということ、ところで更に発展度の高い社会を検討するに従ってその区別が次第に判然し、遂にはこれらの活動のあいだに対照と対立の現象が認められるに至ることを主張しました。発展度のきわめて低い諸々の民族のあいだに認められるような宗教と文化との同一化というものは「新しいエルサレム」が実現されない限り二度と再び起り得ないものであります。高次の宗教というものはそう簡単に信じられるものではありません。というのは、信仰が自覚の度を高めるに従って、それだけ不信もまた自覚的になるからであります。無関心、否定、懐疑が現われ、また宗教上の教義をばそれぞれの時代の民衆に最も信じられやすいような信念に順応させようとする試みが行われるからであります。高次の宗教においては、われわれの日常の行動をその宗教の道徳律に合致せしめることもまた困難を加えてきます。高次の宗教は個人の心理の内部において矛盾、分裂、苦悩、闘争を課するのであります、時には俗人と祭祀者とのあいだの争い、遂には「教会」と「国家」とのあいだの争いを課するのであります。

読者は或いは、これらの主張と、わたくしが第一章に述べた観方とをいかにして和解せしむべきかに苦しむといわれるかもしれません。その観方に従えば、あらゆる場合に、たとえ歴史上の最も自覚に富み高度の発達を遂げた社会においてすらも、宗教と文化とのあいだには同一化の象面が見られるというのでありました。わたくしはこれらの二つの観方を同時に維持したいと思うのであります。われわれは発展の原始段階というものを背後に置き去りにして進むのではありません。それはわれわれの築く建造物の基礎であります。宗教と文化の同一性は依然として無意識的な水準に残っている、その上にわれわれは宗教と文化とが互いに対照せしめられ対立せしめられるごとき自覚的構造物を載せたのであります。「宗教」といい、「文化」というこれらの用語の意味はもちろんこれら二つの水準の上では変っています。われわれは自覚というものが過重な負担と感ぜられる度毎に、いつも無意識界に復帰しようとする傾向を示します。そうしてこの復帰への傾向のなかに、かの全体主義的理論と実際とが人心に及ぼすところの強力な魅力がひそんでいるともいえるでありましょう。全体主義は母胎へ復帰せんとする欲求に訴えます。宗教と文化とのあいだの対照が一つの緊張を負課する。この緊張から脱しようとして、より原始的な段階に支配していたところの宗教と文化との同一性へまで復帰しようとします。あたかもわれわれが一種の鎮痛剤としてアルコールに耽溺《たんでき》する時、われわれは実は自覚的に無意識を探索しつつあるのと同じであります。われわれは実にゆるみなき不断の努力によってのみ一個社会において独立の個人として留まり、単に烏合の衆の一員に堕することからまぬがれ得るのであります。それでいながら、たとえわれわれが独立の個人たることに成功した場合でも、われわれはやはり大衆のなかの一員であることに変りはないのであります。ゆえに、わたくしはこの試論の目的からいって二つの矛盾的命題を維持しなければならない、宗教と文化とは、一つの統一体の両面であると同時に、それらはまた二つの異なる対照物であるといわざるを得ないのであります。

わたくしはでき得る限り、わたくしの問題を社会学者の観点から眺め、キリスト教的弁神論者の立場をとらないことにしたいと思います。わたくしの帰納的結論の大部分はいずれの宗教に対しても多少の適用性をもつことを主意とし、単にキリスト教のみを対象としているわけではありません。以下本章において何ゆえにわたくしがキリスト教的諸問題を論ずるかと問われるならば、それはただ、わたくしが特にキリスト教的文化、西欧的世界、ヨーロッパ、そうして更に局限して特にイギリスを問題としているためにほかならないのであります。わたくしはなるべく終始一貫して社会学的観点をとることを目標とすると言ったのですが、この際明瞭にしておかなくてはならないことは、この宗教的観点と社会学的観点のあいだの区別が、この一対の形容詞から無造作に想像されるほど簡単に維持されるものとはわたくしは考えているのではないということであります。ここでわれわれが宗教的観点というものを定義するならばそれは、一つの宗教の教義が真であるか偽であるかという問いを発する立場であるということができましょう。従って、もしもわれわれが、すべての宗教は偽であるという前提に基づいてものを考える無神論者であるとするならば、それはとりも直さずわれわれが宗教的観点をとりつつあることを意味するものであります。

社会学的観点からいえば、真偽の問題はこの際何の関係もなく、われわれは異なる宗教的構造がそれぞれ文化に与える効果の比較を問題とするのみであります。ところで、もしもこの主題を研究する人々を、無神論者をも含む神学者と、社会学者とに手際よく両分し得るものならば、問題は現在とはよほど違ったものとなるでありましょう。しかるに第一、いかなる宗教も局外からしては全面的に「了解」し得ない――たとえ社会学的な目的からいってもそれは不可能であります。第二に、いかなる人間も全面的に宗教的観点から離れるということはできない、何となれば、われわれは窮極においては、信ずるか信じないかのいずれか一つだからであります。それゆえに、いかなる人間も理想的社会学者があるべきように、全面的に公平無私であるということはできないのであります。従ってまた読者としては、なるべく著者の宗教的見解に対して酌量すべきところを酌量する雅量をもつのみならず、更にむつかしいと思われることは、読者は読者自身の見解をも酌量することにつとめなくてはならないのであります――それにまたいかなる読者といえども自分自身の考えをくまなく検討するなどいうことはとうていできない相談なのであります。だから著者も読者も、自分たちが全面的に客観的であると簡単にきめてしまうことを警戒しなくてはなりません。*

＊ *Blackfriars.* 一九四六年、十一月号の Evans-Pritchard 教授による貴重な論文『社会的

人類学』を参照。彼はいう「その答えは、社会学者もまた一個の精神科学者でなければならぬ、また精神科学者である以上、彼が一社会学者として研究する諸々の事実を評価し得るような形而上学的な一組の明確な信念や価値の体系をもたなくてはならない。

いまやわれわれは宗教的信仰と習慣における統一性と多様性の問題を考察し、そうして文化の保存と改善に最も有利な境位とは何であるかを探求しなくてはなりません。第一章においてわたくしは、「高等宗教」のうちで文化を刺戟する力を持ち続ける可能性に最も富む宗教は、諸々の異なる文化をもつ諸民族によって受け容れられる可能性のある宗教であることを暗示しておきました。つまり、それは最大の普遍性を具えた宗教である――尤も、普遍性が可能的に潜在していても、それだけでは「高等宗教」の標準となるとは限らないのですが。そのような宗教ならば共通の信仰と行動の基本的地模様《パターン》を提供することができ、それに基づいて各種の地方的な模様を織ってゆくことができます。またそういう宗教ならば、各民族の交互影響に刺戟を与えて、一地域において多少でも文化的な進歩が起ればそれが他の地域における発展の動力となります。或る歴史的条件においては、烈しい排他性が一つの文化を保存するための必要条件となる場合もないことはありません、『旧約聖書』はこのことを証明します。[*] この特殊の歴史的境位にも拘らず、各自みずからの文化的性格をもつ諸民族が一つの共通の宗教を実践することは、一般に影響の交換を促進して、結局相互の利益となることに異論はないと思います。もちろん、一つの宗教があまりにも無造作に幾種かの文化に順応して、消化しないでかえって消化される結果となる場合も考えられないことはありません。またこの弱点が、もしもその宗教が互いに対立する宗派的な小枝に分岐してしまって交互の影響を中止してしまうならば、右とは反対の結果を生む傾向となることも考えられないことはありません。キリスト教と仏教とはこの危険に曝されてきたのであります。

＊ いわゆるディアスポラ（「追放」後のユダヤ人の旧世界分散）とその後のユダヤ人のキリスト教的諸民族間への分散以後、これらの諸民族とユダヤ自身とのあいだの文化的接触が行われた場所がたまたま宗教というものを無視し得るような中間無色の文化圏の内部であったということはこれらの諸民族にとってもユダヤ人にとっても共に不幸であったといえるであろう。またそのために、宗教なくして文化があり得るという迷妄を強化する結果となったといえるであろう。

本章においてこれからわたくしが問題とするのはキリスト教だけに関します。とりわけ、ヨーロッパにおけるカトリシズムとプロテスタンティズムとの関係と、プロテスタンティズムの内部における諸々の宗派の多様性の問題に関します。われわれは統合とか再結合とか、或いはいくつかのはっきりした名称を以て呼ばれる宗教団体の個別的な教団的自同性の維持とかいうことを弁護し、もしくはそれに反対するような先入観念を一切持つことなくして出発しなくてはなりません。われわれは、宗派の分裂によってヨーロッパ文化とヨーロッパの一地方の文化にいかなる損害が加えられたとしても、その損害に眼を塞ぐことがあってはなりません。また他の半面においては、われわれは、十六世紀このかた最も注目すべき文化的業績の多数は宗教上の不統一を条件として行われたということ、そのうちの或るものは、十九世紀のフランスにおけるごとく、実に文化の宗教的基礎が崩壊し去ったと見られたその後においてはじめて出現していることをも認識しなくてはなりません。もしもヨーロッパの宗教的統一が現在まで継続していたならば、以上のごとき或いはそれにも劣らない輝かしい業績が実現されたであろうと断定することはできません。文化の開花か、もしくは文化の頽化に、たまたま一致するものが、宗教的統一であるか、宗教的分立であるかは一律には決せられないのであります。

この観点から見るならば、われわれがイギリスの歴史を回顧する時、もちろん自己満足に堕することは許されないとしても、以ていささか慰めるに足るだけのものはあるといえるでありましょう。プロテスタンティズムへの何等の傾向も現われず、或いはそれが問題とならなかった国においては、必然に宗教的石化の危険と侵略的不信の危険とが伴うのでであります。「教会」と「国家」のあいだの諸関係があまりにも円滑に行われる国においては、われわれのいまの観点から見るならば、その原因が教会主義、つまり「教会」による「国家」の支配であるか、もしくは、「国家」による「教会」の支配、いわゆる「エラスティァニズム」であるかは大した問題にはなりません。そういえば、これら二つの条件のあいだを区別することも必ずしも容易だとはいえません。結果はいずれの場合にも、為政者を恨む人間、不正に苦しむ人間が、例外なしにみずからの不幸を「教会」固有の悪に帰し、場合によってはキリスト教そのものに内在する何等かの悪に帰するのであります。ローマ法王への形式上の服従といっても、それだけで、全国民がカトリックである国民の場合、宗教と文化とがあまりにも密接に同一化され過ぎないという保証を与えることはできません。そういう場合、地方的文化のいろいろの要素が——地方的野蛮の要素までが——いかにも神々しい宗教的行事の衣を被せられないとは限らないし、迷信が敬神の仮装の下にはびこらないとも限りません。つまり、一国民がこぞって原始共同社会にいかにも適わしいような宗教と文化との統一性の方向へ総退却しないとは限らないのであります。唯一種の祭式が全面的に支配して誰もこれを怪しまないという場合、その結果は、その国民がもしもおとなしい国民であれば、麻痺となります。その国民がきびきびした、我執の強い国民であれば、その結果は混沌となります。けだし、不満が次第に為政者への不服の方向に進むに従って、先入的な聖職者への反感がいつの間にか一個の反宗教的伝統と化する危険があるからであります。宗教から離れ、宗教に敵意をもつ一種の文化が生長し繁栄し、その傍ら一国の民心は両断されて、国内に敵を作るからであります。両断された二つの徒党も喧嘩しながらも一緒に暮すより外にどうにもならない。その傍ら残念ながら共通の国語と生活様式とはいまさら脱ぎ捨てるわけにもゆかないから、それらは敵愾心を緩和する方向に作用しないで、逆に敵愾心を荒だてる結果となるのであります。宗教的分立を表看板にしながらさてその実体は何かといえば、喧嘩しながらいまさら別れるわけにもゆかない有象無象のひしめき合いということになります。屁理窟ばかりが先に立つから仲直りの機会までがぶち壊しだ。さてこの喧嘩の取り巻き連中の実体が何であるかといえば、腹にくすぶるありとあらゆる不平と恐怖と利慾のかたまりであります。とどのつまりは、二つに切れない親の遺産を汗と血みどろで奪い合おうというのだから、精も根も費《つか》い果して結局、くたびれだけが儲けになる。

このような一つの遺産をめぐってカトリック教徒とプロテスタントがしのぎをけずった「三十年戦争」のごとき国内闘争の血なまぐさい幾多のページをここで復習することはいささか場所違いの感をまぬがれません。和解しがたい利害という点では同じでも、今日ではもはや、キリスト教徒のあいだで表向きに争われる神学上の論争というものは、武力を以て解決を求める闘争ほどには世界の興味を呼ばなくなりました。この分裂の最も深い原因を探るならば、それは今日においてもなお宗教的といえるものでありましょう。しかしその原因は神学的教理でなくして、政治的・社会的・経済的教理にまで意識化されています。プロテスタンティズムを以てその主導的信仰とする国々においても、聖職者への反感が暴力的なかたちをとるということはたしかに稀であります。そのような国々においては、信仰も背信もいずれも温和な罪のないかたちをとっている。文化が世俗化されるに従って、信者と背信者とのあいだの文化的差別というものは殆ど無に近くなっている。信と不信とのあいだの境界線も漠然としている。そうして、すべての党派も、何か共通の道徳的規約を引き継ぎ、受け容れる限りでは、お互いにいかにも仲よく暮しているのであります。

ところでイギリスにおける情勢は、カトリック教国であろうとプロテスタント教国であろうと、他の国々の情勢とは違っています。イギリスにおいては、その他のプロテスタント教国においてもこの点は同じだが、無神論といってもその大部分は消極的な種類のものにすぎないものでありました。この国では、いかなる統計学者といえども、キリスト教信者と非キリスト教信者との割合の見積表を提出することは不可能です。多数の国民は濃霧に包まれた境界線の不分明な世界に住んでいます。また、この濃霧的世界の向う側に住む人々といえども、その数からいえば、無智無頓着の荒地に住む人々の方が無神論の啓蒙的沙漠のなかに住む人々よりも遥かに多いのであります。神を信じないイギリス人といえども、たとえいかにその社会的位置が低かろうとも、子供の出産、親の死亡、結婚生活の踏み切りに際して、依然としてキリスト教的習慣を墨守する場合が多いのであります。イギリスの無神論者はいまだ文化的に統合されているのではありません。つまり、それら無神論のそれぞれの類型は、彼等といわず、彼等の両親、否、その曽父母までがはぐくみ育てられてきたところの宗教団体の文化の性質に応じてそれぞれみな異なるのであります。イギリスにおける文化的差別の主なるものは、過去においては、英国国教《アングリカニズム》と、比較的重要なプロテスタント派の各宗派とのあいだの差別でありました。しかもそれらの差別でさえも決してはっきりした輪郭をもつものとはいえないものでありました。その理由は、第一に「英国国教会」そのものがすでに多種多様の信仰と祭式とを包含しているのであって、海外の局外者の眼から見て、一個の制度がどうしてこれだけの内容を蔵しながら破裂せずにいられるものか全く理解に苦しむほどのものであります。第二に、その「英国国教会」から分離した各宗派の数も種類もあまりにも多いからであります。

第一章において述べたわたくしの主張がもしも受け容れられるとするならば、一つの宗教の形成は同時に一つの文化の形成であるということに異論はないでありましょう。このことからして当然帰結することは、一つの宗教が諸々の宗派に分れ、またこれらの宗派が世代から世代へと発展するに従って、幾種類かの文化が播殖《はしょく》するであろうということであります。ところでまた、宗教と文化の結びつきというものは、一方に起ったことが当然他方にも起るものと考えて誤りないほどにも密接であるゆえに、われわれは、諸々のキリスト教的文化のあいだの分裂が信仰と祭式との更に第二次の分化を刺戟するものと考えて差支えないでありましょう。「東方教会」と「西方教会」とのあいだのかの「大分裂《グレイト・シズム》」は文化的には二つの文化のあいだの地理的境界線の移動に対応するものですが、この問題を考察することはわたくしのいまの目的ではありません。われわれが西ヨーロッパ的世界を考察する場合、われわれはどうしてもこの世界の主要な文化的伝統は「ローマ教会」に対応するその文化的伝統であったということを認めないわけにはゆきません。これ以外の伝統があらわになってきたのはわずかに最近四百年このかたのことに過ぎません。誰しも、およそ中心と周辺との感覚を具えた者ならば、西欧的伝統とはラテン的伝統を意味し、そうしてラテン的伝統とは「ローマ教会」の伝統を意味することを認めないわけにはゆきません。それには芸術、思想、風習の無数の証言を数えあげることができます。われわれは、それらの証言のなかに、一つのカトリック的社会において生れ教育されたすべての人々の残した仕事を、彼等の個人的信念の如何に拘らず、数え入れなくてはなりません。この観点から見るならば、「北方ヨーロッパ」、とりわけイギリスが、「ローマ教会」との交わりから分離したということはとりもなおさず、文化の主流から外れたことを意味します。この分離について、何等かの価値判断を下し、それがよいことであったか悪いことであったか、どちらかにきめてしまうことは、この研究においては、われわれは回避しなければなりません。それは社会学的観点から神学的観点に転ずることになるからです。ところで、ここでわたくしは副次＝文化（sub-culture）の用語を採りいれて、この用語を以てキリスト教的世界の分割された一局部の地域に所属する文化を意味せしめようとするのですが、この際、一つの副次＝文化は必然に劣等文化であるという断定を下さないように注意しなくてはなりません。それにまた、一つの副次＝文化はその本体から分離されることによって損失を被むるとしても、その本体もまたみずからの一肢体を失うことによって損傷されるということを忘れてはならないのであります。

われわれが次に認めなくてはならないことは、一つの副次＝文化がやがて一個の特定地帯の主要文化として定立されるに至った場合、その文化は、その地帯に対しては、ヨーロッパの主要文化と席を替える傾向をもつということであります。この点において、その文化は、分派の意味をもつ諸々の副次＝文化でありながらも、そのめいめいが主要文化と地域を同一にしているごとき副次＝文化の場合と比較してみると、全くその性質を異にするものであります。イギリスにおいては、その主要な文化的伝統は数世紀にわたって、英国国教的伝統でありました。イギリスにおけるローマ－カトリック教徒は、もちろん国教徒よりもより中心的なヨーロッパ的伝統に立っています。しかしイギリスの主要伝統が国教的なるものであったがゆえに、彼等は、別の観点から見るならば、プロテスタント的非国教主義者よりもむしろさらに伝統の外側に立っているといわなければならないのです。英国国教主義との関係からいえば、雑然たる副次＝文化の寄り合い世帯の観をなすものはプロテスタント的非国教主義であります。もしくは、もしわれわれが英国国教主義自体を一個の副次＝文化と見るならば、われわれは非国教主義を形容するに、「副次＝副次＝文化」の雑然たる寄り合い世帯という言葉を以てするほかはない——ただこの言葉があまりにも道化じみていてとうてい風上に置けないというならば、われわれはこの種の文化を「第二次の副＝文化」とでも呼ぶよりほかはありません。プロテスタント的非国教主義という言葉によってわたくしは「自由諸教会」('the Free Churches') としてお互いに認め合っている諸々の教団を意味します。それにも一つ、孤立しながらも独自の優れた歴史をもつ「フレンド会」(the Society of Friends) を加えてもいい。その他、群小の教団は文化的には取り上げるに足りません。諸々の主だった教団の各憲章のあいだの種別は、或る程度まではそれらの教団の発生の特殊事情と、その分離の歴史の長さとに関係しています。長い歴史を有する「組合教会派」のなかには幾人かの優秀な神学者を数えることができますが、もっと歴史の浅い、またその分立的存在を理由づける神学的根拠の浅い「メソディスト派」が、主としてその聖歌学《ヒムノロジー》に依存し、またみずからの独立の神学的構造を必要としないらしく見えるということは、多少の興味を誘う問題といえるかもしれません。ところでわれわれが一定地帯に根拠する副次＝文化を考えるにしても、或いは、一定地帯の内部にあるのと数地帯に分散するのとを問わずそこに成立する第二次の副＝文化を考えるにしても、われわれは、結局あらゆる副次＝文化はそれらが分岐し来ったところの樹幹に依存するものであるという結論にまで導かれることを発見するでありましょう。プロテスタンティズムの生命は、まさにそれが抗議するところの対象の存続に依存するのであります。そうしてあたかも、プロテスタント的非国教主義の文化は英国国教的文化の持続なくしては栄養欠乏によって亡びるであろうように、イギリス文化が維持されるかどうかはまさにラテン＝ヨーロッパの文化の健康を条件として定まるのであります、そのラテン文化から生命の糧を採り続けるかどうかによって定まるのであります。

しかしながら、カトリック教の本山、ローマから英国国教の本山カンタベリーが分離したということは、わたくしの目的からいえばより重大な、フリー＝プロテスタンティズムがカンタベリーから分離したということと同じ意味をもつものではないのであります。この区別は、前章においてわたくしの提出した、大量移住による植民運動（例えばヨーロッパ大陸を横断して西方に向った初期の民族運動）と、母国に居残る文化から離れ去ったいくつかの要素による植民運動（例えば大英帝国自治領や南北アメリカ大陸への植民）とのあいだの区別に対応する区別であります。「ヘンリー八世」によって堰を切り落された前者の分離には、宮廷における個人的動機がその直接の原因になっており、その動機が、さらに根拠の深い、イギリス及び北方ヨーロッパに固有の根強い民族的傾向によって拍車をかけられたものであります。プロテスタンティズムの大河がひとたび堰を切られると、それは「ヘンリー」自身の意図を越え、また彼が必ずしも是認し得なかったであろうような方向へ進んで行きました。しかしながら、たとえイギリスの「宗教改革」が、その他の革命と同様に、もともと少数党の所業であったのにも拘らず、また幾度も頑強な地方的抵抗運動によって阻止されたのにも拘らず、それは最後には、国民の大部分を階級と地域の如何に拘《こだ》わることなく、総ざらえにさらえてしまったのであります。これに反して、プロテスタント的各宗派はイギリス文化におけるいくつかの要素をばその他の要素を排除することにおいて代表しています。それらの宗派が成立する上には階級と職業とが大きな役割を演じています。いくら厳密な研究家でも、恐らくどこまでが、一つの副次＝文化を形成するものが非国教的教義への固執であるのか、或いは、国教反対の理由発見の動機となるものが、果してどこまで一個の副次＝文化の形成に存するかのけじめを断定することは不可能でありましょう。この謎の解決は幸いにしてわたくしの目的からいえば必要ではありません。いずれにしても、その結果はイギリスが諸々の宗派によって層別化されることになったのであります、それは或る程度までは各階級間の文化的差別から由来し、また或る程度まではこれを強化することとなったのであります。

人種学を深く修め、この島国の古代の民族定住の歴史に詳しい学者から見れば、この宗教的細分化の傾向を生じた原因として、更に頑強な原始的な原因の存在を立証することができるかもしれません。彼はその原因を、幾種かの部族、民族、言語が時を異にして支配権を握り、或いは覇を争い、その結果として彼等の文化のあいだに発生した抜きがたい根源的差別にまでたどりつけることができるかもしれません。その学者は更に進んで、文化的混種は必ずしも生物学的混種と同一の進路をたどるものではないこと、またかりにわれわれが、純粋にイギリス人としての血統を引いたすべての人間が自己の血脈のなかに正確に同じ割合で各時代のすべての侵入者の血を宿していると仮定してみたところで、そのために必ずしも文化的混種が発生するとは限らないという見解をいだくこともできるでありましょう。それゆえにその学者は、イギリス人のなかの各種の要素が彼等の信念をそれぞれ異なる仕方で表現したがる傾向、それぞれ異なる類型の共同社会的組織とそれぞれ異なる類型の礼拝を選び採ろうとするこの傾向のなかには、古代の支配民族と被支配民族とのあいだの分裂が反映されていることを発見し得るかもしれません。このような思弁は、これに賛成しようにも反対しようにもあまりにも無学な自分としては、全くわたくしの力の外にある問題といわなければなりません。しかし著者としても読者としても、いまわたくしのこの探求が導入されつつある水準よりも更に深い水準があり得るということを想起しておくことは決して無用ではないでありましょう。もしも、現代にまでも連綿と持続しているこの差別が文化の原始的相違から由来することが決定されるとするならば、とりもなおさずそれは、わたくしが第一章において述べておいた、宗教と文化の統一性の必要が別の方面からも裏書きされるということに外ならないからであります。

それはそれとしておいて、近代歴史の期間の内部においてさえも、各宗派間の宗旨争いに見られる動機や利害の交錯にはわれわれの好奇心を誘うに足るだけの珍種の数々がいくらも出揃っているのであります。別に珍しくもない光景だが、キリスト教の甲乙のかたちを攻撃する者も擁護する者もいつも偽善に堕したり自己欺瞞に陥るが、われわれはこのお芝居を拝見して何もいまさら溜飲をさげる皮肉屋になる必要もなければ、感心な信者ならば急に悲観面をさげる必要もないのであります。わたくしの試論の立場からいうならば、ここでは喜劇、悲劇は禁物なのであります。何となれば、右のごとき混乱は人間の条件に本来固有のものなるがゆえに、まさに当然われわれの期待すべきものなのであります。たしかに歴史上の或る境位においては、或る宗教的な抗争が純粋に宗教的な動機に帰せらるべき場合があります。アリウス派（Arians）とエウセビウス派（Eutychians）の異端に対して挑まれた聖アタナシウス（St. Athanasius）の一生涯の闘いは、ただ神学の光に照しての み眺めらるべきであって、その他の光に照す必要は少しもありません。これを目してそれはアレクサンドリアとアンチオキアとのあいだの文化＝衝突を代表するものとして証明しようと試みる学者、或いはその類の巧妙なる理論を持ち出そうとする学者は、別に他意なきものとしたところで、何かしら筋違いの問題に憂身をやつしているとしか考えられないのであります。しかしながら、如何に純粋な神学問題といえども、窮極においては、文化的な結果を生むでありましょう。アタナシウスの生涯について皮相な知識をもつだけでも、彼が西欧文明の偉大なる建設者の一人であったことをわれわれに保証するに充分であります。また、たいていの場合、われわれがわれわれの宗教を弁護する時、同時にわれわれはわれわれの文化をも弁護することは不可避的であります。その逆の場合もまた同様である。つまり、その際、われわれはみずからの存在を保持せんとする人間本来の本能に従いつつあるのであります。ところでこの本能に従うことにおいてまさにわれわれは、時の経つに従い、多くの誤りと多くの罪とを犯すものなのであります――それらの大部分はこれを単純化すれば唯一種の誤りとなります、それは、われわれの宗教とわれわれの文化とを互いに識別すべき時に、これらを同一の水準において同一化することの誤りにほかならないのであります。

このような考察は、宗教的闘争・分立の歴史を顧みる場合に妥当するというに留まりません。それはわれわれが再結合の問題を考案する場合にも同じ適切なのであります。従来、キリスト教の各団体のあいだの再結合の考案が採択される場合、或いは提案される場合に、一歩踏み停って静かに個々の文化的特殊性を検討し、文化面に横たわる障碍から宗教的障碍を根気よく解きほぐすことがいかに重要であるかが忘れられています――単に忘れられているというよりも、わたくしに言わせるならばむしろ、たとえ無意識にもせよ故意に無視されているといいたいのです。ゆえに、事、宗教に関しながらも、あたかも一国と一国の両政府間の取引きに比せられても仕方のない現象がここに発生するのであります――ほかでもない、契約の当事者が互いに異なる解釈を下し得るごとき公式を定めておいて、形の上だけで同意するという腹の黒さを指すのであります。

教会の「普遍性《イクメニシティ》」の問題の詳細に通じない読者のために、各教会間の交互の交わり《インター・コミュニオン》と再結合《レユニオン》とのあいだの区別を注意しておかなくてはなりません。二つの国教会間の交互の交わりの制度――例えば、「英国国教会」と「スエーデン国教会」と――もしくは「英国国教会」と「東方教会」の一つと、もしくは「英国国教会」とオランダその他ヨーロッパの各地に見出だされる「オールド・カソリックス」と呼ばれる一団とのあいだの交互の交わりは、その言葉の意味する表面の意味以上に必ずしも出る必要はありません。つまり「各教団の根拠の正しさ《ヴァリディティ・オブ・オーダース》」と教理の正統性とを交互に承認し合うことであります。その結果として各教会の会員は他国のどの教会とも交わり、司祭はそれらの教会において司式し説教することができます。交互の交わりの協定が再結合の方向に進む場合は次の二つの出来事のいずれかの場合より外にはありません——二つの国民の政治的合一という稀有の場合か、すべてのキリスト教徒の世界的再結合という最後の場合。これに反して、再結合というのはつまり、司教監督制をもつ甲乙の教団が「ローマ教会」と再結合する場合か、同一地域において互いに分離していた教団間の再結合の場合かのいずれかであります。再結合の運動として現在最も活溌に動いているのはこの第二の種類に属します、つまり「アングリカン・チャーチ」と、「フリー・チャーチ」に属する一つ或いはそれ以上の教団とのあいだの再結合であります。ここでわれわれが主として問題とするのはこの後者の再結合に含まれた文化的意義であります。「英国国教会」と、例えばアメリカにおける「長老派」とか「メソディスト派」とのあいだの再結合という問題はあり得ません。再結合といえる場合は、アメリカの「長老派」とアメリカにおける「監督教会」との再結合、イギリスの「長老派」と「英国国教会」との再結合という意味でなければなりません。

　本書の第一章において試みた考察からして、完全な再結合の結果は文化の共有を必然ならしめる——何等かの共通文化はすでに存在しているが、公式の再結合に伴ってその上に更に第二次の発展の潜勢力が養われる。すべてのキリスト教徒の理想的再結合といってもそれは最後の全世界を覆う劃一文化を意味するのではありません。それはすべての地方文化がその変種となるごとき一種の「キリスト教文化」を意味するに留まります。——その変化の種類といえばきわめて大幅なものとなるであろうし、またそうなるのが当然でもあります。われわれはすでに「地方文化」と「ヨーロッパ文化」というものを区別することができます。つまり、この後者の名称を使用する時、われわれはその地方的相違を認定しているのであります。同様に世界的「キリスト教文化」という時、それがそれぞれの大陸の各文化のあいだの相違を無視し、もしくはそれを蹂躙するものと解せられてはなりません。しかしながら、同一地域における各種のキリスト教団体のあいだに一つの強力な文化的共同性が存在するということは（ここではわれわれは「文化」を「宗教」から区別された意味で使用していることを忘れてはなりませんが）、その地域におけるキリスト教徒の再結合を容易ならしめるのみならず、同時にそのような再結合を特別の危険に曝すことにもなるのであります。

すでにわたくしは、一つのキリスト教国民を各宗派に分割する度毎に、それはその国民のあいだに諸々の副次＝文化の発展をもたらし、或いはむしろその発展を過度に刺戟するものであるという見方を提出しました。この見方を裏書きするためにわたくしは、「英国国教主義」と各「自由教会」とを検討すべきことを読者に要請しておきました。しかしいまここで言い添えておかなくてはならないのは、「国教徒」と「自由教会員」とのあいだの文化的区別というものは、社会的・経済的条件の変化に伴って次第に影が薄れているということであります。「英国国教会」がその文化的な強みの大部分を引き出していた農村社会の組織がいまは頽《くずお》れています。地主階級は生活の安全と権力と影響力とを昔のようにもっていない。商業で成功し、各地において領地所有者にとり代った新興階級もまた急速度に勢力を失い、貧困化されています。「国教会」の教職者の数も次第に減ずる一方ですが、彼等は「パブリック・スクール」もしくは旧大学の出身者であるか、もしくは自分の一家の費用で教育を受けた人々であります。「ビショップ」も金持ではなく、官舎の維持にも窮している状態です。「国教会」に属する普通の俗人と「自由教会」に属する普通の俗人とが同一の大学で、しばしば同一の学校でさえ教育されることも決して珍しくはありません。そうして最後に、彼等はすべて宗教から切断された文化という同一環境に曝されているのであります。互いに思い思いの宗教的信念に支配されながら、日々に圧力を加え来る非キリスト教的世界に気づかしめられて、ただ共通の利害と共通の心配のみによって相寄り相結び、しかもその当人たち自身がいかに深く非キリスト教的影響力や無色中間の文化に支配されつつあるかを知らないために相寄り相結びつつある現状において、彼等の育てられたいくつかのキリスト教的文化にかすかに名残りを留めている区別のごときものが彼等の眼に殆んど無意義に感じられるとしても、それは不思議でも何でもないのでありまます。

誤まれる条件もしくは曖昧な条件に基づいて再結合を企てることの危険をわたくしはここで問題にしようとは思いません。しかしわたくしが非常に心配する危険は、再結合せられたいくつかの教団の文化的特質が消滅したために再結合が容易に行われたとするならば、それはまさに、文化の一般水準の低下を促進しかつ保証する結果になるであろうということであります。神学的思惟、哲学的思惟が成熟しているか未熟であるかは、もちろんわれわれの文化の程度を計る尺度の一つであります。そこで或る方面において、神学というものを、三歳の児童にも理解せられ、ソシナス派（Socinians）の神学者にも受け容れられる程度に切り下げる傾向が見られるとするならば、それはそれ自体が文化的衰弱の一つの徴候にほかならないのです。しかしわれわれの観点から見るならば、百中百人の直面する難問題を撤去して百中百人の我意我執を保護するがごとき再結合案には更に第二の危険があるといわなければなりません。現代のごとく、社会的差別をぼかして、最高度の「文化」が百中百人の手に帰せられなくてはならないと主張する時代——文化水準の引き下げの時代においては、再結合さるべきいくつかのキリスト教的断片がおよそ多少でもそのあいだに文化的差別を代表するものでなければならないというがごとき考えは否定せられるでありましょう。完全な文化的平等の条件において再結合を試みるという方向へ強力な力がはたらくことは確実であります。結合するいくつかの教団の相対数をあまりにも考慮しすぎるきらいがないとは限りません。というのは一つの主要文化よりも副次＝文化の方に帰属者が多く集ったところで、主要文化は依然として主要文化であることに変りはなく、副次＝文化は副次＝文化であることに変りはないからであります。分裂の発生するまでに遠く過去から保存され来った高度に発展した文化の面影をいずれがより多く保護するかといえば、それはあらゆる場合に主要教団の側にあるからであります。より精緻な神学をもつものがその主要教団であるというに留まらない。その時代の最高の知的・芸術的活動から遠離することの最も少ないものがその主要教団であります。だからいつも次の現象が発生する——回心者は——わたくしの考えているのは一種のキリスト教から他種のキリスト教への回心の場合に留まらず、より根源的に、無信の状態からキリスト教的信と実践への回心を考えているのですが——その回心者が知性と感性に優れているという場合、いつも彼はより普遍的《カソリック》な型の信仰と教理の方へ引き寄せられるのであります。この牽引はやがて回心すべき未来の回心者がキリスト教というものの知識を全然もたない以前においても起り得るのであります。そこで第三者の眼から見るならば、その回心者は誤まれる理由によってキリスト者となったとか、その誠意が怪しいとか、単なる見せかけにすぎないとか、とかくそのような非難の槍玉にあげられることにもなるのであります。もちろん、およそわれわれの想像に浮べ得るほどの罪ならば、その程度の罪がかつて実践せられなかったというためしはありません。また知的或いは美的の虚栄や思いあがりを隠蔽するに看板だけの宗教的信仰を以てすることも決して稀ではありません。しかしわたくしの検討の出発点をなす、宗教と文化との緊密な結びつきを念頭において考えてみるならば、文化的な牽引力を通して宗教的信仰に進むという現象はきわめて自然な現象であると同時にまた当然受け容れらるべき現象でもあるのであります。

以上一往、問題の再検討を終えたのち、いまわたくしは、各キリスト教国民のあいだにおける統一性と多様性と、それら個々の国民の内部のいくつかの層と層とのあいだにおける統一性と多様性との理想的なパターンとはいかなるものであるかを問うことによって本章を前の二章へ結びつけなくてはなりません。結局、社会学的な観点というものは、神学的前提によってのみ本来到達し得る結論へまでは、われわれを導き得るものではないといわなければなりません。前述の諸章を読まれた読者ならば、この場合もまた一定不変の動きのとれない計画案に解決を求めてもそれは徒労に終るものと思わなくてはなりません。

文化の頽廃を救う安全保障というものは、宗教的組織化の三種の主要類型――中央に一つの支配権をもつ国際的教会、国立教会、個別的宗派――これらのいずれの宗教的組織からもとうてい提出される望みはない。自由に傾けばすべてが液体化される危険があり、厳密な秩序を守れば石化の危険を伴う。それにまた特定の一つの社会の歴史から判断して、その社会がもしも現在とは異なる宗教の歴史を歩んでいたとすれば、果してその社会は今日もっと健全な文化を生んだかどうかということは誰一人として判断することはできない。一国民の内部における武力による宗教闘争、例えば十七世紀のイギリスや十六世紀のドイツ諸州に起ったような闘争の及ぼす悲惨な結果はいまさら強調するまでもないことです。宗派的分裂の解体的な作用についてはすでにわたくしの触れたところであります。しかしながらわれわれはここで反問することができるでありましょう、果してかの「メソディスト派」がその宗教的熱情の全盛期において、イギリス一国の精神生活を復活せしめなかったか、更にかの「福音主義運動」、さらにはまた、かの「オクスフォド運動」のためにも道を拓いたといえないであろうか。それればかりでなく、かの「非国教主義者」の場合でさえも、彼等の努力を俟つことによってはじめて、「労働階級」に属するキリスト教徒は、およそ熱心な社会的活動を意とするキリスト教徒ならば、彼等の地方教会及びそれと結びついた諸々の社会的・慈善的団体の運営に関して、誰よりも先に演じたいと思う役割を演ずることが可能となったといえないでありましょうか*（尤も、非国教主義者は「勤労階級」に属するキリスト教徒のためには、更に大きな仕事を果し得たかもしれないとしても）。現実の選択問題としては、理想的でなくとも分派主義を採るか、然らざれば全然問題を抛棄するかのいずれか寄り道のない場合が再三あったのであります。そうして前者の道をとった人々は、理想的でなくともその道を進むことによって、いくつかの社会層の文化をともかく死滅から護り抜くことができたのであります。それに、最初にわたくしが述べたごとく、各社会層が当然もつべき文化というものは、その重要性において平等に重要なものであります。

＊ *The Christian News-Letter* に載せられた二つの重要な附録を参照——一九四一年七月三十日、W. G. Symons による「普遍的キリスト教と労働階級」及び一九四二年五月二十日、John Marsh による「自由教会と労働階級文化」。

諸々の社会階級のあいだの関係の場合でも、また一国の各地域のあいだの相互関係、及びその各地域と中央権力との関係の場合でも、そこにはたらく求心力と遠心力との間断なき緊張というものが望ましいといえるでありましょう。この緊張がなければバランスが維持されず、もしもいずれかの勢力が勝利を占めるならばその結果は悲しむべき結果となるからであります。われわれの立つ前提から考え、また社会学者の観点から眺めて、当然われわれが到達すべきものと考えられる結論は次のごときものではないかと思われるのであります。キリスト教的世界は一体たるべきでありますが、その組織化の様式と、この統一体における各権限の正確な配置とはわれわれとしては断定し得ない問題であります。しかしその統一の内部においては、思想と思想との果しない闘争が行われなくてはなりません——何となれば、真理が拡大され、明瞭にされるのは絶え間なく出現する誤れる思想に対する闘争によるのみであり、正統思想が発展せしめられて時代の要請に応じ得るためには異端との抗争によるほかはないからであります。また各地域の担う役割としては、その地域のキリスト教をその地域に適応せしむべき不断の努力が払われなくてはなりません、それは全面的に禁圧されてもならず、全面的に放置されることも許されない努力なのであります。地方的気質はその特殊性をばその地方的気質のかたちを具えたキリスト教において表現し、社会層もまた同様でなくてはなりません。かくしてはじめて各地域、各階級に固有の文化が繁栄することができます。しかしまた同時に、これらの各地域とこれらの各階級とを結合する一つの力がなければなりません。信仰と行事との一様性の方向にはたらくこの矯正力が欠けている場合には、そのためにいずれの部分の文化も損傷を受けるでありましょう。すでにわれわれは一国の文化は地理的、社会的のその各構成要素の文化の繁栄とともに繁栄するものであることを発見しました。しかしまた、その一国の文化もそれ自身が、更に大きい文化の一部分たることを要するということをも発見したのであります。その大きい文化は、かの世界連邦主義者の企画するところに含まれた意味とは別個の意味をもつ「一つの世界文化」という窮極の理想をば、たとえ実現不可能としても、必要とするのであります。そうしてまた一つの共通信念なくしては、各々の国民を文化的に結合せしめんとするすべての努力も単に統一性の幻影を生むにとどまるのであります。

第五章　文化と政治についての一つの覚書

しかしながら、彼の政治的関心といっても、それは、さらに重大な問題から彼の思想を引き留めておくほどには彼を捉えはしなかった。

ジョージ・リトルトンを評したサミュエル・ジョンソンの言葉

現在われわれは、「文化」という言葉が政治家の注目をひいていることを知っています。それは政治家が必ずしも「文化人」であるという意味ではなく、「文化」が政策の一手段として、同時にまた国家の仕事として当然促進しなければならない、社会的に望ましい或るものとして認められているということであります。われわれは国政担当者の口から、各国民間の「文化関係」というものがきわめて大切であるという言葉を聞かされるばかりでなく、国際間の友好を育成するものと考えられているこれらの文化関係の面倒を見ることを公に標榜する官庁が設けられたり、そのために役人が任命されたりする現象を発見するのであります。文化というものが、或る意味では政治の一部署となった事実を見るにつけ、われわれが記憶を新たにしなければならないのは、他の時代においては、政治とは一つの文化の内部において追求され、互いに異なる文化を代表する人々とのあいだにおいて追求される一種の活動であったということであります。それゆえに、以上われわれが考察し来った種類の統一と分裂の仕方に応じて統一され分割された一個の文化の内部において、政治の占める位置を示しておくことも必ずしも場所違いの試みともいえないでありましょう。

ここで断定しておいて差支えないと思うのですが、それは、右のごとく層別化された社会においては、実際の政治も、政治問題に関する積極的関心も、百中百人の問題、或いは百人が同じ度合の関心をもつ問題とはならないであろうということであります。また、危機の瞬間は別としても、百中百人が一つの全体としての国民の指導に関与すべきものとならないでありましょう。健康な一つの地域的社会においては、政治はきわめて小さい社会的単位の内部においてのみ、万人の、もしくは大多数の人々の仕事となるでありましょう。そうして、その小さい単位が包括される大きな単位においては、その大きさが増すに従って次第に少数の人々の仕事となるでありましょう。健康に階層化された一つの社会においては、政治は決して平等に担任されない一つの責任となるでありましょう。より大きな責任は、特別の特権を受け継いだ人々によって受け継がれ、また利己心や一族郎党のための利益（いわゆる「お国の一大事」なるもの）が必ずしも公共精神と矛盾することなく密着している人々によって受け継がれるでありましょう。一つの全体としての国民のうち政治家となる「エリット」は、責任を彼等の富や地位と共に受け継いだというに留まらず、特別の才能をもって生れた新興の個人によって彼等の勢力が絶えず増大し、時にはその個人によって指導されるごとき人々から成り立つでありましょう。しかしここでわれわれが政治家となる「エリット」という場合に、われわれはそれをその社会の政治家ならざる他の諸々の「エリット」と厳密に区分し得るものと考えることは用心しておかなくてはなりません。

　政治家となる「エリット」――この言葉によってわれわれの意味するのは、政治的集団として実行力を有しまた世間も許している集団ならば、その全部の集団に属する指導的立場に立つ人々を意味するのであります、というのは、何等かの意味で議会制度が存続するためには、絶え間なく反対党と食卓を共にすること*が要請されるからであります――この意味での政治家が他の諸々の「エリット」に対する関係を、もしもわれわれが行動人と思想人とのあいだの流通という言葉で言い表わすならば、それはあまりにも大まかな言い方といわねばなりません。むしろその関係は互いに、考え方の型も違い、思想、行動の領域をも異にする人々とのあいだの一つの関係であります。思想と行動とのあいだに峻別を設けることは、宗教的生活にとって妥当しないと同様に、政治的生活にも妥当しないのであります。宗教的生活といえども、そこでは観想的活動がそれ自身としての活動をもたなくてはならないし、俗事に関与する司祭者も瞑想の世界に全然未熟であることを許されません。活動的生活のどの平面においても、思想を顧みなくてすませ得る平面というものは、単に上からの命令を自動的に遂行する場合の外にはありません。また行為の上に全然影響を及ぼさない思惟というものはただの一種類もないのであります。

＊ わたくしのかすかな記憶によれば、だいたいこの表現を使用したのは Sir William Vernon Harcourt か、もしくは彼に関して言われた言葉である。

わたくしは他の著書において、[*]互いに異なる活動領域をもつ人々――政治家、科学者、哲学者、宗教家のあいだに接触が欠けている場合には、その社会は解体の危険を蔵しているということを言っておきました。この分離は単なる社会的組織化の方法によって修理され得るものではありません。それは単に、知識と経験とを異にする種々の異なる類型の人々の代表者を一堂に集めて委員会を開き、誰にも彼にも見境なしにその他の誰彼に向って忠告を試みさせるというような問題ではありません。「エリット」と申すのは単に坊主と酋長と将軍との羽目板細工とは異なる或るもの、より有機的に構成された或るものでなければなりません。何かはっきりした真剣な目的のためにのみ会合すべきものであって、かえってお役所的な必要のある場合には、全然顔を合わさないというのでなくてはなりません。彼等は何か共通の問題を心の底で深く互いに考えていてもいいし、何回となく接触するうちには、いつの間にか彼等の共通の目的にとって必要な、細かい意味の隅々までも伝えてくれるような単語や特殊用語を分ち合うことになるかもしれません。しかし彼等は絶えずこれらの会合から身を退いて、みずからの孤独の世界はいうまでもなく、各自の私生活の世界へも還りきたるでありましょう。誰の眼にも観察されることですが、お互いに顔を合わせながら黙っていても心に何のわだかまりもなく、互いに共同の仕事に従いつつ幸福感を分ち合い、馬鹿げた冗談を飛ばし合いながらも心の底に真面目な意味を忘れないでいられるのは、いつの場合でも互いに親しい個人的な繫がりのあることの目じるしであります。どういう社会でも、友人間の親しみというものは、共通の社会的慣習、共通の祭式、共通の息抜きのよろこびに依存しているのです。親密を助けるこれらの補助手段は、言葉による意味の伝達にとっては、各当事者に知悉された共通題目を持つことにもまして重要であります。一人の人間にとって、彼の友人たちと、仕事の上での仲間とが互いに無関係な二つの集団であることは不幸であります。同時にまた彼等が全く同一の集団であっても、そのためにわれわれの世界はひどく窮屈になってくるのであります。

＊　*The Idea of a Christian Society*, 四〇頁。

個人的な親しみについて述べたこのような観察は決して珍しいものとはいえません。その観察に多少でも新しみがあるとするならば、それはいまわたくしの述べつつある問題のこの当面の背景において、この個人的な親しみというものに注意を喚起するという点にあるのであります。つまり、これらの観察は、各自専門の領域において立派に活動している人々が他人に通用しない専門の話ばかりしないで、或いは互いに他人の畠《はたけ》を荒すことに躍起とならないで顔を合わせることのできる一つの社会というものがいかに望ましいものであるかを指示してくれるのであります。一個の行動人を誤りなく評価するためには、その当人に会ってみなくてはなりません。或いは少くとも、同様の仕事に従事している人々をかなり多数知っていて、まだ会っていない当人について何等かの俊敏な測定を試みることができなくてはなりません。また一人の思想家に会ってその当人の人格について何等かの印象をまとめるということは、その思想家の思想を判断する上に非常な助けになります。このことは芸術の分野においてさえも必ずしも全然妥当しないことではありません、ただその場合には重要な保留条件が必要であり、一人の芸術家の人格の印象が彼の作品の評価に全く見当違いの影響を及ぼすことが珍しくない——というのは、芸術家ならば誰しも気づいているはずですが、一方には当の芸術家に会ってから彼の作品に強い反感をいだく少数の人々があると共に、他方においては会ってからその当人が話せる男であるとわかれば、その男の作品にますます好感を寄せる多数の人々があるからであります。以上の利益は、理性の眼から見ていかに理に合わないといってみたところで、また厖大な人数を含む近代社会においては百中百人が他の人間に会うことが不可能であるという事実は動かないとしてみたところで、そのためにこれらの利益は決して消え去るものではないのであります。

われわれの時代においては、われわれはあまりにも多くの新刊書を読む。或いは、読みたくて読めないでいる新刊書のことを考えると心が重くなります。われわれは多くの書物を読む、何となれば、多くの人々に充分に接しきれないからであります。われわれは会えば為になる人々に百中百人まで会うことができない、何となればそういう人々はあまりにも多いからであります。従って、もしもわれわれがかりそめにも言葉と言葉とを綴り合わせるだけの器用さをもち、幸いにもそれが活字になる幸運に恵まれるならば、われわれはいよいよ多くの書物を書いてお互いに心の交通をはかります。よくあることですが、その人の著書を読まずにすませることのできる著者というのは、たまたま幸いにもわれわれが会う機会に恵まれている著者なのであります。そうして彼等と個人的に親しくなればなるにつれて、その人々の書くものを読む必要を感じなくなるのであります。われわれはあまりにも多くの新刊書に煩わされているばかりではない。その上に更にあまりにも多くの定期刊行物やリポートや非公刊の回覧書類に悩まされています。これらの刊行物のうち、われわれの読書範囲を、読めば必ず教えられるものに限って、いかに読みおくれまいと努力してみたところで、とりもなおさずその努力において、われわれはおよそ本を読むということの三つの永遠の理由を犠牲に供していないとは限らないのであります。つまりそれは、智慧を貰うこと、芸を見せて貰うこと、御馳走をして貰うこと、この三つであります。その傍らにおいて、職業的政治家がいったい何をしているかというならば、彼等はあまりにもその日その日の雑務に忙殺され、本格的な書物というものを読む閑がありません、いな、政治の書物を読む閑さえもないのであります。政治家は、政治以外のいろんな職務に携わるその方面の一流の人々と、思想や知識の交換を行うにしてはあまりにも時間の余裕をもたないのであります。も少し小型の社会（従ってみんなが熱に浮かされて忙がわしく立ち廻ることの少なかった社会）においては、会話というものが多くなり、書物というものは少くなるといえるでありましょう。そのうえ、――実はこの試論もその一例を提供していることになるのですが――多少の名声をかち得た著者が、その名声を築くもといとなった題目以外の書物を書くという傾向は恐らく見られないでありましょう。

山と積まれた印刷文字のなかで、最も深遠で最も独創的な作品が一般大衆の眼に触れ、彼等の注意をひく機会のないことはもちろん、そういうものを玩味するだけの資格をもつ相当多数の読者の注意を捉えることすらも稀であります。一時の流行もしくは時代の単なる情緒におもねるごとき思想の影響するところは遥かに大きいのであります。また或る種の思想はその姿を歪められて、ともかくも既成の思想とばつを合わすことを余儀なくせしめられます。一般読者の頭にいつまでも残る思想が、蒸溜せられた最善の思想、最も賢明な思想であることはとうてい望むべくもありません。それはむしろ、大多数の編集者や批評家たちにありがちの偏見を代表しているという場合が遥かに多いのであります。かくのごとくしてそこに、いわゆる、「通俗観念」（idées reçues）——より厳密にいえば「流行語」（mots reçus）——なるものが出来あがります。これは、活字によって専ら影響される一般読者の精神に強い情緒的影響を与えるゆえにこそ、職業的政治家によって慎重に考慮さるべき問題であり、また政治家が公の席上で発言する場合には充分の尊敬を以て取り扱わるべき問題なのであります。これらの「観念」は、それらがいずれも同時即刻に読者から受け容れられる必要条件として、互いに矛盾しないことが必ずしも要請されるわけではありません。それらのあいだにいかに甚しい矛盾が存在しているとしても、実際政治家の役目としては、あたかもそれらの観念が、見識ある学者によって組み立てられた観念であり、或いは天才の直観のひらめきであり、或いはまた万代の智慧の集積である場合に劣らないだけの敬意を以て処理されなくてはならないのであります。政治家というものは一般に、それらの観念がいまだ新鮮味を失わない頃合いに発していたかもしれない芳香を吸収する者ではありません。政治家の鼻はそれらの観念がすでに悪臭を放ち始めたのちにおいてようやくそれを嗅ぎつけるものなのであります。

いくつかの文化的水準を保ち、権力と権威のいくつかの水準をいまだに失わない社会においては、政治家は、批判的能力を具えた少数の読者――そこでは散文体の規準というものがいまだ維持されているのですが――そういう読者の判断を尊敬し、その読者の嘲笑を恐れることによって、政治家自身が言語を使用する場合に、少くとも甚しい誤りに陥ることなくしてすますことができるでありましょう。もしもその社会が同時に、中央集権化されない社会である場合、つまり、地方的各文化が依然として繁栄し、問題の大部分が、それについてその地方の人々がみずからの経験や隣人との会話を材料としてともかく一家言をかたち作ることのできるような社会であるという場合には、政治家の発言もまたそれと同時に意味の明瞭性を増加し、聴き手の解釈の種類も遥かに少くてすむ傾向を示すでありましょう。地方的問題を地方的に論ずる演説は、全国民に向って呼びかけられた演説よりも意味が遥かに明瞭である場合が多いのであります。そうして、意味の曖昧と、まるで雲を摑むような一般論の掃き溜め場所というものは、とかく全世界を相手として呼びかけられた演説のなかに存することが観察されるでありましょう。

今に始まったことではありませんが、生れながらにして上層の政治家の家門に育ち、或いはみずからの能力によってそういう社会の一員となった人々の受くべき教育の一部分は、歴史教育であり、またその歴史研究の一部は政治理論の歴史であるべきことは今日においても望ましいことであります。ギリシア史とギリシアの政治理論の研究が他の時代の歴史や他の理論の研究の予備研究として有利であるのは、その取り扱いやすさに存します。それは一定の狭小な地域と、大衆でなくして人間を取り扱うからであります。各個人の人間らしい喜びと悲しみとを取り扱うのであって、かの厖大な非人格的勢力には関しないのであります。後者は、われわれの近代社会においては、われわれがものを考える場合に必然にそれを離れては考えられないものであり、またそれを研究することはおのずから人間の研究を不明瞭にする傾向をまぬがれません。そのうえにまた、ギリシア哲学の読者は政治理論の及ぼす結果について過度の楽観に陥る心配もありません。何となれば、その読者は直ちに気づくでありましょうが、この場合、政治の諸形態の研究は諸々の政治体制の失敗から発生しているのであって、プラトンもアリストテレスも将来の予言ということは殆んど問題にはしていないし、未来に対して過度の楽観に陥るという心配もまたないからであります。

　近代も最近になってから発生したような政治理論は、人間性というものをあまり問題にいたしません。人間性というものをむしろ、何等かの政治形態が最も望ましいと考えられれば、それに合わしていつでも改造し得るものであるかのごとく取り扱う傾向があります。

その理論の真の与材は非人格的な諸々の勢力であって、それらの勢力も、もとは諸々の人間的意志の闘争や結合に発しているとしても、すでにそのような意志を押し除《の》けてしまったのちの勢力であります。このような理論は、若き人々の学問的訓練の一部として考えられた場合、いくつかの欠点をもっております。このような理論は、何を考えるにも単に非人格的、非人間的な勢力のかたちでしか考えられないような型の精神をかたち作り、その結果として、結局その理論を学ぶ者の非人間性に資する結果を生ずることはいうまでもありません。単に大量的にのみ考えられた人間性を問題とするゆえに、そのような理論は倫理学からみずからを分離せしめる傾向をとります。その理論は、人間性が非人格的勢力によって支配されることが最も簡単に証明され得るごとき比較的に新しい歴史時代のみを問題とするゆえに、人間の人間らしい研究というものを最近二、三百年間の人間に限局してしまいます。それはまたしばしば、一度決定されたが最後動きのとれない一つの未来、への信仰を吹き込み、それと同時にまた、いつでも自由自在にわれわれの力で形成し得る一つの未来、への信仰をも吹き込みます。近代の政治学的思想は経済学と結びつき社会学と結びついて解きほぐしのきかないものとなって、まさに諸科学の女王の地位を優先的に独占します。それは、精密科学、実験科学というものがその実用性に順じて真偽を断ぜられ、それが何等かの結果を生ずる限りにおいて価値づけられるからであります——つまり、生活を少しでも楽に、少しでも労少くするか、そうでなければ、生活の不安を増大し、一刻も早くわれわれを死に急がしめる限りにおいて尊重されるともいえるのであります。文化でさえも、放任して顧みる必要のない一個の副産物と見られるか、もしくは、われわれの好む特定の企画に順応して組織さるべき生活の一部門と見られているのであります。ここでわたくしが考えているのは、現代の明瞭に独断的な全体主義的な理論のことばかりではなく、いずれの国を問わず、われわれの思考を彩り、全く正反対の各党派によってさえも分有される傾向にある諸々の独断のことであります。

文化の政治的指導の歴史のうえで一つの重要な文献というべきものはレオン・トロツキーの試論『文学と革命』でありましょう。その英訳は一九二五年に出ています。* 単に思想とか政治形態ではなくして、われらの生くべき生き方の全体を全世界に対して貢献することが母国ロシアの役割であるという、深くロシア精神に根を下しているらしく見える確信が徹底的に推し進められていて、われわれの文化的自覚をばいやが上にも政治的ならしめています。この自覚を生むに至った原因は「ロシア革命」だけではありません。そこには人類学者たちの研究と理論とがその役割を演じており、その結果としてわれわれは諸々の支配国家と諸々の被支配民族との関係を改めて細心に研究せざるを得なくなったのであります。各国の政府は諸々の文化的相違を考慮することの必要をいよいよ自覚し、また、植民地の行政が中央政府の管理を受ける度合に応じて、これらの文化的相違もまたその重要性をますます増大し来ったのであります。一つの国民が孤立している場合にはその国民はみずから一種の「文化」を所有していることに気がつきません。また、過去におけるヨーロッパのいくつかの国民のあいだの相違のごときものも、さほど大幅の相違ではないので、彼等各国民が彼等の文化を互いに異なるものと感じたとしても、それは互いに両立し得ない抗争にまで導くものではなかったのです。他の諸々の国民を敵として一つの国民を結合する一手段として文化＝意識を利用することは、先頃のドイツの支配者たちによってはじめて用いられた方法でありました。今日ではわれわれは、ナチズムも共産主義も国家主義もすべてこれらを一挙に養成するごとき仕方で、甚しく文化＝意識的になっています。つまりその文化＝意識は分離を征服するのに役立たないで、かえって分離を強調するごとき仕方で作用しているのであります。ここにおいてわれわれは政治的支配（最も包括的な意味において）が文化に与える影響について多少の言葉を費すこともまんざら見当違いではないでありましょう。

＊ニュウ・ヨーク、International Publishers 出版。再版の価値のある書物。これを読んでトロツキーが特に文学に敏感であるという印象は得られない。しかし、彼自身の観点からいって、文学がよく解っている。この書物は、外国人にはよく知られていないし別

に興味もひかないような群小の人物についての議論で埋まっている。しかし、平気でこのような細目の問題に深入りしているということは、どこか風土の風味らしいものを感ぜしめると同時に、それだけまた、外国の読者に気を配りながら書かれたというよりも、むしろ自己の言わんとするところを率直に言うために書かれたものとして、どこかこの書物がまがいものでないという印象を与えている。

インドを支配した初期の英人たちはただ支配するというより多くを望まない人々であった。なかには、インドに定住したり、本国を絶えず留守にしがちであったために、被支配民族の考え方にまでみずからを同化してしまった人々もあるくらいです。その後の支配者の型といえば、彼等が「ホワイトホール」の忠実な従僕であることを自他ともに許し、その傾向も次第に強くなり、それに一定期間だけの役人であるし、（役目が終れば彼等はその生れ故郷へ帰って隠退するか、その他の何等かの仕事に従事するが）その結果として彼等の目的とするところは、むしろ西欧文明の御利益をインドへお土産にするということに置かれていました。彼等は一つの「文化」の全体を根絶しようと考えたのでもなければ、みずからの「文化」の全体を押しつけようとしたのでもなかったのです。しかし西欧の政治的・社会的組織、イギリスの教育、イギリスの裁判制度、また西欧の「文明」や科学というものの優秀性は、彼等から見れば、あまりにも自明のことにすぎなかったので、ただ他人のために計ろうという善意だけでも、右の御利益を持ち込む動機として充分だと考えられたのであります。われとわが足元の文化の形成に宗教がどれだけの大きな意味をもっているかも気づかない英人が、他の文化の保存における宗教の重要性というものを認めようはずがありません。一個の外国文化を小出しに押しつけるという場合——そういう場合には強制力というものはわずかの役割しか受け持つものではない、むしろ土着民の野心に訴えて（これは土着民のすぐ引っかかる誘惑ですが）西欧文明のなかの途方もない筋違いのものを、しかも途方もない理由で讃美させるやり方が遥かに大きな決定力を受け持つものです——そういう場合には、いつも二つの動機、つまり一方では力づくで威嚇しながら、他方では相手の頭をなでるという二つの動機が入り混じっていてそのあいだの見境がつかないものです。それと同時にまた、一方には自己の優越を主張しながら、他方ではその自分免許の優越性の基礎となっている生活様式を相手に伝えようとする欲望が存在します。その結果として、土着民は結局、西洋風の趣味と物質力への嫉視、讃美と、その教えの親に対する内心の不満とを同時に憶える結果になるのであります。この西洋化の部分的成功を見て或る東洋社会の少数分子はいちはやくその表面の利益を摑むことを忘れなかったのですが、その成功もその東洋人をして、自国の文明に対する不満をつのらせ、同時にまたその不満を起す原因となった文明への不平を煽る結果となりました。つまり、それは両文明間の相違のうち或るものを不明瞭にすると同時に、東洋人をして差別の自覚を増大せしめたのであります。かくしてそれは土着文化の最高層部を破壊したのみで、その破壊は国民大衆にまでは透入しなかったのであります。ところでわれわれはここで甚だ憂鬱な反省を試みざるを得なくせしめられるのであります。それはこの解体の原因が土着民に対する腐敗のねらいでもなく、暴力沙汰でもなく、行政上の失策でもないということであります。そのような弊害の演ずる役割はきわめて小さい。それにこれらの特殊事項にかけては、いかなる支配国家といえども恥ずべき理由を英国よりも少くもっている国はないといえるのであります。堕落化、暴力行使、行政的失策は、英人の到着する以前にすでに、たとえそれらの罪過が行われても、そのためにインド人の生活の構造が揺がないほどにもインドでは一般に普及していたものであります。解体の原因はむしろ、二つの極端の場合——つまり、治安を維持するのみでその社会的構造を不変のままに残しておくことに満足する外国の支配力と、完全な文化的同化とのこの両極端のあいだには、永久に妥協の道があり得ないということに存するのであります。この後者に到着することの失敗はつまりは宗教的失敗なのであります。[*]

＊　東洋における文化接触の影響を通覧した Guy Wint 氏による興味ある論文が『アジアにおける英人』のなかに見出だされる。文中に時々触れているインドが英人に与えた影

響は、英人がインドに与えた影響についての同氏の説明にもまして暗示に富んでいる。例えば――

「英人の人種色的偏見がいかにして始まったか――インドにおけるポルトガル人から受け継がれたものか、或いはインドのカスト制から感染したものか、或いは、すでに暗示したごとく、政府の役人の連れてきた島国的で小中産階級的な偏見をもつ彼等の妻から始まるのか、或いはその他の原因によるのか、はっきりしていない。インドにおける英人は、彼等の頭上に英人の上層階級をもたず、その下にも英人の下層階級をもたないイギリス中産階級であった。ところで、そのような存在状態は必然に威嚇的態度と防衛的態度の結合した一種の精神状態を生むのである。」二〇九頁。

政治的支配権の膨脹過程において土着文化に与えられた損害を指摘することは、帝国解体論者がとかく性急に推論しがちなように、政治的支配権そのものを非難することでは決してない。自由主義者なるゆえに西洋文明の優越性を信じてすっかり自己満足に陥り、また帝国主義によって恵まれる利益にも気づかないと同時に、土着文化の破壊によって与えられた危害にも全く気づかないのは、とりもなおさずこれらの反帝国主義者にほかならない。鼻息の荒いこの連中のやり口を拝見していると、どうやらこういう腹らしい――われわれが他の文明へ足を踏みいれ、われわれの機械、われわれの政治組織、教育、医薬、財政を以てその文明の構成員に装備を施し、彼等自身の習慣に対する軽蔑を吹き込み、宗教的迷信に対する啓蒙的態度を鼓吹したことに間違いはない——しかし、膳立てだけはこちらでしてやったんだから、飯を食うのはお前たちの役目さ、あとはおれたちの知ったことではない。

ここに注意されることは、大英帝国主義に対する最も烈しい批判、もしくは非難の声がこれとは異なるかたちの帝国主義を実行している社会の代表者たちの口から聞えてくる——つまり、それはまず物質的利益をもち込んでおいて、そのあとから文化の影響力を拡大するごとき膨脹を主眼とする帝国主義であります。アメリカはいわば商売をやる片手間に、またアメリカ式商品への趣味を植えつけてゆく片手間に、いつの間にやらみずからの生活様式を押しつけるという傾向を示しているのです。いかにくだらない物質的製造物といえども一特定の文明の産物であり象徴である限りは、それはそれの生れた文化の密使なのであります。一例として、かのセルロイド-フィルムという、伝播力と可燃性に恐ろしく富む代物をここに挙げるだけで充分でありましょう。かくしてアメリカ式の経済的膨脹もまた、イギリスとは異なるかたちにもせよ、それが接触するところの諸々の文化の解体の原因となり得るものであります。

帝国主義の最新流行型、ロシアの帝国主義は、おそらく恐ろしく精巧を極め、かつ現代人の気質から見て最も繁栄の可能性を内蔵するものといえるでありましょう。帝国主義ロシアはそれに先行する歴史上の諸々の帝国の諸々の弱点をいかにして回避すべきかに躍起となっているのであります。つまり、その残忍性においていかなる帝国にも優越すると同時に、諸々の被治民族の御機嫌を損じないための用心にかけても、いかなる帝国よりも苦心惨憺《さんたん》している。表てむきの教理は完全な民族的平等ということであります――この表情は、ロシア精神が元来、東洋型であるゆえに、また西欧的標準から見たロシアの発展の後進性のゆえに、アジアにおいてはロシアとしては決してぼろを出す表情ではありません。一見すれば地方自治と地方自律と見えるような体制を保存する試みも行われているらしく見えます。察するにその目的とするところは、実際の実権はモスコーが握りながら、いくつかの地方共和国や衛星国家群に独立国らしい幻影を与えようとするにあるでありましょう。その幻影も、一たん地方共和国が突然みじめにも単なる一州もしくは直轄植民地のごとき立場に成りさがった場合には、時としては甚だ影が薄くなるのも如何ともいたし方がありません。しかしともかくもこの幻影は――そうしてこのことはわれわれの観点からいってきわめて興味のある問題ですが――いわゆる地方「文化」の育成というものに精魂を傾けることによってその面目が保たれているのであります。ここに「文化」というのはそのきわめて局限された意味、つまり、何でも綺麗で毒にならないもの、政治から分離され得るもの、例えば言語、文学、地方芸術、地方習慣のごときものを指すのであります。しかるに、ソヴィエト－ロシアはどうしても政治理論に対する文化の従属を維持せざるを得ないゆえに、ロシアの帝国主義が成功すればするに従って、その成功は、ロシアの各民族のうちでソヴィエトの政治理論が最初に形成された民族の側の自己優越感へ導く可能性が決して少なくないといわなければなりません。その結果として、帝国主義ロシアが解体しない限り、一種類の支配的ロシア文化が次第に強く主張せられ、従属諸民族は、その各々がそれ自身の文化的地模様をもつ諸民族としてではなくして、それぞれが劣位のカスト的存在として生き残るという現象に導くものと見ても決して無理な想像ではないでありましょう。それはともかくとして、ロシア人こそ自覚的に文化の政治的指導を実践した最初の近代国民であり、相手の国民が誰であろうと、みずからが支配せんと欲する国民の文化を前後左右から攻撃して憚らない最初の近代国民であります。いずれの外国にもせよその外国文化が高度に発達した文化であればあるほど、一個の国家は、その外国文化が最も強く意識されていると見られる諸々の要素をその国の被支配民族のなかから一つ一つ引き抜くことによって結局はその外国文化の息の根を止めようとする試みがいよいよ徹底的に遂行されるのであります。

西欧における「文化＝意識」から発生する危険は、現在のところでは、これとはその類を異にするものであります。われわれの文化を何とか処理しなければならないという場合のわれわれの動機はいまだ意識的に政治的ではありません。その動機は、われわれの文化というものがどうも最上の健康状態にあるとはいえないという自覚、この状態を改善するためには何等かの処理を講じなくては心配だというぼんやりした感じから発生しているのであります。この自覚が教育の問題を変貌せしめ、文化を教育と同一化するか、もしくは、教育に信頼してそれをわれわれの文化を改善する唯一の手段とするかというところへ来ています。国家もしくは国家の補助を受ける半官的な団体の干渉による、芸術、科学の育成の問題については、現在のごとき情勢の下では、そのような支援の必要のあることはわれわれにも充分理解できることであります。「ブリチッシュ－カウンシル」のごとき団体は、芸術や科学の代表者を絶えず海外に送り、外国の代表者を自国へ迎えることによって、現代においてはきわめて貴重な役割を演じています——しかしわれわれはそのような指導を必要ならしめているような諸々の条件を永久のものとも、正常なものとも、健全なものとも考えて満足してはならないのであります。いかなる条件の下においてもなお、「ブリチッシュ－カウンシル」として果すべき有用な仕事が残るであろうことをわれわれは信じようと思います。しかし、われわれは今後各国の選ばれた知識人が官辺の組織団体の承認と支援によらなくては、一個の私人として旅行し、お互いに知見を暖めることの可能な時代は二度と巡り来ないであろうというような言葉を言い聞かせられたくはないのであります。或る重要な活動面においては何等かの官辺の支援なくしては二度と行われ難いもののあることは充分想像できることであります。実験科学の進歩は現在では厖大な、また高価な設備を必要とします。芸術に従事する人々は、今日ではもはや個人的援助を大仕掛けに要するということはなくなりました。芸術、科学に対する日々に増大する中央管理の傾向、芸術、科学の政治化の傾向に対しては、地方的先取権と地方的責任とを奨励することによって、またでき得る限り資金の中央資源をその使用の管理権から分離することによって、何等かの保障が講ぜられ得るでありましょう。補助金に俟つごとき、また人為的に奨励されるごとき諸々の文化活動について語る場合、われわれはその各々の活動をそれに固有の名称によって呼ぶことが望ましいのであります。絵画、彫刻、建築、劇場、音楽、また科学やその他の知的操作の一部門なり他の部門について、われわれはその各々の活動に固有の名称によって呼ぶことにして、一つの包括的な名称として「文化」という言葉をみだりに使用しないことによって着実に各々その道の仕事にいそしむことにしようではありませんか。何ゆえかといえば、無造作に文化を口にすることによってわれわれは、いかにも文化というものが計画され得るものであるかのごとき独断に滑り込むからであります。文化は決して全局面的に意識的になり得ない——あらゆる場合に、われわれの自覚し得るよりも遥かに以上のものが文化には属しているのであります。文化は計画し得ない、何となれば、われわれのすべての計画の無意識の背景をなすものが、また、文化だからであります。

第六章　教育と文化についての覚書一束及び結語

最近の戦争中にかつて例を見ない多数の書物が教育の問題について書かれています。そのうえまたこの問題に関して、諸々の委員会の厖大な報告が発表され、雑誌に現われた諸家の寄稿もまた無数でありました。目下の教育理論の全部を検討することはわたくしの任務でもなければ、またわたくしの力に合うことでもありません。しかしこの問題について多少の註釈を加えることは、多くの人々の頭には、教育と文化とのあいだの密接な連想が存するだけに、必ずしも場所違いの企てでもないでありましょう。わたくしの論旨にとって興味のあることは、教育について説をなす人々が無意識に想定しているところの前提でありまます。以下の覚書は現在行われているそのような前提のいくつかを取り上げて、それに註釈を加えたものであります。

一、「教育」について何等かの論議を試みる以前に「教育」の目的が語らるべきこと。

このことは「教育」なる単語を定義することとは全然別個の問題であります。「オクスフォド大辞典」は、教育とは「（若い人々を）育て上げる過程」であると語り、またそれは「一生の仕事に備えて若い人々に（延《ひ》いては成人に）与えられる組織的な教え、育成、訓練」であり、またそれは「諸々の能力の培養、もしくは発展と、性格の形成」である、と説明しています。これらの定義のうち最初のものは十六世紀の用法に従ったものであり、第三の用法は十九世紀に発生したらしいことがわかります。要するに辞典は、諸君がすでに知っていることを諸君に語っているだけなのであって、辞書というものがそれ以上の役割を果すものとも考えられません。しかるに論者が教育の目的を語る時、彼等は以下の二つのことの一つを行っているのであります――つまり、論者は、いつの時代においても無意識の目的であったと彼等の信ずるところのものを抽《ひ》き出しつつあり、従って、彼等は彼等自身の意味を教育の歴史に対して附与しつつあるか、そうでなければ、彼等は、過去においては真の目的であったとは思われないもの、或いは時たまにしか真の目的として考えられなかったもの、しかし彼等の意見では将来の発展を指導する目的となるべきものを公式化しようとしているか、そのいずれかであります。教育の目的についてのこのような発言のいくつかを一瞥してみましょう。一九三七年度における「教会、社会、国家に関するオクスフォド会議」と連関して出版された『教会はその任務を検討する』（*The Churches Survey Their Task*）と称する一巻においてわれわれは次の言説を見出します――

教育は、社会がその内部に住むすべての個人に対してその社会の生命を分ち与え、彼等をしてその生命に参与せしめることを可能ならしめんとする過程である。社会は各個人にその社会の文化を伝え、その文化のなかにはその社会の希望する生活標準も含まれる。その文化が窮極のものと考えられた場合には、若き人々の心にその文化を上から課する試みが行われる。その文化が発展途上の一段階と見られた場合には、青少年の精神はその文化を受け容れると同時にこれを批判し、改善するように訓練される。

この文化は種々の要素から構成される。それはきわめて初歩的な技術や知識から始めて、最後には、それによってその社会が生きている対宇宙、対人間の解釈にまで及ぶ……

ここでは教育の目的はどうやら文化を伝達することであるらしい。従って文化（それは定義されていないが）は教育によって伝達し得るものに限られそうであります。「教育」といえば「教育制度」よりも遥かに広汎な意味を含むものと見ていいでありましょうし、この際文化を技術や解釈の問題として要約し得るとする想定は、本書においてわたくしが採ろうとした文化観を反駁していることになります。ついでながら、われわれは、右の引用において「社会」なるものが擬人化されて、権威の容器と考えられていることをも決して見のがしてはなりません。

教育の目的についてのも一つの説明は、その目的を政治的・社会的変化のかたちにおいて眺めようとする説明法であります。もしもわたくしの見るところが誤りでなければ、これがデント氏の言説の強い原動力をなす目的であるらしく思われます。彼は『イギリスの教育における新秩序』(*A New order in English Education*) において言っています——「われわれの理想は完全なデモクラシーである」と。完全なデモクラシーという言葉も定義されていません。ところでもしもわれわれが完全なデモクラシーに到達し得るものと仮定しても、われわれの承りたいことは、この理想が実現された暁に、さてその次の教育理想はどういうものになるかということであります。

ハーバート・リード氏 (Herbert Read) は教育の目的についての彼の説明を『芸術を通しての教育』(*Education Through Art*) において与えています。リード氏の意見がデント氏の意見と完全に一致するものとはわたくしには考えられない。というのは、デント氏が「完全なるデモクラシー」を求めるのに反して、リード氏は「デモクラシーに対する自由主義的な概念に賛同する」と言っており、すでにそれはデント氏のデモクラシーとはよほど異質のものではないかと察せられるのであります。リード氏は（その賛同する、という言い方は別として）単語の用法においてデント氏よりも遥かに明確であります、ゆえにリード氏は気の早い読者を迷わせるおそれは少ないとしても、勤勉な読者をまごつかせるおそれが多分にあります。彼の言うところに従えば、デモクラシーに対する自由主義的な概念に賛同することにおいてはじめてわれわれは「教育の目的とは何であるか」という問いに答えることができるという。この目的は更に一歩を進めて、「個人の独自性と社会的統一とのあいだの和解」として定義されています。

　教育の目的について更に別種の説明が与えられていますが、これは説明の余地を残しながらも、ハポールド博士（F. C. Happold）が『新しい貴族主義のために』（*Towards a New Aristocracy*）においてその見本を示している説明であります。彼の言うところによれば、教育の根本的任務は「その時代が必要とするごとき種類の男女を訓育する」ことである、というのです。もしもわれわれが、時代によって絶えず要望される何等かの種類の男女があることを信ずるならば、われわれは、教育というものには変化と同時に永遠性がなければならないことになると言いたくなります。時代の必要が何であるかを決定する者は誰であるか、われわれは依然、疑問のまま残されるという意味において、この説明は不完全であるといわなくてはなりません。

「教育の目的とは何であるか」という問いに対して最も頻繁に与えられる答えは「幸福」ということであります。ハーバート・リード氏も『自由人の教育』(*The Education of Free Men*) と称するパンフレットにおいてこの答えを与えています。彼は教育の目的に関する定義としてはウィリアム・ゴドウィンの「教育の真の目的は幸福の創造である」という言葉に優るものはないという。最近の「教育法案」の先触れとなった「白書」にも「政府の目的は児童のためにより幸福な幼年期とよりよき生涯のスタートを確保するにある」と述べられています。幸福はしばしば個性の充分なる発展と結びつけて考えられています。

この問いに答えようとする大部分の人々よりも遥かに慎重な用意を示しているジョード博士 (C. E. M. Joad) は、わたくしから見ればきわめて賢明と見られる見解をもっていて、教育にはいくつかの目的があるという、これらの目的のうち彼は三つを挙げています。(『教育について』(*About Education*) ——これはわたくしの参考した書物のうち最も熟読に堪えるものの一つであります) ——

一、少年、少女をしてみずからの生計を得る便宜を与えること。

二、デモクラシー社会の一員として彼の役割を演ずる資格を準備すること。

三、彼の本性のかくれたすべての能力と機能とを発展せしめ、かくしてよき生活を楽しませること。

　この説明に接してはじめてわれわれはやっと重荷をおろしたという感じがいたします、というのは、みずからの生計を得る便宜を与えることが教育の目的の一つだという単純にしてしかも至極尤もな観念が提出されたからであります。更にわれわれは教育とデモクラシーとのあいだの密接な結びつきに気づかせられます。この箇条においてもジョード博士は、彼の「デモクラシー」を形容詞によって修飾しないことにおいて、恐らくデント氏よりも、リード氏よりも慎重な用意を示しているといえるでありましょう。「かくれたすべての能力と機能とを発展せしめ」るという言い方は或いは「個性の充分なる発展」という言い方と大差なきもののごとく見えるかもしれません。しかしジョード博士はかの「個性」（personality）という謎めいた言葉を使用することを回避した点において賢明だったといえるでありましょう。

　ジョード博士の選定した目的箇条に賛成しない人々ももちろんあるでありましょう。それよりも、これらの箇条のどれをとって考えてみても、もう一歩深く考えればそこに難関が控えていないものは一つもない、という文句が出ても無理はないともいえるでありましょう。これらの箇条はすべて多少の真理を含んでいます。しかしその各々がその他の箇条によって修正される必要があるとすれば、全部の箇条が結局、他の目的に適合される必要があるとも考えられないことはない。一つ一つの箇条に修正の必要が生じます。或る特定の教育過程を踏むとしても、一人の少年がたまたま生れ落ちた現実の世界においては、それはまさに彼の特有の天分を発展せしめるのに必要欠くべからざる過程でありながら、しかも彼の生計を得る能力を毀損するものであるかもわからない。デモクラシー社会の一員として彼の役割を演ずる少年の教育といっても、もしもデモクラシー社会がたまたま彼がその内部において一役を買おうとする社会であれば、それは必然に個人の環境に対する適合とならざるを得ません。そうでない場合には、その少年を教育せんとする者が胸中に抱懐する一つの社会的革新の完成のためにその少年を利用するということになります――ところで、そうなればそれはもはや教育ではなくして他の何ものかでなければなりません。わたくしはデモクラシー社会が最善の社会形態であることを否定しているのではありません。しかしこの教育標準を採り入れることによって、ジョード博士もその他の論者と同様に、結果からいえば、ジョード博士が好ましくないと考えるかもしれないような他の社会形態を信ずる人々のために、道を開くことになるでありましょう――つまり、例えば「教育の目的の一つは、一人の少年なり少女なりをして一個の圧制政府の下においてみずからの役割を演ずるごとく準備することである」というような説明にすり換える道を開くことになるでありましょう（そうして、相手が問題を教育に限定して語っている限りは、ジョード博士といえども反駁の方法がないことになりましょう）。最後に、少年の本性のかくれたすべての能力と機能とを発展せしめるという段になると、わたくしはいかなる人間がそれほどまでに大きな望みをいだき得るものかさっぱり見当がつかないのであります。何等かの能力、何等かの機能をば、他の能力、機能の犠牲において発展せしめることならわれわれにもできるでありましょう。また、個人の発展の進む方向に何等かの偶然がはたらくことはやむを得ないとしても、同様にそこにはまた何等かの選択がはたらくことも否定できないでしょう。更に、よき生活といっても、われわれがそれを「楽しむ」という意味にはどこか曖昧さが残るのであります。それにいったい、よき生活とは何であるかという問題に至っては、それは古来、現在に至るまで絶えざる論議の種となってきた問題なのであります。

最近数年間の教育思想について特に気づかれることは、教育をば社会的理想の実現のための手段として取り上げようとする熱意であります。――もしもわれわれが教育というものを智慧を獲得する一つの方法と見る可能性を見のがすとするならば、それは甚だ残念なことなのであります。もしもわれわれが、知らんとする要求以上の何等の動機をももつことなく、専ら探求心の満足のために知識を獲得するということを軽侮するならば、もしもわれわれが学問に対する尊敬を喪失したとするならば、それは甚だ残念なことなのであります。教育の目的についてはこれだけにしておきましょう。教育に関して一般に前提されている次の項目に移ります。

二、教育は人々を幸福ならしめるということ。

すでにわれわれは教育の目的は人々を幸福ならしめるものと定義されていることを発見しました。目的としてでなく、人々が現実に教育によって幸福になるとする見方は別個の問題として考察される必要があります。教育を受けた人間が教育を受けない人間よりも幸福であるとは決して自明の事実ではありません。いったい自分で教育が足りないことを自覚している人々が、自分の柄にもない仕事で他に抜んでようという野心を起すならば、その人々はつねに不満を感ずるに至ります。時として彼等は、も少し教育を受けておりさえすればも少し幸福になり得たであろうという前提に立って考えるだけでも、すでに不満を感ずるのであります。われわれの多くはわれわれの年長者や、出身の学校とか大学に対して自分自身の怠慢を棚に上げて、かえってそのために多少の言いがかりをつけたがるのです。それはただわれわれ自身の欠点の罪を軽くし、われわれ自身の失敗を弁解するための一手段にすぎないことがよくあるのです。また他方においては、一人の人間が自分の伝承した社会的習慣や趣味を保持している人々の水準よりも遥かに高い教育を受ける場合には、その人の精神の内部に分裂を生じて、その分裂が幸福を妨げるという場合があります。ただたまには、その個人が卓越した知力に恵まれている場合には、そのことが彼により充実した、より有用な生活をもたらさないとは限りません。ところで、われわれの能力と力量の水準を遥かに越えて訓練され、教育され、技術を伝受されるということは不幸な結果に終ることが少くありません。いったい、教育とはいわば一種の無理強いであり、とうてい堪えきれないほどの大きな負担を課することであり兼ねないからであります。教育が足りなくても、教育が多過ぎても同様に不幸を生む可能性があります。

三、教育とは万人の欲するものであるということ。

およそ何ものであれ、そのものが当然人々の持つ資格のあるものであり、不当にもそれが彼等に与えられていないということを朝から晩まで言い聞かされていると、いつの間にか、その当座だけは何でも欲しくないものはなくなってくるものであります。教育への自発的な要望というものは、一つの社会と他の社会とのあいだで強弱があります。イングランドの北部では南部よりも強く、スコットランドにおいては更に強いことは一般に認められています。教育への要望は、教育を受けるうえに困難が多いところにおいて——その困難が越えがたい困難でなく、多少の犠牲と不自由とを忍べば乗り越えることのできる場合に——かえって強くなることは充分あり得ることであります。もしもこれが誤りでないとするならば、教育の便宜が多いということは教育への無関心に導くということ、また相当の年齢の人々にまで教育を普遍的に課するということは、教育への反感に導くということを推定してもいいでしょう。一般教育の水準を高めるということは、恐らく、一つの市民的社会にとって、学問への尊敬ほどには必要ではないといえるでありましょう。

四、教育は「機会の均等」を与えることを眼目として組織されなくてはならないということ。*

* これは教育におけるジャコバン主義と呼ぶことができます。ジャコバン主義とは、この問題に多少の注意を払ったことのある一人の論者に従えば、「国民の全部を平等の個人と考え、そこに何等の所属団体名もなければ種別もなく、財産への考慮もなく、権力の分割もなく、そのような構造をもつ多くの人々から代表の幾人かを選んで政府を構成すること、財産を破壊しもしくは没収し、慣習に基づく権利とか職業におかまいなしに、或る時は社会の甲の部分、或る時は乙の部分から奪取した掠奪品を以て富者を、時には

貧者を買収することである。」――Burke: *Remarks on the Policy of the Allies.*

はじめの章において階級と「エリット」について述べておいたわたくしの考えからして当然、教育とは階級を保存し「エリット」を選択するに役立つものでなくてはならないという結果になります。特に優れた才能をもつ個人が社会の上層に登り、みずからの才能を自己と社会の最大の利益となるように使用し得る地位に達する機会をもつことは正しいことであります。しかしあらゆる人間をその持ち前の能力に応じて自動的に選び出すような教育制度を建てようとする理想は、実際上実現不可能であります。もしもそれをわれわれの主要目的とするならば、かえってそれは社会の組織を破壊し、教育の低下を来すでありましょう。つまり、それは階級の代用に脳髄の「エリット」、いな、むしろ目先の利く利口者を置き換えることによって社会の組織を破壊するでありましょう。教育と社会との完全な適合を目的とする教育制度は、教育をば世間的成功に導くごときもののみに限定する結果となると同時に、世間的成功をばその制度で育てられた優等生のみに限定する結果となるでありましょう。或る種の試験に合格した人々、もしくは心理学者の考案したテストに満足な結果を示した人々のみによって支配され、指導されるごとき社会の将来を考えてみると、われわれは安心してそういう社会に身を托するわけにはゆかないのであります。つまりそういう社会は、それまでに世に現われなかった才能に活動の余地を与えることとなるかもしれないが、同時に恐らく他の才能を埋《うず》め、また充分社会に貢献し得たであろうような才能を無能に終らしめるでありましょう。更にまた、高等教育を受ける能力のある者が一人としてそれを受ける機会に事を欠かないような劃一教育の理想は、いつの間にかあまりにも多数の人間を教育する結果に導かざるを得ず、従ってまたこの厖大な数にまで脹《ふく》れあがった受験者の能力に合わせて教育の水準を低下せざるを得なくなるのであります。

ジョード博士の教育論のなかで、かのウィンチェスターとオクスフォドのなごやかな教育環境について切々の思いをこめて論じかつ語る文章ほどわたくしの胸をうつものはありません。ジョード博士はウィンチェスターを訪れたのであります。滞在中、ふと或る愉しい庭園に足を運び入れました。恐らくそれはウィンチェスター高校の学長邸の庭園ではなかったかと察せられますが、博士はそれと知らずに足を運んだもののようであります。この庭園にはいって博士は思わずこの「学園」について、この学園が象徴する「自然と人間とのはたらきの交わり」について思いを秘める気分に誘われました。博士はまるで独り言のように「いまわたくしの眼に映ずるところのものはまさに、択《よ》りにも択《よ》って、遥かに遠く英国の歴史を過去に貫いて、チューダー王朝にも及ばんとする延々たる伝統の生み出した、いや果ての結実である」とつぶやきます。（わたくしに言わせれば、博士は何もチューダー王朝で踏み切らなくてもいいのではあるまいか、しかしそれにしても、これだけの歴史に富むというだけでも博士の胸にあふれる感慨を支えるには充分なのだ。）博士に強い印象を与えたのは単に自然と建築というに留まりません。博士は「品格と閑日月に恵まれた生を送る、やすらかなる人々の延々たる伝統」をも同時に身にしみじみと感じながら筆を運んでいるのであります。博士の想いはウィンチェスターからオクスフォドに飛ぶ。それはつまり博士が昔の一学徒として思い出の深いオクスフォドなのであります。ここでもまた博士が想いを秘めるのは単に建築のことでも庭園のことでもありません、つまり人間であります。

しかし、わたくしの若かりしころでさえも……時はすでにデモクラシーがこの学問の要塞の城門を叩きつつあり、やがてあまりにもあっけなく敵の手中に降《くだ》ることとなるのであるが、あのころでさえも、いまだギリシアの日没の残光がかすかながらも学園には残っていた。「バリオル学寮」においては、一九一一年には青年学徒の一群がグレンフェル一家やジョン・マナーズを中心に集結し、彼等の多くは前大戦に戦歿したが、その時代の学生は、彼等が「学寮」のボートを漕ぎ、「学寮」を、時には「大学」を代表してホッケーやラグビーをやり、「大学劇団」に出演し、「学寮祭」では大いに飲み、友達同士で夜更けまで談じ合い、つまり大いに遊びながらその傍らでさまざまのスカラーシップやプライズや古典学の最優賞までも取っていたのだ。古典学の最優賞を、いわば、スポーツの片手間仕事に、一跨《ひとまた》ぎに取ってしまうといった調子だった。あとにも先にもそのような学生をわたくしは見ない。つまり彼等は、彼等とともに死滅した一つの伝統の最後の代表者ではなかったか。

懐かしいこの思い出を語ったのちに、ジョード博士がトーネー氏（R. H. Tawney）の提案――「パブリック－スクール」は国家がこれを引き取って、十六歳から十八歳までの比較的知力の優秀な中学生を二、三年間収容する寄宿学校として使用すべしとする提案に、賛成することによって彼の最後の章を閉じているのは、わたくしとしては何としても不思議でならないのであります。何となれば、博士があのように涙ながらの告別の辞を送っている諸々の条件というものは、決して機会の均等なんかで将来されたものではなかったからであります。そのような条件は、単なる特権によって将来されたものでもまたなかったのであります。それはまさに、特権と均等との奇しき結合によって実現されたものでありま す、つまり博士には充分その味が解っているはずの、かの交わりにおいてまさしく出現したものであります。その秘密に至っては、およそいかなる「教育法案」も決してこれを発見し得るものではないのであります。

五、「埋れた天才」説の臆断

「機会均等」説の臆断、それは優秀性といえばつねに知力の優秀性であり、何か絶対不謬の方法が知力の検出のために考案し得るものと考え、絶対不謬に知力を育成するごとき制度が設けられ得るとする信念と密接に結びついているのですが、この臆断は「埋れた天才」説の信仰によって更に感情的な刺戟を加えられるのであります。この神話が想定するところによれば、第一流の才能が――単に才能というだけでなく、一流の天才までも――教育を受けることができないために、せっかくの才能が多量に空費されつつあるという、或いは裏からいえば、数世紀間にただ一人でも、天才たるべくして、たとえ、正式の教育を受けることができなかったために天才として現われなかった者があるとするならば、今でもおそくはない、今の教育などは御破算にして、二度とそういうことの起らないようにしなくてはならないというのであります。（ミルトンやシェイクスピアなどがそうやたらに飛び出されては堪《たま》ったものではない、しかしさし当りその心配は御放念ありたい。）トマス・グレイのために弁ずる意味からいえば、あの四行詩の最後のしかも一番美しい一行を想起して、ミルトンはまだしも、革命の張本人クロムウェルの天才もまた現わるべくして現われなかった者の一人であるかもしれないということを想うべきでありましょう。〔訳註〕広汎な国家組織の教育を設置することを躊躇したばかりに、幾多のミルトン、幾多のクロムウェルを取り逃したというがごとき主張は、証明もできなければ否認もできない命題なのであります。それはただ有象無象の改造論者にとってのみ甚だ誘惑的な命題であるというに過ぎないのであります。

〔訳註〕トマス・グレイの四行詩というのは *Elegy in a Country Churchyard* の第十五節――Some village Hampden, that with dauntless breast / The little tyrant of his fields withstood, Some mute inglorious Milton here may rest / Some Cromwell guiltless of his country's blood. を指す。因みに、本書の本文の五、「埋れた天才」説の臆断、という訳語は、右の引用詩の第三行に基づいた The Mute Inglorious Milton dogma の窮余の意訳であることを断っておきたい。

目下流行の教育観を以上列挙してみたのですが――もちろんこれで全部を尽しているというのではありません。機会均等の臆断はそのうち最も有力であり、或る種の人々から強力に支持されている臆断でありますが、わたくしの見るところでは、これを主張する本人がその及ぶ結果を正視したうえで主張しているとは思われないのであります。この臆断は家族制度というものがもはや尊敬されなくなり、そうして両親の指導と責任とが国家の手中に移動するに至ってはじめて完全に実現し得る理想であります。この理想を強力に実行に移そうとするならば、そのような制度が何であろうとも、必然にその制度は、家族の資産から生ずるいかなる特典も、両親の子供に対する見通しや、自己犠牲や、野心などに基づくいかなる特典も出る幕をすっかり封じてしまい、またまたその制度がその青少年を目して、受ける資格ありとする教育よりもより優れた教育は絶対に受けさせないように監視せざるを得なくなるのであります。この教育観が広く受け容れられているという事実は、家族制度の低下が一般に肯定されていること、また階級の崩壊作用がすでに相当進行していることの一つの徴候であるのであります。階級のこの崩壊作用が導く結果としてすでに現われている現象の一例を挙げれば、どの学校が、また、どの大学のどの学寮が、社会的に重要であるかということに無闇に神経をはたらかせ、この、学校の選定ということに、かつては単なる家柄の専有物であったほどの社会的重要性が附与されているのを以ても知られます。現代社会に比してより判然とした区分をもつ社会――それは各社全階級が互いに遊離した社会のことではない、それはすでにそれだけで一個の頽化現象に外ならない――においては、どの学校、どの学寮が、社会的に重要であるかというようなことは、決して羨望の的になりはしない、社会的地位はその他の方法で目じるしをつけることができるからであります。自分よりも「生れのよい」人々を羨むなどということはさもしい心情でありまして、それは物質的特典を羨望する感情の残り滓みたいなものであります。健全な人間ならば、なんでもっと家柄のいい先祖を持たなかったかなどというような恨めしい気持で気をくさらせることなどはしないものです、それはつまり、現在の自分とは他の人間になりたがるのと同じことだからであります。ところで、より社会的信望の高い学校に入学すればどれだけの特典のある社会地位が教育によって与えられるかということは（右の家柄の場合と違って）想像しようと思えば簡単に想像もつくと同時にまたさまざまの実感を伴う事柄であります。階級の崩壊が羨望心の膨脹を誘い出したのであります、そうしてこの羨望心が「機会の均等」の焔《ほのお》にありあまる燃料を提供しているのであります。

教育とはそれ自体が望ましいものなるがゆえにでき得る限り多くの教育をあらゆる人々に与えようという動機のほかに、これは教育上の立法に関係を及ぼすことですが、また別に他の動機があります。それは動機として推奨に値するものかもしれず、或いは単に当然のなりゆきを認めたにすぎないといえるかもしれませんが、ともかくわれわれは、教育法上の問題がいかに複雑なものであるかを想起する必要上、ここでこの点に触れておきたいと思います。例えば、義務教育の年齢を延長しようという動機は、思春期の少年を保護し、彼等が実地産業に従事するに当って曝されやすいさまざまの誘惑に対する抵抗力を与えようという立派な要求から発しています。そういう動機について語る場合、われわれはつとめて偏見にとらわれないことが大切であります。つまり、教育年齢をでき得る限り延長することが万全の策であるということは、決して動かせない結論ではありません。だから、この結論を無造作に肯定する代りにわれわれは、近代の産業的社会における生活条件というものがいかに歎《なげ》かわしいものであるか、道徳的拘束力がいかに微力なものであるか、われわれが少年の教育年齢を延長せざるを得ないというのは、ただ単に、われわれがどれだけ智慧をしぼっても他に彼等の救済方法を絶対に発見し得ないということの結果にほかならないゆえんを率直に認めなければならないと思うのであります。学校というものが、従来は両親に一任されていた責任までも引き受けるという場合、われわれはわれわれの進歩を無造作に謳歌することをやめて、すでにわれわれは家庭というものが責任の取れない、微力な、手も足も出ないという文明段階にまで早くも到達しているということ、両親の力ではその子供たちを適当に訓育することはとうてい期待し得ないということ、また多くの両親は子供を養う資力もないこと、たとえ資力はあってもいかにして養うべきかを知らないこと、そこで、やむを得ず「教育」が登場して、曲りなりにも急場を救わざるを得ない、まさにわれわれはそういう文明段階にまで到達していることを認識しなくてはならないと思うのであります。*

＊　しかしながら以上の数行を読まれた読者は、近代的条件のもとにおいて家庭がいか

にしてみずからを救い得るか、その一助としていかなる方法を講ずればいいかという問題の一例として *The Peckham Experiment* を読まれたことと思う。未読の読者にはおすすめしたい。

ハードマン氏**（D. R. Hardman）は次のごとく述べています。

産業主義とデモクラシーの時代はヨーロッパの偉大な文化的伝統の大部分に終局をもたらした。建築の伝統も決して例外ではない。大多数の人間が半可通の教育を受け、四分の一の教育さえろくに受けない多数の人々があり、また無智と物欲につけこんで巨万の富と莫大な権力を獲得し得るごとき現代の世界において、アメリカからヨーロッパにまで拡がり、ヨーロッパから東洋にまで拡がる世界的な文化的崩壊が起ったことに何の不思議もない。

** 文部省の議会側の大臣として一九四六年、一月十二日に Middlesex Head Teachers' Association の総会における演説のなかで。

この言葉は当っています、ただこの言葉から引き出される推論には誤りなきを保証しがたいのですが。無智と物欲につけこむことは、巨万の富を積む企業家に限られた活動ではない、それは各国政府によって遥かに大仕掛けな規模において、遥かに徹底的に追求され得る活動であります。文化的崩壊はアメリカから始まってヨーロッパにまで拡がり、更にヨーロッパから東洋にまで感染した伝染病のごときものではない（ハードマン氏の本意はそうでないかもしれないが、この言葉はそのように解釈される余地がある）。しかしここで重要なことは、「半可通の教育」というものが一個の近代的現象であることを忘れないことであります。昔は大多数の人間が「半可通の教育」を受けるとか、四分の一の教育しか受けないなどということはとうていあり得ないことでありました。人々は彼等の果すべく要請された職能にとって必要な教育を受けただけのはなしです。原始社会の一員を捉えて、或いはいつの時代にしろ、特技をもつ農業労働者を捉えて、その教育を半可通とか、四分の一とか、何分の一とか称することは、全く見当外れの呼び方であります。近代社会において教育といえば、それはとりもなおさず、一つの解体した社会という意味を完全に含むのであります。そこではすでに、あらゆる人間が何分の一かの教育を受けるという教育的尺度が設けられなければならぬという前提を誰一人として怪しまなくなっているのであります。ゆえに、教育とは今日すでに、疑うべくもない一個の抽象的現象と化しているのであります。

ひとたびわれわれが生とは無縁のこの抽象にまで到達した以上、われわれが次の結論に急ぐことに何の造作もありません――何となれば、われわれは「文化的崩壊」ということについては誰一人として異論がないゆえに――つまり、万人のための教育こそ、われわれが文明の再建のために使用すべき救済手段であるという結論であります。ところで、われわれが「教育」という言葉によって、いかなるものでも、とにかくよき社会におけるよき個人を形成するうえに役立つものを意味する限りでは、たとえこの結論から何ものも生れないとしたところでわれわれとして別に異存はありません。しかるに、もしもわれわれが「教育」という言葉によって、文部省が管理する、もしくは管理を目的とするごときかの狭義の教育制度を意味するという段になれば、この救済策は明白に、しかも全くお話にならない欠陥を暴露するのであります。このことは、すでにわれわれが『教会はその任務を検討する』と称する書物において発見したところの、教育の目的についての定義に関してもいえることであります。この定義に従えば、教育とは、社会がその各員にその社会の文化をば、（その社会が生活の標準として各自に与えようとするその標準をも含めて）伝達しようとするその過程ということになります。この定義では、社会とは自覚の外なる集団的意識ともいうべきものであり、それは「文部省」の考えとも、「校長協会」の考えとも、その他教育に関係する各種の団体の考えとも、全然異なるものであります。もしもわれわれが、家庭や環境から来るすべての感化を教育のなかに含めるとするならば、――職業的教育者の力の及ぶところが決して僅少だというのではありませんが――とうてい彼等の管理の手の及ぶところではありません。ところで、もしもわれわれが文化とは初等学校、中等学校、予備学校、高等学校の手によって伝達されるものを意味するとするならば、すなわち、われわれは単に一個の機関なるものが一個の有機体の全部であることを主張することにほかなりません。つまり、単に家庭や環境に留まらず、勉強するにも、遊ぶにも、読みもの、観もの、飲み食いから競技の末にいたるまですべてこれらの外来的感化力が学校と調和するという場合にのみ、学校というものはわずかに文化の一部のみを伝達することができるのであり、しかも効果的にはこの一部のみを伝達し得るだけのはなしであります。

われわれが文化といえば、専らそれは集団文化であり、いわゆる「教養ある」階級や「エリット」の文化であると考えたがる傾向からして、何回となく誤謬が忍び込んでくるのであります。次にわれわれは、社会の下層が文化をもつといえば、いつでも社会のその部分がこの上層の、より自覚的な文化に関与する限りにおいてであると考える段取りに進みます。「教育なき」大衆を目して、あたかもわれわれが真の宗教を教えてやる使命を担わされたどこかの無害な蛮人に対するごとく取り扱うということは、当然、彼等大衆のもつべき文化でもあると同時に文化のより自覚的な部分がその生命力の源泉として仰ぐべき文化をば、大衆をして等閑視せしめ蔑視せしめる動機を当の彼等大衆に提供する結果となるのであります。また、あらゆる人間をして、文化のより自覚的な部分から生れた果実の味を知らしめようとすることは、せっかく諸君の与えようとするものの質を穢《けが》し価値を低下せしめる結果となります。つまり、少数文化の質の保存にとって必須の条件とは、その文化がいつまでも少数文化たることをやめないということにほかならないからであります。「青年学校」をいくら増設しても、オクスフォド大学、ケンブリジ大学の質の低下を補充することにはならないのであります。かのジョード博士の味賞する「交わり」の味の消失を補うことはできないのであります。いわゆる「大衆文化」はいつの世にも一個の代用文化であることをやめないのであります。早晩、この欺瞞は、この文化をつかまされた人々のうち、眼のあいた人々の慧眼《けいがん》を以て看破されるに至るでありましょう。

わたくしは決して「青年学校」その他の新設学校の有用性を疑い、もしくはその品格を傷つけようとする者ではありません。これらの学校がよくなる見込みがある限り、それらはよくなるでありましょうし、またわれわれがわれわれの力で運営し得る力の限界を率直に認識し、近代世界の病というものが一介の教育制度によって是正し得るものと考える謬見と闘いつづけるならば、決して失望すべき結果には至らないでありましょう。ただ、一時の押えとしては願わしい方法も、これを治療法として提出するならば、それは有害となります。わたくしの考えの要点は、わたくしが前章において明らかにしようとした主張、つまり、政治をして一つの文化の内部においてその持ち場所を守らせる代りに、政治が文化を支配しようとする傾向について語った場合と、少しも変らないのであります。今の場合にも、同様の危険があるのであります、つまり、教育が――これは確実に政治の影響に曝されていますが――一つの文化の自己実現の過程たる諸々の活動の一種として、その立場を厳守する代りに、柄にもなく文化の形成と指導の大任を以て、自負するという危険が存するのであります。文化とは、その全部が全部まで自覚にのぼせ得るものではありません。またわれわれが全部自覚するごとき文化が決して文化の全体なのでもありません。有力な文化とは、みずから文化と自称してそれを玩弄しつつある人々の活動をばかえって逆に指導するもののことなのであります。

そういう次第で、面白いことには、教育というものがその責任を不当に占有しようとすればするほど、いよいよ教育は組織的文化を裏切る結果となるのであります。『教会はその任務を検討する』という書物に示された教育の目的の定義は、再びわれわれの足元へ舞い戻り、あたかも葬式時のハイエナ獣の爆笑のごとくわれわれを悩殺するに至るのであります。その文化が窮極のものと考えられた場合には、若き人々の心にその文化を上から課する試みが行われる。その文化が発展途上の一段階と見られた場合には、青少年の精神はその文化を受け容れると同時にこれを批判し、改善するように訓練される。この言い方はちょっと聞くだけでは少しも耳ざわりにならないようでありながら、実はわれわれの文化史上の先人たち――ギリシア、ローマ、イタリア、フランスをも含めて――これらの先人たちに向って放たれた非難の矢となる言葉なのであります。彼等、先人は、一九三七年における「教会、社会、国家に関するオクスフォド会議」以後の世界情勢において、自分たちの作った文化が果してどの程度まで手加減を加えられるかなどという問題は夢にも想像しなかったことであります。現代のわれわれは、芸術において、智慧において、聖において、過去の最大最高の業績といえどもいわゆる「発展段階」なるものにほかならず、元気潑剌のわが青少年の面々に命じて訂正改修御法度なしという一介の対象的物体というにほかならない。彼等青少年を訓育して過去の文化を受容せしめるというだけでは甚だ都合が悪い。なぜかといえば、それはまさに過去の文化を窮極的のものと見ることになるからであります。何でもかでも流行の政治的・社会的理論を青少年に課することには御法度はないが、決して文化は上から課すべきものではないという。しかるに、どうでしょう、われわれのあいだでいまだ決して長老とはいえないくらいの年配の人々の記憶に照してみても、ヨーロッパ文化は見る見るうちに急速度に頽化しているのであります。それにまた教育が文化を育成し改善し得るかどうかは別としても、現代的現象として教育が確実に文化の質を汚瀆《おとく》し、その低下を来し得る証拠をわれわれはいやというほど見せつけられているのであります。誰彼の見境もなく、ともかくも教育第一という決河《けっか》の勢に乗ったわれわれが、まさに水準の低下を来しつつある当面の責任者であるということ、またわれわれは文化のうちでも教育によって伝達し得る部分――われわれの文化の精華に該当する部分――が伝達され得る当面の諸題目の研究をさえも日々に放擲《ほうてき》する傾向に進みつつあるということ、またわれわれはわれらが千年の建造物を惜し気もなく破壊することに日も夜も足らず、かくして来るべき遊牧の蛮人が機械化部隊のキャラバンを編成しつつ一夜の露営の夢をむさぼる沙漠の地ならしに経営倦むことを知らない者であるということは、けだし一点の疑いもないところであります。

右の一節は、余人ならぬこの筆者と、あわよくば少数の同情ある読者諸君の胸中の感慨に、はけ口を与えるためのこの場限りの飾り文句と考えていただきたいのであります。百年の昔においてはできたことかもしれませんが、もはや今日においては、慨世《がいせい》の予言者の沈痛なる表情に胸間の憂鬱を散ずることは許されません。それにそのような逃げ口は、緒言において述べておいたこの試論の本旨を裏切ることにもなるのであります。わたくしが以上、本書において述べ来ったような種類の、社会の組織の仕方が恐らくは優れた文化の生長と残存とにとって、最適条件を具えたものであるということにさえ読者が同意していただけるならば、次に読者に考えていただきたいと思うことは、果して、その手段となるものがそれ自身で目的として願わしいものかどうかということであります。というのは、われわれは直接に文化というものの創造もしくは改善に乗り出すことはできないということをわたくしは主張して来たからであります——われわれは文化にとって最適条件たる手段のみを意志し得るのであります。そうしてそのためにはわれわれは、これらの手段がそれ自身として願わしいものであることの確信をもたなくてはなりません。それから先の問題としては、文化のこれらの条件がどの点まで可能であるか、或いは、或る特定の時期における特定の境位において、危急焦眉の必要とどの点まで両立し得るものであるかということをも考えなくてはなりません。つまり、是非とも避けなくてはならないことは、計画の一般化ということであり、是非とも確めなくてはならないことは、計画し得る事柄の限界ということだからであります。それゆえに、わたくしの探求は「カルチュア」という単語の意味に向けられたのであります、それは専ら読者の諸君がこの言葉を使用する以前に、自分にとってこの単語が何を意味するか、またそれぞれの特定の文明においてこの言葉が何を意味するかを少くとも一歩退いて検討していただきたいというわたくしの微意によるのであります。このようなささやかな願いでも、もしもそれが実現されるとするならば、われわれの「文化的」ないろいろの企ての手続きと指導に際しても或いは多少の見るべき結果が生れるでもありましょう。

附録　ヨーロッパ文化の統一性

一

ドイツ語を語られるみなさんの前でおはなしをするのはわたくしとしては今回がはじめてであります。そこでまずこのような大きな問題についておはなしする前に、わたくしがお預りしている信任状とも申すべきものをみなさんの前に提出しておいた方がいいのではないかと存じます。と申しますのは、ヨーロッパ文化の統一性といえばまことに大きな問題でありまして、わたくしに限らず、どなたにしてもこの問題につきまして何か特別の知識とか経験をもった者でなければ、こんなおはなしをすることも許されないのではないかと考えるからであります。そこでまずそういう知識と経験からはなしを進めまして、それがこの大きな一般論にどのような繋りをもつものであるかということを明らかにするのが至当ではないかと存ずるのであります。わたくしは一介の詩人であります、また詩の批評家であります。それからまた、一九二二年から一九三九年まで或る季刊雑誌の主幹をつとめておりました。今日の第一回の放送では、この二つの職業のうちわたくしのつとめた前者の職業がわたくしのおはなししようとする題目とどういう風に関係するものであるか、またわたくしの経験からしてどういう結論に立ちいたることになったかということをおはなししてみたいと存じます。そこで結局わたくしのはなしは、一介の文学者の立場から見ましたヨーロッパ文化の統一性に関する一連の連続放送ということになるのであります。しばしば持ち出される要求でありますが、近代ヨーロッパのすべての国語のうちで、詩作の目的から申しますれば、英語がいちばん豊かな国語だといわれます。この要求はどうやら正しいのではないかと考えます。しかしながら、わたくしが「詩作の目的からいえば、いちばん豊かである」と申したとき、わたくしはわたくしの言葉づかいに用心して申し上げていることをお忘れないように願います。わたくしは、イギリスが何人かの最も偉大な詩人を生んだとか、最大量の偉大な詩を生んだとか、そういう意味でいっているのではありません。それは全然別個の問題です。英語以外の国語にもやはり偉大な詩人はたくさん見られます。ダンテは確実にミルトンよりも偉大であります。少くともシェイクスピアに較べて少しも遜色はありません。それにまた偉大な詩の量の多寡という点からいっても、イギリスが他の国々よりも多量の傑作を生んだと主張する気は少しもありません。わたくしはただ、イギリスの国語というものがいわば詩人の遊び道具として独特の性質を具えたものであることを申しているに過ぎません。英語はどの国語よりも豊富な語彙をもっています。誰か一人の詩人の力でいくらこの語彙を使いこなそうとしても、英語全体に具わった語彙の豊かさと比較してみると、それは全くお話にならないほど貧弱に見えます。しかしこのことは、何ゆえに英語が詩にとって最も豊かな国語であるかという理由とはなりません。それは別に真の理由があって、その理由から生れた結果の一つに過ぎません。真の理由というのは、わたくしの考えでは、英語が構成されている諸々の要素の多種性ということではないかと存じます。いうまでもなく、最初にゲルマン語の基盤があります。これはみなさんとわたくしたちとが共通にもっている要素であります。その次には、われわれはかなり多量のスカンディナヴィア的要素を見出します、それはまず最初にデーン人の征服によって生じたものであります。次に、ノルマン人の征服以後においてはノルマン－フランス的要素があります。それから後も幾度かフランス的影響が続いていますが、これはそれぞれの時代に採用された単語を調べてみればはっきりその跡をたどることができます。十六世紀に至ってラテン語から鋳造された新造語が急に増大しています。そこで、十六世紀の初葉から十七世紀の中葉までの英語の発展は大体において、ラテン系の新造語の試験過程に該当していて、採るものを採り入れ、捨てるものを捨てた時期であります。それからさらにまた他の要素が英語にあります、これはその跡をたどることが相当困難ですがかなり重要な要素ではないかと考えられます、つまりそれはケルト語の要素であります。しかしながら今わたくしは、その長々しい英語の歴史において、単に「単語」のことを考えているのではないのでありまして、詩の立場からいうならば、それよりもさらに根源的なものとして、「リズム」のことを考えているのであります。上に挙げた各々の国語がそれぞれその国語に固有の音楽をもたらしたのであります。そこで詩の立場から見た英語の豊かさというものは、何よりも先に、英語のもつ音律的要素の多種性に存するのであります。初期のサクソン詩のリズムがあります、ノルマン－フランス詩のリズムがあります。ウェールス詩のリズムがあります、そのうえ、何代にもわたって続けられたラテン詩、ギリシア詩の研究から生れた影響もあります。更に、現代においてさえも、イギリスの言葉はその各個別の中心点からして絶えず新しい活力を補給される機会に恵まれているのであります。語彙の問題は第二としても、イギリス人の詩、ウェールス人の詩、スコットランド人の詩、アイルランド人の詩がみんな英語で書かれているのでありますから、彼等のかなでる「音楽」はつまり英詩全体の立場からいえば、今日に至るまでも依然それぞれの個性の跡が消えないのであります。

わたくしはわたくしの国語を自慢するがためにわざわざみなさんを向うへ廻してこのおはなしをしようとするのではありません。この問題を論じようとしたわたくしの理由はほかでもありません、何ゆえに英語が詩の立場からいってそのような優れた国語であるかというわけは実は、英語があれほど多種多様なヨーロッパ的源泉から成合された一個の合成体であるというところにあると考えられるからであります。さきほども申しました通り、このことは、イギリスから当然最大の詩人たちが生れなければならなかったという意味にはなりません。ゲーテも申していますように、芸術は限定において存在します。偉大なる詩人とはみずからに与えられた国語を最大限に利用する人間のことであります。真に偉大な詩人であればみずからに与えられた国語を一個の偉大な国語たらしめることができるのであります。しかしながらわれわれは、一つ一つの偉大な国民について考える場合、或る国民は何か一種類の芸術において他の国民に優るのである、例えば、イタリアとそれに続いてフランスは絵画において優り、またドイツは音楽において、イギリスは詩において優るのであると考える傾向があります。それはその通りであります。しかし、まず第一に、いかなる芸術も、かつて、ヨーロッパの一特定国の専有物であったためしはありません。第二に、イギリスとは別の国が詩をリードした時代も、一再ならずあったのであります。例えば、十八世紀の末葉と十九世紀の前四半世紀においては英詩におけるローマン主義運動が確実に支配力をもっておりました。ところが、十九世紀の後半においては、ヨーロッパの詩壇に与えた最大の貢献は確実にフランスにおいて行われております。わたくしの中しますのは、ボードレールを出発点としてポール・ヴァレリに窮極する詩の伝統を指すのであります。わたくしは強いて申しますが、このフランス的伝統がなかったとしたならば、フランス語以外の国語を以て詩作する三人の詩人——しかもこの三人は互いにきわめて異質の詩人ですが——わたくしのいうのは、W・B・イエーツとライナー・マリア・リルケと、失礼ながらわたくし自身も含めていうのですが——この三人の詩人は全く考えられない存在となりましょう。ところで問題がこの文学的影響ということになりますと、それはきわめて複雑多岐でありまして、このフランス詩の運動そのものがアイルランド人の血を引いた一人のアメリカ人——エドガー・アラン・ポーに負うところは決して少くないということを忘れるわけにはゆきません。それにまた、たとえ一つの国、一つの国語が他のすべてをリードするという場合でも、その現象の起因となった詩人たちが必ずしも最大の詩人であると断定することはできません。いまわたくしはイギリスのローマン主義運動のことを申しました。ところでちょうどそのころゲーテがしきりに筆を走らせておりました。わたくしは詩人としてのゲーテとワーズワースの相対的な偉大さを測り得る基準というものを存じませんが、ゲーテの仕事の総量からいうならば、わたくしはゲーテを以てワーズワース以上に偉大な人間と目すべき大きさをもつものと考えます。ところでワーズワースと同じ時代のイギリスの詩人で、およそゲーテを相手に比較とか何とかいう段取りまで進み得る詩人というものは一人もいないのであります。

ヨーロッパにおける詩の問題について、もう一つの重大な真実に向っていつの間にかわたくしは接近し来ったことになります。それはつまり、いかなる単一の国民も、いかなる単一の国語も、もしも同種の芸術がその隣りの国々において別種の国語を以て培養されていなかった場合には、決して現に見られるだけの成果を挙げることはできなかったであろうということであります。わたくしたちはヨーロッパのどの文学にしても、その他の国々の文学を相当に知らなくては容易に理解することはできません。ヨーロッパの詩の歴史を調べてみると、わたくしたちはさまざまの影響が織物の織り目のように左右前後に織り込まれていることを見出します。優れた詩人のなかには自分の国の言葉しか知らない詩人もありました。しかしそういう詩人でも他の作家たちによって同じ国民のあいだに取り入れられ、伝播せられたさまざまの影響を被っております。ところで各国の文学がみずからの活力を取り戻し、新しい創造的活動に向って歩みを運び、言葉の使い方に新しい発見を試みる可能性は結局二つの事柄に依存しているのであります。その第一は、他国からの影響を採り容れてこれを消化するその能力であります。その第二は、自国の文学の源泉にさかのぼってその源泉から学びとるその能力であります。第一の場合について申しますと、ヨーロッパ各国がお互いに遮断されて、詩人たちがどの国の文学ももはや自国語でしか読まないという場合には、すべての国の詩が必然に頽化せざるを得ないのであります。第二の場合については、わたくしは特に次の点を強調したいと思うのであります——すべての国の文学は、特にその国だけに固有であってその国の文学の歴史に深く根を下したいくつかの根源をもたなくてはならないということ、しかしそれと同時に、少くともそれと同じ程度に大切なことは、その根源がわたくしたちが共通に分ち合っている根源であること、つまり、それはローマとギリシアとイスラエルの文学であるということなのであります。ちょうどこのあたりで問われなければならない問題、また何とか答えておかなければならない問題が一つあります。それはヨーロッパの外部からの影響、アジアの偉大な文学の影響はどうかということであります。

アジアの文学には偉大な詩があります。それと同時に深遠な智慧ときわめて難解な形而上学もあります。しかし今の場合わたくしは詩だけを問題としたいと思います。わたくしはアラビア語、ペルシア語、中国語について全く何の知識ももっておりません。だいぶん昔のことになりますが、わたくしは古代のインドのいろんな言語を研究したことがあります。当時は主として哲学に興味をもっておりましたが、その傍ら多少、詩も読んだことがあります。わたくしの書いた詩のなかにもインドの思想とインドの感性の影響が現われていることをわたくしも承知しております。しかしながら一般的にいえば、詩人は東洋学者ではありません――だいたいわたくし自身、決して学者であったことはありません。それに東洋の文学が詩人に与えた影響も普通は翻訳を通して行われております。過去一世紀半にわたって東洋の詩の影響があったことは否定できない事実であります。英詩だけを例にとっても、また現代だけに限っても、エズラ・パウンドによって試みられた中国詩の英訳やアーサー・ウェイリーの英訳は恐らく英語で詩作するあらゆる詩人によって読まれているのではないかと存じます。いかなる国の文学も、どこか遠隔の土地の文化を味識する特別の天分に恵まれた個々の翻訳者の手を通じて、あらゆる他の文化に影響を与えるということは明らかであります。わたくしはこのことを強調したいと存じます。と申しますのは、わたくしがヨーロッパ文化の統一性について語ります時に、わたくしがヨーロッパ文化というものをあらゆる他の文化から切断された或るものと見ているという印象を与えたくないからであります。文化の国境は閉鎖されるものでもなく、閉鎖さるべきものでもありません。しかし歴史はおのずからそこに差別を作ります。過去の歴史を最も多く分有している国々は、それらの国々の未来の文学に関しても、お互いにとって最も重要な国なのであります。わたくしたちは共通の古典、ギリシアとローマの古典をもっております。わたくしたちは「バイブル」の各種の翻訳においてさえ共通の古典をもっているのであります。詩についてわたくしが申し上げましたことはその他の芸術についても同様にあてはまるのではないかと思います。画家や作曲家はヨーロッパの一部分だけで話される特殊の言語によって制限を受けないという意味からして恐らく詩人よりも多くの自由を楽しむことができるともいえましょう。しかしいかなる芸術についてもその実践に当って諸君はそこに同じ三つの要素を発見されるだろうと存じます。つまり、地方的伝統と、共通のヨーロッパ的伝統と、ヨーロッパの一国の芸術が他の一国に与える影響のこの三つであります。この考えはわたくしは一個の提案として申し上げるに過ぎません。わたくしはわたくしのいちばんよく知っている芸術に問題を極限せざるを得ません。少くとも詩においてはいかなる国もその一国が無限に長い期間にわたって終始一貫して高度の創造力を発揮することはできません。いずれの国も、何等特筆すべき新しい発展が見られない副次的な時代をもつことはいたし方がありません。従って活動の中心は一つの国から他の国へとあちこち移動するのであります。また詩においては、何等過去に負うことのない完全な独創というようなものは全然ありません。一人のヴェルギリウス、一人のダンテ、一人のシェイクスピア、一人のゲーテが誕生する度毎に、ヨーロッパの詩の全将来に変動を生じます。一人の大詩人が生を享《う》けたというだけで、或るいくつかの現象が発生して、一度決定したことは動きません、二度とやろうとしてもできません。しかし、大詩人ならばいかなる詩人も、未来の詩がそこから生るべき複雑な資料に何ものかを附加しないということはありません。以上わたくしは、芸術によって例証され、また芸術のなかでもわたくしが語る資格のある唯一つの芸術によって例証されるヨーロッパ文化の統一性について語りました。次回にはわたくしは思想によって例証されるヨーロッパ文化の統一性についてお話ししようと思います。今日のお話のはじめにわたくしは、両大戦の中間の時代に或る季刊雑誌の主幹をつとめていたことを申しました。この資格においてわたくしがどういうことを経験したか、またその経験についてどういう反省をしたか、それをきっかけに次回のお話をいたしましょう。

二

前回の放送で、わたくしが両大戦のあいだに或る文芸雑誌を創刊し、その主幹をつとめていたことを申し上げました。このことを申し上げたのはこれがまずこの一般問題についで語るわたくしの資格の一つになるだろうと考えたからであります。しかしそれと同時に、この雑誌の歴史を顧みてみた時、それがまたわたくしの明らかにしたいと思う問題のいくつかを例証することになるからであります。そこでまず最初にその歴史について少しくお話ししたならば、それが今日の話の主題にどういう風に関係してくるかがお解りになることと存じます。

わたくしたちはこの雑誌の創刊号を一九二二年の秋に出し、一九三九年の第一号を以て終刊とすることに決しました。そこでみなさんはこの雑誌の生命はいわゆる平和の数年間と呼ばれる時期とほぼ一致していることがお解りになりましょう。この雑誌を試みに月刊で出してみようとした六ヵ月を除くと、この雑誌は一年四回の割で出ています。この雑誌を発刊するにあたりまして、わたくしは、その時代の新しい考え方、新しい書き方の最善のものと思われるものをば、われわれの共同善のために多少でも寄与することのできるあらゆるヨーロッパ各国から聚集《しゅうしゅう》することを目的といたしました。いうまでもなく主としてイギリスの読者を眼中において編集されたものでありまして、従ってすべて外国からの寄稿は英訳のかたちで載せなくてはなりませんでした。評論雑誌の職能として、二国語、或いはそれ以上の国語を以て刊行され、また二国或いはそれ以上の国々で同時に刊行される雑誌のことも考えられます。しかし、全ヨーロッパにその寄稿を求めるそういう評論雑誌にしましても、みんなに読んでもらうためには何篇かの翻訳を載せなくてはなりません。またこの種の雑誌は、それぞれの国で出版されて主としてその国の読者を目標とした雑誌に取って代ることもできません。そこでわたくしの雑誌は普通のイギリスの雑誌でありながら、ただ国際的な視野をもつ雑誌だったといえましょう。それゆえにまずわたくしは、その仕事が少し広く知らるべくして自国以外には全く知られず、或いはわずかしか知られていないような一流の作家を探し出そうといたしました。次にわたくしは、外国の文芸雑誌で、その目標がわたくしの目標とするところと最もよく合致するような雑誌を探して、そういう雑誌と関係を結ぶことにつとめました。例を挙げますと、『ヌーヴェル・ルヴュ・フランセイズ』（当時はジャック・リヴィエール、後にはジャン・ポーランが主宰しました）、『ノイエ・ルンドシャウ』、『ノイエ・シュワイツァ・ルンドシャウ』、スペインでは『レヴィスタ・デ・オキシデンテ』、イタリアでは『イル・コンヴェニヨ』その他、といった類の雑誌であります。これらの雑誌との連絡はきわめて満足な発展を示しました。その後その連絡が活潑に保たれなくなったとしても、それは決してこれらの雑誌の主幹の方々の罪でも何でもありませんでした。今日ではすでに創刊後二十三年を経ており、終刊後七年になりますが、いまでもわたくしは、少くともヨーロッパの主都に一紙の割合で、諸々の独立の雑誌から成るこのような網目から成る機構が存在するということは、思想の伝達にとって必要なことであり——思想がいまだその新鮮味を失わないうちに思想の循環を可能ならしめるものであるという考えを捨ててはおりません。このような評論雑誌の主宰者の人々、それにできれば比較的その雑誌におなじみの寄稿家の諸君が、親しく個人的にお互いに識り合い、お互いに訪ね合い、会食を共にし、談笑のうちに思想を交換し合うことができるようになることを望みます。もちろん、そういう雑誌をどれか一つ取ってみれば、そこにはその雑誌が属する国民、その雑誌の書かれた国語に限られた読者だけにしか興味のないような記事のあることはやむを得ません。しかしそういう雑誌の協力によって、ヨーロッパの国民と国民とのあいだに、思想と感性の影響の循環が絶えず刺戟を受け、その循環によってそれらいずれの国の文学も外部から肥料を与えられ、新しい生命力を与えられることになるでありましょう。それにまた、そのような協力と、その結果として生れる、文学者と文学者とのあいだの友情を通して、はじめてかの、単に地方的というばかりでなく、ヨーロッパ的な意義をもつところの文芸作品というものが広く世界の注目を浴びる機会に恵まれることになりましょう。

しかしながら、すでに死齢七年を数える一評論雑誌に因みまして、わたくしが目標としたところについて上述のごとき言葉を費しました特別の理由は、結局においてわたくしの目標が的外れになったということなのであります。ところで、わたくしとしてはこの失敗を主として、ヨーロッパの思想的国境線が次第次第に自己閉鎖に陥ったということに帰して考えております。政治的・経済的アウタルキーに続いて不可避的に一種の文化的アウタルキーのごときものが起りました。それによって交通が遮断されたというだけの意味ではありません。それはあらゆる国々の内部において、創造的活動力のうえに一種の麻酔的影響を与えたとわたくしは信じます。この暗い影は最初にイタリアのわたくしたちの友人の上に落ちてきました。それから一九三三年以後、ドイツからの寄稿が次第に入手に困難を加えてきました。友人たちのうち或る人々は世を去りました。或る人々は行方不明になりました。或る人々はただもう黙ってしまいました。或る人々は国外にのがれ、彼等自身の文化の根から切り離されてしまいました。いちばんおくれて発見され、最近失われた友人の一人は、数ヵ月まえに故人となりました偉大なる批評家、よきヨーロッパ人であったところのテオドル・ヘッカーであります。そうして、それまでわたくしの知らなかったドイツの著作者たちの手で、三〇年代に書かれたドイツ書の大部分から判断して、わたくしは、この新しいドイツの著作者たちの言っていることは次第次第にヨーロッパ相手の言葉であることをやめて、かりに何等かの意味があるとしても、ドイツだけでしか通用しない言葉になりつつあるという考えを深くしました。スペインに起った出来事はさらに混沌たるものがありました。だいたい内乱のどさくさが思想や創作にとっていい条件となるはずはなく、あの戦乱のために、スペインの最も有能な作家は戦死しなかったとしても、その多くは分割されたり分散されてしまいました。フランスでは自由な知的活動は依然行われておりましたが、政治的不安や不吉な予感により、また政治的先入見から確立された国内的分裂によって、その知的活動も次第に苦渋の色を加え、その闊達《かったつ》性を失ってまいりました。

イギリスも同様な病弊の徴候を示しながらも、一見したところでは無事に生き残ったように見えています。しかしあの時代のイギリスの文学もいたずらに政治に心を奪われることによって損害を受けたばかりでなく、その活力の源を自国以外に求めることが次第に困難になってきたためにやはり損害を受けているものとわたくしは考えます。

さて、右に挙げた雑誌のことですが、この雑誌がいろいろの出来事によって果無《はかな》い最後を遂げる数年前にすでにその所期の目的を果すことができなくなっておりました。それについてまず最初に申し上げなくてはならないことは、こういうことなのです。政治への世界的関心というものは結合の方向にははたらかないで、分離の方向にはたらくということであります。そういう関心は、或る政治的傾向の政見をいだく国際的集団を敵にまわして、その反対の政見をもつことに一致する人々をば、各国民の国境線を乗り越えて団結せしめることができます。しかしそれはヨーロッパの文化的統一性を破壊する結果をもたらします。『クライテリオン』――実は、それがわたくしの主宰していた雑誌の名前なのですが――この雑誌は、たとえその寄稿家たちがその政治的・社会的・宗教的見解において多種多様を極めた人々であったにも拘らず、或る一定の性格とまとまりとを具えていたものとわたくしは信じております。そのうえにまたこの雑誌は、その誌友たる外国の定期刊行物と或るはっきりした心のつながりをもっていたと考えます。一人の筆者の政治的・社会的もしくは宗教的見解の問題は最初からわたくしたちの計量のなかに入ってもいないし、また外国の同輩たちの計量にも入っていないものでありました。それでは国内においても外国においても、そこに共通の地盤となったものは何であるかと問われるならば、それは一言で申し上げにくいのであります。その当時においては、それを規定する必要のなかった時代でありまして、今日に至ってはそれはまた規定することが不可能になっております。強いていうならば、それは思想と表現の双方において最高の標準への共通の関心と申しましょうか、新しい観念への共通の探求心と受容の姿勢とでも申していいと存じます。諸君が同意し得ない観念、諸君が納得できない意見といえども、諸君が即座に納得し得る意見と等しく重要だったのであります。諸君は何等の悪意も含まず、それらの意見から学び得るという自信のもとにそれを検討したのであります。言葉を換えていうならば、ただ思想のゆえに思想に対して感じる興味とか悦びというものを、知性の自由なる活動への興味とか悦びというものを、当然認められたものとして少しも疑わなかったのであります。それに、わたくしたちの主だった寄稿家や同輩たちのあいだにも、何か自覚的に抱懐する信念というよりも何かしら無意識の前提のようなものが存在していたと思うのであります。誰も一度も疑ってみたことがなく、それゆえに何もわざわざ意識の表面に浮べて肯定する必要のないような妙なものがありました。その前提とは、ヨーロッパの内部においては、一種の文学者たちの国際的同胞性のようなものが存在するという前提であります。つまり一つの繋がりでありまして、それはいかなる国家を信じようと、いかなる宗教を信じようと、政治理論をいかに異にしようとも、それらに取って代るのでなくして、それらと完全に両立し得る一つの繋がりなのであります。それにまたわれわれの眼目も何か特定の思想を世に行わしめようというよりも、むしろ知的活動の水準を最高度に維持しようとするところに置かれていたのであります。

わたくしは、あの『クライテリオン』も、その末年においてはこの理想を実行することに完全に成功したものとは考えておりません。その終りの数年間においては、最高の水準において各種各様の見方を例証するというよりもむしろ或る特定の見方を反映する方向に進んだように思います。しかしこのことが全部まで主宰者の責任であったとはわたくしは考えません。そういう結果に立ち至ったことについては、その原因の一部はわたくしがいまさきに述べたような時勢の圧力にあるものと考えております。

何もわたくしは政治と文化とが互いに何の関係もないと主張しているのではありません。もしも政治と文化とが完全に分離し得るものならば、問題は遥かに簡単でありましょう。一国民の政治的構造はその国民の文化に影響します、また逆にその文化によって影響されます。しかし今日われわれはお互いに他人の国内政治にあまりにも関心をもち過ぎ、しかもそれと同時にお互いの文化に接触する機会に殆んど恵まれておりません。文化と政治とを混同する結果は互いに異なる二つの方向に進むようです。その一つの方向は一つの国民をして自国の文化以外のあらゆる文化に対して偏狭な排他心を生ぜしめ、その結果、その国民はいつの間にか自国の周辺のあらゆる文化を抹殺するか改造しなくてはおさまらない気分に誘われるのであります。ヒトラーのドイツが犯した一つの誤りは、ドイツ文化以外のあらゆる文化はデカダン文化であるか野蛮の文化であるかそのいずれかであると勝手にきめてかかったことであります。そのような勝手な臆断はこれっきりでもうおしまいにしようではありませんか。文化と政治とを混同することから生れるも一つの方向は、最後には唯一つの劃一的な世界文化しか残らないような一つの世界国家の理想へ進む方向であります。いまここでわたくしは世界の組織化に関する種々の考案のいずれを批判しようとするのでもありません。そのような考案は技術面に属する問題、機構の設計に関する問題であります。機構というものは必要であります。そうして機構が完全になれば、それに越したことはありません。しかしながら、文化というものは生長せざるを得ない或るものであります。諸君は一本の樹木を建造するわけにはゆきません。諸君はそれを植えつけ、そうしてそれに手入れをするだけであります。時が来て成熟するのを待つよりほかはありません。そうしていよいよその樹が大きくなった時に、一粒のどんぐりから一本の椎《しい》の樹が生えただけで、楡《にれ》の樹が生えなかったからといって愚痴をこぼすわけにはゆきません。ところで一個の政治的機構というものは、その幾分は構成物ですが、その幾分は植物です。機構の部分もあり、もしその機構がよくできておれば、一つの機構でもすべての国民にとって結構、間に合います。ところでその国民の文化とともに生成し、その国民の文化から生長し来る部分もあるのであります。そうしてその点では他の諸々の国民の文化とは異なるものであります。ヨーロッパの文化の健康のためには二つの条件が必要であります、つまり、各国の文化は独自のものでなくてはならないということ、それから、互いに異なる諸々の文化はその交互の関係を認め合い、各自が他の文化からの影響を敏感に受け容れなくてはならないということであります。そうしてこのことは、ヨーロッパ文化には一つの共通要素があり、思想と感情と挙動の相関的な一つの歴史があり、芸術と思想の相互交換が存するがゆえにこそ、可能となるからであります。

次の放送でわたくしはこの共通の要素というものをも少し詳しく限定してみようと思います。ところでそのためには、これまで絶えずわたくしが使用してきました「文化」という言葉にわたくしがどういう意味を与えているか、そのことについて、も少し説明を加えておく必要があるかと思います。

三

前回の放送の終りにわたくしは、「カルチュア」という言葉を使用する場合にわたくしは何を意味するかということをも少しはっきりさせてみたいと申しました。「デモクラシー」と同様に、この言葉は、われわれがこの言葉を使用する度毎に殆んど例外なく、単に定義を下すばかりでなく例を挙げて説明を加える必要のある言葉なのであります。それにわれわれが「カルチュア」によって何を意味するかをはっきりさせる必要があるというのは、ヨーロッパの形而下的な意味での組織化とヨーロッパの精神的有機体とのあいだの区別をはっきりさせるためなのであります。もしも後者が死滅するならば、諸君が組織化するといっても、そのものはもはやヨーロッパではなくして、単にいくつかの異なる国語をはなす人間のかたまりにすぎないということになります。それに、そうなればもはや彼等が異なる言語をはなし続けなければならない理由というものもなくなってしまうのでありますす。というのは、もはや他の国の言葉で語っては充分意を尽せないような特に自分として言いたいこともなくなってくるからであります。要するに詩のかたちで発言すべき何ものもなくなるのであります。すでにわたくしは、それぞれの国がお互いに孤立した場合には、いかなる「ヨーロッパ的」文化もあり得ないということを肯定しました。いまここでわたくしは附け加えます、もしもこれらの国々が同色に塗りつぶされてしまうならば、いかなるヨーロッパ文化もあり得ないということを。われわれは統一性のなかに多様性を要します。つまり、組織化の統一性でなくして、おのずからなる自然の統一性を要します。

そうしてみると、わたくしは「カルチュア」という言葉によって、まず第一に、人類学者たちが意味すること、つまり、或る一定の場所に共同生活をいとなむ或る特定の人々の生き方、を意味します。この文化は彼等の作る芸術、彼等の社会制度、彼等の風俗習慣、彼等の宗教において具体的な姿を示します。しかし、これらのものはただあつめ合わされただけでは、文化というものを構成いたしません。われわれはただ便宜上それらが文化の内容であるがごとくに語っているだけのことであります。これらのものは、人間のからだが、解剖しようとすれば解剖し得るように、一つの文化が解剖された結果そこに現われてくる各部分であるに過ぎません。しかし、あたかも一個の人間とは彼の身体の各構成部分の寄せあつめ以上の或るものであるように、一つの文化も、その芸術、習慣、宗教的信念以上のものであります。これらのものはすべてお互いに作用を及ぼし合っております。そこでその一つを完全に了解するためには諸君は全部を了解しなくてはなりません。さて文化には高度の文化と低次の文化とがあることは申すまでもありません。そうして一般に高度の文化は職能の差別化によって区別されます、従って社会の各層については諸君は比較的な意味で非文化層と文化層とを区別することができます。そうして最後に個人については図抜けて教養を恵まれた個人を区別することができます。一個の芸術家、もしくは一個の哲学者の「カルチュア」は一個の鉱山労働者、もしくは一個の農耕労働者のそれとは別個のものであります。一個の詩人の「カルチュア」は一人の政治家のそれとはどこか違ったものでありましょう。しかし一つの健全な社会においては、すべてこれらのものは同一の文化の各部分であるというに過ぎません。かくして芸術家も詩人も哲学者も政治家も労働者も一つの文化を共有するのでありますが、彼等はその文化をば、他の国々の同じ職務に従う人々と分ち合うということはありません。

さて、文化の統一性の一つは互いに共同生活を営み、同一の言語をはなす人々の統一ということであります。というのは同一の言語をはなすということは、異なる言語を使用する人々とはいくらか異なる仕方でものを考え、ものを感じ、また喜怒哀楽を現わすということを意味します。しかしながら、異なる人々のもつ各々の文化が互いに影響し合うことは争えないのであります。将来の世界においては、世界中のあらゆる部分が他のあらゆる部分に影響を与えるかのごとく見えます。すでに前に申し上げておいたことですが、ヨーロッパの異なる国々の各文化は過去において、彼等の交互の影響からしてきわめて大きな利益を獲得しました。故意にみずからを孤立させる国民文化、或いは、みずからの力でどうにもならない周囲の事情によって他の諸々の文化から遮断された国民文化というものは、この孤立のために少なからぬ損害を受けるということもすでに申し上げておきました。また、国外から文化を受け取りながら、お礼に返すべき何ものをももたない国、自国の文化を他におっかぶせることを目的としながら、その代りに何ものをも受け取ろうとしない国は、この相互扶助の欠乏によって少なからぬ損害を受けるということも申しました。

しかしながらこの文化的影響力の一般的交換というだけで尽せない或るものがあるのでありえます。貿易にしたところで、諸君はあらゆる他の国民と平等に貿易するわけにはゆきません。特に諸君の生産する貨物を、他国民が必要とする以上に必要とする国民がありましょう。また、諸君自身が必要とする貨物を生産してくれる国もあり、生産してくれない国もあります。そのように、異なる国語をはなす人々の諸々の文化はその相互の関係の密度に濃淡があります。時としてはあまりにもその関係が密接であるために、彼等は共通の一つの文化をもつものとして語ることができる場合があります。さて、わたくしたちが「ヨーロッパ文化」について語ります時、わたくしたちは、各種の国民文化においてわれわれの発見することのできるいくつかの同一性を意味するのであります。もちろんヨーロッパの内部においてさえも、いくつかの文化は他のものよりもより密接に関係していることとはいうまでもありません。それにまた、一群の文化の内部の一つの文化が、相互には密接な関係には立ってはいない二つの文化に対して、違った面で密接に関係し得る場合もあります。諸君の数々の従兄弟はお互いがみなまで従兄弟ではありません、父の側の従兄弟もあり、母側の従兄弟もあります。さていまわたくしは、前にヨーロッパの文化をば単に同一地域に地盤をもった互いに無縁の一群の文化の総計と見ることを拒否したのと同じ筆法によって、世界を全く無縁の文化群に分割することを拒否します。わたくしは東洋と西洋とのあいだに、ヨーロッパとアジアとのあいだに、絶対の一線を劃することを拒否します。それにも拘らず、ヨーロッパ文化について語ることを可能ならしめるようないくつかの特徴がヨーロッパには存するのであります。それらは何でありましょうか。

それぞれ別個の文化をもつ各国民のあいだに一つの共通の文化を創造するうえに支配的な力をもつものは宗教であります。こう申し上げた時、どうか先走りしてわたくしの本意を誤解しないようにお願いいたします。今日のお話は宗教談ではありません。またわたくしはどなたをも改宗させるつもりでお話ししているのではありません、わたくしはただ一個の事実を語っているだけであります。今日はキリスト教信者たちの交わりということを主題としているのでもありません。わたくしはヨーロッパをして今日あらしめたところのキリスト教の共通伝統について語っているのであります。またこの共通のキリスト教が将来したところの共通の文化的な諸要素について語っているのであります。もしも明日にもアジアがキリスト教に改宗したところで、そのためにアジアがヨーロッパの一部になるということはないのであります。わたくしたちの芸術が発展し来ったのはキリスト教においてであります、ヨーロッパの法律が——最近まで——深く根を下していたのはキリスト教であります。わたくしたちのすべての思想がおよそ意義をもつのはキリスト教という一つの背景の前に立っているからであります。一人一人のヨーロッパ人を取ってみれば、キリスト教が真であるとは信じてはいないのかもしれません。しかしそれでいて、彼が何を語ろうとも、何を製作しようとも、いかなる行為に出ようとも、それらはすべて彼が受け継いだキリスト教文化の遺産から発生し、およそその意味においてその文化に依存します。キリスト教文化のごときものからでなくしては、一人のヴォルテールも一人のニイチェも生れはいたしません。わたくしはヨーロッパの文化がキリスト教の消滅した後までも生き残るものとは信じません。それにわたくしがこのことを確信するのは、わたくし自身が一個のキリスト者であるからというだけではなくして、社会的生物学の一学徒としてであります。もしもキリスト教が消失すればわたくしたちの文化の総体が消失します。そうなれば諸君はいくら苦しくても始めから出直さなくてはなりません。諸君は出来合いの新文化を着用に及ぶことはできません。諸君は草が生長するまで気長く待ち通し、草が羊の食物となり、羊が羊毛を与えてくれ、然るのちその羊毛から諸君の新調の上衣を作らなくてはなりません。諸君は実に幾世紀にも及ぶ野蛮時代を通過しなくてはなりません。わたくしたちはこの生きた眼でこの新文化を仰ぐ心配はありません。子の、孫の、その子の、またその子の代ですら望みはありません。それにかりにわたくしたちがその日を仰ぐことができたとしても、わたくしたちのうち誰一人としてその文化のなかにあって幸福ではないでありましょう。

わたくしたちはわれわれのキリスト教の遺産に対して、宗教的信仰のほかにいろいろのものを負うております。それを通してはじめてわたくしたちはわれわれの芸術をあとづけることができます、それを通してはじめてわたくしたちは西欧世界の形成に少なからぬ貢献をした「ローマ法」の概念をつかむことができます、それを通してはじめて、個人道徳、社会道徳についてのわたくしたちの考え方が理解できます。またそれを通してわたくしたちは文学の共通規準というものをギリシアとローマの両文学において持つことができます。西欧世界はその統一性をばこの遺産において、つまり、キリスト教において、また二千年に及ぶキリスト教のお蔭でわたくしたちの血統をあとづけることのできるギリシア、ローマ、イスラエルの古代文明において、もつのであります。この消息は詳しくは申し上げません。わたくしの申し上げたいことは、幾世紀にわたる文化の諸々の共通要素におけるこの統一性こそ、わたくしたちを結ぶ真の結帯であるということです。たとえいかなる善意に発していようとも、いかなる政治的・経済的組織化といえどもこの文化的統一の与えるところのものを提供し得るものではありません。もしもわたくしたちがわれわれの、文化のこの共同遺産を濫費し、或いは抛棄するならば、いかに明敏な頭脳によって考案されたいかなる組織も計画も決してわたくしたちを救うものではなく、わたくしたちをより密接に結ぶこともまたできません。

政治的組織化の統一性に対する意味での文化の統一性といっても、それはわたくしたちすべての人々に、何か一つの忠誠の対象を持つべきことを要求するものではありません。それは忠誠の対象に変化のあることを意味します。個人の唯一の義務が国家に向けられなくてはならないと考えることは誤りであります。あらゆる個人の最高の義務が一つの超＝国家的なるものへ向けられなくてはならないと考えることも空想的たるをまぬがれません。わたくしが忠誠の対象の変化という言葉で何を意味するか、その一例を挙げましょう。いかなる大学も、たとえ国家の支援を受けるとしても、単に一個の国立制度に留まってはなりません。ヨーロッパの各大学はその共通の理想をもたなくてはなりません、お互いに対する義務を負わなくてはなりません。それらの大学はたまたまそれが位置を占めている国家の政府から独立したものでなくてはなりません。大学は有能な官僚を育成する制度であったり、科学者たちに充分な設備を与えて外国の科学者に先手を打つための制度であってはなりません。大学は学問の保存と真理の探求との代表者たらねばなりません、そうして、人間にその能力があるかは疑わしいとしても、でき得る限り智慧の達成の代表者たらねばなりません。

今日のお終いの放送でも少しおはなししたいことがたくさんありますが、もうあまり時間がありません。わたくしが最後に訴えたく存じますのは、わたくしたちの共通文化の保存と伝達に特別の責任をもっていられるヨーロッパの文学者の方々であります。わたくしたちはわたくしたちのいだく政治的見解において甚しく距離があるかもしれません。ただわたくしたちに共通の責任は政治からの影響力に禍いされないわれわれの共通文化を保存するということであります。それは一片の感情問題ではありません。わたくしたちはお互いが好きだとか、お互いの書きものを讃《ほ》め合うとかいうようなことは大した問題ではありません。大切なことはわたくしたちの類縁関係とお互いの依存関係を認め合うということであります。大切なことは、お互いに協力することなくしては、すぐれた文明の目じるしとなるようないい作品を書くことができないということであります。現在のわたくしたちはお互いに心おきなく文通し合うこともできません。わたくしたちは市井の一私人としてお互いに訪ね合うということもできません。かりにも旅行ができるというのは政府の手を経たうえで何らかの公の職務を果すために旅行するよりほかはありません。しかしわたくしたちにも、わたくしたちがその共通の被委託者たるところの財貨、ギリシアとローマとイスラエルの遺産と過去二千年を通ずるヨーロッパの遺産の幾分は、これを救い得るだけの努力は少くとも払うことができます。現代のごとくみじめな物質的荒廃を経験した世界においては右の精神的所有物にもまた危険が切迫していることを知らなくてはなりません。

訳後に

この本の著者については言うべきこと、これから研究すべきことは無限にあるとしても、ともかく世間的評価において屈指の世界的名声を担うに至った今日では、いまこの場所でとやかくいうのは全く場所はずれの感じをまぬがれない。

近来発表されるエリオットの劇作は劇作の性質上、比較的近づきやすい感じを与えるものの、それらが一種の詩劇である以上、これを日本語に移すとなるといろいろの制約があり、最近の詩作に至っては、従来もそうであったが、およそ翻訳の可能性を絶して極めて難解であり、また多量の詩論、文学論も卒読して相当難解であるばかりでなく、日本語に移して後に正しく理解される見込みの甚だ乏しいものといわなければならない。従来この種のものの翻訳に乏しかったのも偶然ではない。それはエリオットの詩人としての感性や批評家としての思索がその質と水準とにおいてわれわれの場合と著しく相違しているばかりでなく、その圧縮された表現、発想の密度が膠《にかわ》で観念を粘着させながら外へ外へと延びてゆく日本語の性質と背馳《はいち》するものがあり、それらの点を考え合せてみると、原語において優れた書物が必ずしも翻訳において成功するものとは限らないのである。

このような表現上の難関をしばらく措いて、本書において取り上げられた問題の重大性に思いを及ぼしてみると、われわれの立場にとっては、エリオットの詩作や詩論が指示する意味（つまり、原語を介しなくては捉えられない意味）とは別の緊急の課題を提供するものであることにわれわれは直ちに気づくのである。本書のはじめに著者も述べているように、著者の思索は先ず著者の足元のイギリスから始り、ヨーロッパに広がり、それがアジアに延び、世界にまで拡大されるのであるが、その思索の性質が無媒介の単なる世界的思惟でないゆえに、イギリス対世界、或いは世界対イギリスの関係は、多少の修正を以て、或いは相当の想像力をはたらかせることによって、日本対世界、或いは世界対日本の関係に翻訳してその妥当性を失わないばかりか、逆にむしろわれわれはこの意味での妥当性のなかにわれわれの将来の進路を開拓すべきものではないかと思うのである。だいたいわれわれの読書傾向は直接日本向けに書かれた書物か、そうでなければ直ちに世界的問題に飛び込んでいるような書物しか求めないというところがある。個と普遍の関係を、単に思弁的にでなくその詩作の一行一行にも最も緊張した姿において張り渡している詩人をわたくしはエリオットのほかには知らない。従来のエリオットの著作の順序からいえば、先ず十八歳のころを以て詩人としての詩作から出発して、それと併行して徐々に詩論が現われ、文学論がこれに続き、道徳論、宗教論を経て、今日すでに齢六十を過ぎ、ノーベル賞の受賞ののちにおいてようやくこの文化論が、しかも「覚書」のかたちにおいて、しかも「カルチュア」の一語を中心としてようやくそのデッサンだけを書き了ったという廻りくどい順序になっている。わたくしは読者にこの順序をよく考えていただきたいと思う。このことは右の順序が単なる偶然でない限り、文化の問題が至難中の至難の問題であることを指示すると同時に、本書においてデッサンのかたちで提出された文化の構想が半世紀に及ぶ詩人としての訓練の結実であって決してそれは例えば社会学者の、或いは文化史家の、まして哲学者の畢生の学問的成果という性質のものではないということも注意されなくてはならないと思うのである。われわれは、これらの行き方のいずれをより多く信用すべきかをここで問題にしようとは思わない。ただここで確実に言えることは、われわれの周囲の多くの文化論と対比してみた時、それらの多くがせいぜい敗戦の経験から出発したせいぜい五六年間の、詩人の声ではもちろんなく、畢生の学問的成果でもないところの、単なる政策論の一種にすぎないということである。本書がそういう性質のものでないことは確かである。もう一つここで読者にお願いしておきたいのは、敗戦後の日本の現状において一般に風潮となっているかに見える愛すべきいわゆる進歩主義的文化観と本書において提出された、生涯の詩的体験を通過したのちの詩人の文化観とのあいだに一致しがたいものを発見せられた場合には、現にこの著者が本書の第一章において読者にすすめている懐疑的精神というものを発揮していただきたいのである。著者はピロニズムに対して懐疑的精神を強さの精神と呼び、われわれは事に臨んで決断を延期するだけの強さの精神を持たなくてはならないといっている。つまり本書における著者の文化観そのものが六十年に及ぶこの詩人の強さの精神から生れた決断延期の産物であるということを想起していただきたいのである。然るのちにおいて、この著者も附言しているごとく、決断するだけの強さを持って欲しいと思うのである。本書は決して反動文化の擁護論ではない。強いて言葉の奇をいとわないならば、これは恐るべき抵抗文化論である。紀元四世紀のエジプトのアレクサンドリアで、かのアリウスの異端を敵として一生の闘いを続けた司教アタナシウス・マグヌスのことをエリオットが本書のほかでも再三引用している気持は手にとるように感じられるのである。「抵抗しつつわれら死なん。」

本書を翻訳するに至ったわたくしの動機はざっと右のような事情に胚胎している。ロンドンの出版元を通して翻訳を認められた自分としては急に両肩に重みを感じ、病気を押してともかくこの程度にまで漕ぎつけた。初稿で原文の呼吸に乗らないのでいろいろ工夫したあげく、全体を口語体に改めることによって多少表現の自由を取り戻したようにも思われる。しかしいまさら国語の相違やその他の口実を設けてみても始らない。当然どこかにあると思われる誤りは他日読者の好意ある注意に俟つこととして、このさい訳者としては翻訳が反逆になっていないことを願うのみである。この訳書によって、われわれの文化概念の混乱に一条の光を送ることができるならば何よりの幸いである。

最後に原著者に対する尊敬に基づき、この種の書物が日本の文化に与えると思われる意味を考え、翻訳権の交渉その他一切の雑務を処理することを惜まれなかった源了圓君の友情に是非とも感謝の心持を表しておかなくてはならない。

一九五一・七・一　京都にて、　訳者

エリオットの人と思想

深瀬基寛

第一回

お早うございます。今日から二十五日まで六日間にわたりまして、この早朝の時刻に、みなさんの寝耳を驚かすことになりましたがまことに御苦労千万に存じます。しゃべるのは私の商売でありますが、この寒い冬の朝っぱなから私のおしゃべりを聴いて下さる全国の方々にまず御礼を申し上げておきたいと存じます。

私に与えられました題目は「エリオットの人と思想について」というまことにシカツメらしい題目であります。エリオットという名前の有名な文学者は英文学に実は二人ありまして、その一人は十九世紀の後半にジョージ・エリオットという男性のペン・ネイムを名乗ってしかし一寸《ちょっと》男にも書けないような条理の通った手堅い小説をかいたお媼《ばあ》さんであります。今日から私がお話ししますのは、もう六十はとっくに越しましたが、未だピンピン生きている男の中の男、一八八八年にアメリカはミズリー州セント・ルーイスという小さい町に生れたアメリカ人ですが、前の大戦の直前からイギリスに住んで一九二七年に正式に英国人としてイギリスに帰化した詩人であります。本職は現に今でも歴《れっき》とした詩人でありまして、詩人としてその世界的な功績を認められて先年有名なノーベル文学賞を貰い、引き続いてゲーテ賞を授けられたばかりでなく、一九四八年には、イギリス人としてはもっと有り難い the Order of Merit と呼ばれる国家勲功章を授けられました。政治家ではチャーチルだけがわずかにこの恩典に浴しております。日本人ではわずかに東郷元帥だけがこの恩恵に与っております。まるで生きながらの詩人の神様みたいなもので、現に同じイギリスの詩で「死の灰詩集」で問題になったスティーヴン・スペンダーのいうところによりますと「現代における世界の最大の詩的影響力をもった詩人」だということであります。

いくら詩を書いても吉田首相も鳩山首相も鼻も引っかけない日本の詩人からいいますとまことに羨しい限りでありますが、さすがのエリオットも一朝一夕で神様になったわけではありません。その素性を洗ってみますと、ロンドンに移りたてのころはこれまた理想的なアルバイト学生で、子供に何を教えていたかというと、フランス語、ラテン語、初等数学、製図、水泳、地理、歴史、野球、及びボッキシングであります。もしもアルバイト学生賞というものがあれば、まず第一にエリオットが当選しただろうと思います。次にロンドンのロイド・バンクという銀行の外国為替の掛り員になった。この方でもまた抜群の成績で、もしも彼が実業家になるつもりだったら、恐らく今ごろは Bank of England の総裁くらいにはなっていただろう、惜しいものだ、詩人になったために彼はせっかくの天才を浪費したのだ——という批評をたしかにわたしは何かで読んだ記憶があります。

そこがやはり根がほんものの詩人でありましょう、せっかくの立身出世の絶好の機会を惜し気もなく振り棄てて、同人雑誌に毛の生えたような the Criterion という詩と評論の文芸雑誌を或る金持の婦人の後援によって一九二二年に創刊しました。この雑誌は第二次世界大戦の直前まで続きましたが、この雑誌が現代のイギリスの文芸復興のために果した役割は計り知られない程の大きな功績を残しております。この雑誌の目標は一言でいえば英、米、独、仏、イタリー、スペインの代表的文芸雑誌と手をつないでギリシャ以来のヨーロッパ文学の理念に基づいた確乎たる文学的標準の建設という点にあります。

このことについてはのちにも一度触れることにいたしまして、大戦のためにいよいよこの雑誌も成り立たなくなりましたので、こんどはエリオットは現在 Faber and Faber という名で知られている或る出版会社の重役の椅子に収りました。受け持たされたお役目というのは顎の先で社員をこき使うことではなくて、毎日のように持ち込まれる有名、無名の詩人や小説家の原稿に一々目を通して、これを追っ払うどころか、如何にしてこの紙屑の山のなかからダイアモンドを拾い出すかという厄介なお役目なのであります。それだけならまだしも、その拾い出したダイアモンドに一々推薦の文章をつけて、悪書追放の代りにもっと積極的に全くお世辞抜きで良書推薦をやる役目なのであります。これを英語でブラーブ・ライチングと申しますが、署名がありませんからどれがエリオットの文章か一寸目当がつきませんが、これまでエリオットの手になるブラーブの数は無慮数千にのぼるだろうといわれています。実は私もこのエリオットの息のかかった或る無名の哲学者の本を数年前に日本語に訳したことがありますが、とうに絶版になりましたので、東京の出版屋に再版をすすめてみましたが、東京の本屋さんにはエリオットのような顧問がいないと見えてなかなか実現の運びに至りません。

未来の大英銀行総裁たるべき人物が一出版業者の番頭に成り下ったのはよそ目にはまことに気の毒なようでありますが、実はそのために、これまで無名、無職のために苦しんでいた詩人でこの番頭さんのために浮び上った詩人が何人あるか数が知れません。つまりエリオットという名の詩人は従来の詩人という観念では容易に割り切れない怪物で、デンプシイ相手にボッキシングもやりかねない詩人、銀行の札束の勘定も上手だが、札束では詩のほんとの値うちが計られないことを知っている商売人、一方の親分といえば親分には違いないが、清水の次郎長とはだいぶん毛色の変った大親分、ということになりましょう。

すでにこれだけでも四重奏ならぬ四重人格ということになりますが、右のほかに更にエリオットは普通の人間が一生かかっても担いきれない大役を一つもっています。否、この同じ役目を何重にも負っています。というのは、エリオットの学者としての役割のことですが、彼は英米の諸大学から沢山の名誉博士号を貰っているばかりでなく、ケンブリッヂ大学の名誉会員であり、同じケンブリッヂ大学のクラーク・レクチュアと呼ばれる有名な講座の講師であり、またアメリカのハーヴァード大学の臨時教授をも務めています。これらの大学で試みられたその時々の講演はやがて次々と本になって出ておりますが、それがその度毎に文学上の新しい問題を提出するところにエリオットの学者としての特質があるのであります。戦後十年間に出た英文学の研究書は無数にありますが、どれを開いてみても、賛否はともあれ、一応エリオットの発言について何とか言っておかなくてはどうも筆が進まないような風があるのであります。

以上はまア公のお役目から見たエリオットの人となりという風なはなしでありますが、これは外からは容易に覗《うかが》い知ることのできない私生活上のエリオットとなると、よくはわかりませんが、表面からは「ラッセル・スクエアの法王」というあだ名で新進作家から恐れられている文壇の大御所とは打って変って、親しい友人間では、まことに親しみのある、ユーモアたっぷりの茶目坊主らしいのであります。大へんな猫好きで、猫の詩も十ばかり書いています。それにまた寝酒の大家だということです。福原麟太郎氏は「エリオットは非常な酒のみだ。飲みだすと際限なく飲む。魚の如く飲む」とまるで見てきたように書いていますが、どうもこれは本当らしいのであります。

私のお話の題は「エリオットの人と思想」ということで、今日は公私の両面から見たエリオットの人物を簡単に紹介いたしました。明朝から詩人、批評家、思想家としてのエリオットについて次に少しずつ詳しく御紹介いたしたいと存じます。

第二回

昨日のお話はエリオットの詩人としての仕事の内容には触れないで、同じ詩人とはいっても柿本人麿のようなお宮仕えの詩人でもなく芭蕉のようなサスライの漂泊詩人でもなく、またドイツのリルケやイギリスのイエーツのような、象牙の塔に黙想する孤塔の詩人でもなく、拳闘で鼻血を流したこともあるだろうし、千円札の裏表にも通じ、詩人の貧乏も出版屋の苦衷《くちゅう》も知り尽し、家へ帰れば猫の背をなでながら、コップに水も割らないで生粋のジンをゴブリ、ゴブリ寝酒にしながら詩をかくという風な、甚だ詩人らしからぬ人間エリオットの一面を紹介しました。つまりもともと詩人を志した一個の人間が本屋の番頭をつとめなくては生きていられないというのが、現代の詩人、しかも昨日も申しました通り、現代で最大の影響力をもつといわれる一人の詩人の運命なのであります。昨年〔一九五五年〕の夏、七十六歳の高齢で亡くなりましたアメリカの最大の詩人といわれるウォレス・スティーヴンスも殆んど一生生命保険会社の重役で通しています。またエリオットのあとを受けて最近まで「地平線」という名の評論雑誌を主宰していたシリル・コナリーはこう書いています——一人の作家が自分だけの充分な時間をもち、女房を貰い、本を買い、旅行し、友達におごることができるためには一日、正味五ポンド以上を要する、といっています。私はかつてかのロマン派の有名な詩人ワーズワースがライダル・マウントという小山の麓で妹と二人暮しでくらしていた時の生活費をなにかで読んで驚いたのですが、正確な数字は記憶しませんが、たしか貧しい私自身の生活費の三分の一にも五分の一にも足りなかったように記憶しています。

まず、常識から考えても、こんなに生きにくい現代に生れた詩人の詩が百五十年前のワーズワースの詩のような何不足のない満ち足りた静かな瞑想にふける詩にとどまるわけにはゆきません。まことに皮肉なことには、私の月給の五分の一以下で暮していたワーズワースがあんな静かな瞑想的な詩をかき、現代では世界一の詩人でも、本屋や保険会社の社員とならなければ食えないということです。常識から考えても百五十年前の詩がそのまま現代に通用するはずがありません。すでにゲーテもはっきり明言しておりますように、あらゆる詩はある意味ですべてオッケイジョナル・ポーエム、すなわち機会詩、すなわちその時その場の現実の機縁から触発されたものでなければなりません。リアリズムという言葉はずいぶんいろんな意味で勝手に使用される言葉でありますが、ほんものの詩は、いまいったように現実の機縁から触発されるという点においてすべてリアリズムの詩でなければなりません。

ところがもひとつここで条件をつけておかなくてはならないことは、現実の機縁から触発されるといっても、その現実とは日常茶飯の身辺的生活という意味ではありません。そういう意味で作られた詩ならば日本全国の津々浦々に充満する歌人と俳人とは犬の遠吠えや猫のクサミから年々歳々何千、何万という機会詩を産出しつつあるのであります。ところでここでゲーテのいうような現実とはいわば歴史的現実ともいうべきもの、つまり歴史的に限定されてはじめて特に現代の本質としてその正体を現わしてくるような現実の意味であります――さらに言い換えますならば、われわれの平凡な日常生活の上では誰にも気づかれないが、しかも自覚症状なしに刻々に進行しつつある病気のような現実――ニイチェのような予言者が百年も前に予言した通りのものが現にわれわれの眼の前で起りつつあり、また歴史家は頭のうしろにしか眼がありませんからこれから百年の後に一九五〇年代はこういう時代だったとあとから死んだ子供の死齢を数えるような現実――そういう意味での現実なのであります。

ところでこういう意味での現実をはっきり洞察するのがまさにほんものの詩人の詩人たる所以でありまして、エリオットが昨日も申しました通り「現代における世界の最大の詩的影響力をもつ詩人」といわれるのは、普通の人間が誰も気づかない前に、そういう意味での現実をいちはや洞察したリアリストだったからなのであります。

そういう風に考えてきますと、そういう眼をもった詩人というものはそうざらにそこらに転がっているのではない。また新しい詩風が起るということはそう簡単な事柄でないということがわかるのであります。俺こそは第一線の詩人だといくら威張ってみても、歴史の流れには勝てない。もしも二三年も経たないうちに歴史の流れが別の方向に流れてしまえば、その詩人は新しくなくなる。つまり歴史的現実という点からいえばその詩人はほんとのリアリストでなかったことになるのであります。

ところでエリオットの場合ではその反対に歴史の流れが、どうしたものか三十年も前に何げなくエリオットが詩のなかに書きつけた通りではないが、どうやら同じ方向に流れようとしているらしい、エリオットがあんなに有名になったのは彼が勝手に有名になったのではない、いわば、歴史の流れがおのずから彼を有名にしたからなのであります。そういう意味から申しますと詩人は予言者であるという昔からの命題はそっくりそのまま現代にも適用できるのであります。

そこで、話をも少し具体的な方向へ向けることにいたしまして、現代の現実を三十年前にいちはや予言したのが一九二二年に出版されましたエリオットの有名な The Waste Land

なのであります。わが国では「荒地」という訳で通っております。この詩は五節四三三行から成る長詩でありますが、この詩のリアリズムは何も「働けど働けどわが暮し楽にならざり、じっと手をみる」という風な生活の苦しみを歌ったリアリズムではない。恋人ににげられたため海岸へ来てカニと戯れているのでもない。これは「荒地」の文句ではありませんが、いちばん最初にかいた詩のなかに

俺はいっそ、ギザギザの鋏をもった蟹となって
音もない海の床板をカサコソと走った方がましだった

という二行がありますが、これは何も作者個人の失業とか失恋の悲しみを歌ったものではない。これはもっと深刻な人間的存在そのものへの深い疑い、「生れざりしならば」というギリシャのソフォクレスの感じたような、人間的存在への疑惑を表明した二行であります。このごろの心理学の言葉でいいますと「死への意志」**death wish** の表明であります。

「荒地」のはじめのところに

このしがみつく樹の根はなんの根か。この石の破屑より、枝よ、なんの枝が育つのか。

人の子よ、君は語り得ず、測り得ず。君は知る、ただうず高き形象の破屑を。
太陽連打し、枯木影を作らず、蟋蟀に慰めなし、乾涸の石に水の音なし。

という文句がありますが、これにやや近い感じの日本の詩を探してみますと、芭蕉の句に

あかあかと日はつれなくも秋の風

というのがあります。つまり万物を育みそだてるはずの太陽の光と熱とが人間に対して逆作用を及ぼすようになった人間の歴史的情況がここに歌われているのであります。この「荒地」の「荒れ」すなわち waste という英語の意味を字引で検《しら》べてみますと、「自然の不毛、もしくは劫掠、もしくは災変の結果として、荒れ果てた、打ち棄てられた、ひとの棲まぬ、拓かれていない」といういろいろの意味が含まれていますが、現代文明、現在の人間的境位をこの waste の一字に定着してみせたのがこの詩の偉さであります。

ここで恐らくみなさんは、何もそんなに万物の霊長たる人間にそう悲観しなくてもいいではないか。のん気に遊んでくらす道はいくらでもあるではないか、といわれるかも知れません。実はそこなんです。今日はもう時間がありませんから、もう一回明日この話の続

きをお話しいたしましょう。

第三回

昨日のお話は人間エリオットから詩人エリオットの方へ話を移し、エリオットがいったいどういうたちの詩人であるかということを申し上げているうちに時間になりましたので、今日はやはりその続きをお話ししてみたいと存じます。

追々とエリオットの思想の方へ話を進めて参りたいと思っているのですが、思想といってもエリオットは本来いわゆる思想家ではありません。若い時は哲学志望で米、仏、独、英の四ヵ国の大学で主として哲学を研究し、ハーヴァード大学ではインド哲学まで修めていますから立派な思想家ではありますが、エリオットの場合一番大切なことはその思想なるものが、決して生《なま》のままで出て来ないで、どこまでも詩という形でしか出ていないということであります。そこでこれがエリオットの思想だといって、出来合いの洋服みたいに壁に吊してみせることができないのであります。それは可笑しい。お前にもっと哲学的素養があればできないはずはないといわれるかも知れませんが、かりに非常に有力な思想家が現われれば別ですが、それにしても問題の性質上、たとえ詩を哲学的に解釈することはできましても詩を哲学に翻訳することは元来不可能なのであります。それは丁度画家の芸術論からその画家の画そのものを想像できないのと同様であります。実はエリオットという一人の詩人が詩人として名乗り出て来たという、そのこと自体が、詩が哲学でないということを身を以て証明せんがために現われたといってもいいのであります。

詩というものが世界的に殆ど何の意味も伝えないようないまの時代に詩でなければものが言えない、哲学だけではまだ言い足りないといわんばかりに、詩人として名乗り出て来たということ、そこにエリオットの窮極の意味があるのであって、世界は馬鹿ばかりの集りではありませんから、そのエリオットがノーベル賞その他の勲功章を与えられて、しかもそれが子供が御褒美を頂戴するような子供だましでなくて、現代の最大の詩的影響力として世界の注目を浴びているとしたら、この事実は、詩そのものがまだまだ世界を動かす一つの力としての意味を失ってはいなかったのだ、否、詩の意味がいま改めて世界の識者から認められようとしているのだと解釈して間違いないと思うのであります。

しかしこのへんの消息はいくら理窟ぜめで説いてもなかなか解りにくいのであります。相当な哲学者でもなかなか解ってくれないのであります。まあこういえばどうでしょうか、思想や哲学は主として頭の中での考え方の問題である、ところで、ほんものの詩は自分の眼で見て、自分のからだで感じながら考えを進めてゆく方法だといえる。それも結局、論理の一種だといっていいならばそれは極めて具体的な論理、つまりエリオット自身の言葉でいえば感性の論理 logic of sensibility といえるのであります。例を画にとってみましょう。

わたしたちの祖先は徳川三百年間物を見るのに殆ど誰も彼もが徳川家のおかかえの狩野元信家歴代の画師の眼でものを見ていた。今からいえば何とも退屈極まるのん気眼鏡ですが、その眼鏡をかけることが徳川一党の御膝下で飯を食ってる天下何十万の侍には一番安全な眼鏡、従って狩野式のん気眼鏡は同時に狩野式陽気眼鏡であり、何を見ても「はテ、いい眺めじゃなア」で済ましていたのであります。その眼鏡で不満な奴は、大名屋敷から本所、深川あたりへ降りて行って広重や歌麿の浮世絵眼鏡をかける。なかでもカンの強い皮肉な奴は写楽の眼鏡でないと物足りない。生れてはじめて黒船を見て驚いた奴は西洋の遠近法の眼鏡を借りて泥絵という方法を覚えて、五軒並んだお堀の蔵の列をまるで急行列車のように一マイルも引きのばして描く。しかし誰も彼も借り物の眼鏡ばかりで、自分の眼で本統にものを見ていない。実は詩の世界でも同じことがいえるのであります。たいていの詩人はみんな借り物の古眼鏡でものを見ている。だからのん気で陽気で世間の受けもよい。そこでいい気になって酔い痴《し》れている。そこへ本ものの詩人が現われる。彼は飲めや歌えの宴会の真最中に冷水三斗を頭からブッ掛ける、酔い冷し薬です。西洋の絵でいえばセザンヌがまさにその冷水三斗をぶっかけた張本人です。詩の世界では誰あろうこのエリオットの役割がまさにそれであります。革新的な勢力としてはエリオットは詩の世界のセザンヌであります。エリオットの初期の詩のなかに次の三行で終っている詩があります。

君の片手を横ざまに君の口元で拭いたまえ、それからお笑いなさい
世界は廻る廻る――がらん洞の家跡で
薪をあつめる老婆のように

この有名な三行はまさに冷水三斗であります。手は人間の行為を表わします。口は人間の言語を表わします。聖書のヨハネ福音書の冒頭に「はじめに御言葉あり」という有名な文句があります。この御言葉の原語はギリシャ語のロゴスで、ロゴスには「行い」の意味もあります。元来一つのものでなければならない口と手がバラバラになった。言うこととやることが辻褄が合わなくなった。これが末世であります。時間の関節が外れてしまった。ハムレットはお城へ訪ねてきた旅役者に芝居のコツを教えて「君の仕事と君のセリフがバラバラにならないようにね」と注意いたします。エリオットの注意はもっと皮肉であります。君らの手で君らの口をふけというところを、口で手を拭えとひどい逆説を弄しているのであります。まず君らの行為が言語に一致

しない限りは世界は永久にガラン洞の空屋の歯抜け媼さんのから舞いだと注意しているわけであります。永遠の流転。世界のカラ廻りであります。どこまで行っても「あかあかと日はつれなくも秋の風」であります。

このエリオットの三行には明らかに思想があります。しかしその思想がこのような冷水三斗の表現としてでなければ表わしようがないところに詩の本質があり、詩の面白さがあるのであります。ところでその面白さという奴が、徳川武士の花見遊山とは違って「はテ、いい眺めじゃなア」で済まされないところにエリオットの詩の本質があり、また彼の詩の革命的な新しさがあるのであります。

私の昨日の放送のなかでエリオットの蟹の詩を引用して、エリオットがはやく人間を廃業して一万尺の海の底の蟹になって海の床板を横に這いたい、というような詩をかいてるが、何もそんなに悲観しなくたって世の中を面白おかしく渡ってゆく道はいくらもあるではないか、という反対論が出ることを予想しておきました。たしかに近代医学は人間の平均寿命を十年は長引かしてくれたし、私のこんなつまらない放送でも何千里を距てたみなさんがお床のなかから寝ながら聞いて下さるし、私の白髪頭がテレビでみなさんの眼の前に現われないだけでやれやれと安堵の息を吐いている次第ですが、このごろたまに喫茶店をのぞいてみますと、どの席も満員ですが、誰もコーヒー一杯飲んでしまうとみんな腰掛けをねじ曲げてテレビの方へタコの吸盤みたいに吸いついているのに驚きました。みんな文明の恩沢に浴して別に不満な顔をしているお客はありません。ところでエリオットに喫茶店が出てくる詩がありまして、その中にこういう文句があります。

バタ付きまんじゅう、ホットケーキかじりながら
泣いてるわ泣いてるわ百万の群衆が
百軒町の喫茶店でしおたれてるわ

というのであります。これは「料理用の卵」という題の詩のなかの三行ですが、「料理用の卵」というのは熱を通さないと危ない卵、くされ卵の一歩手前の卵ですから、エリオットの思想からいうとあの大都会の慰安所、喫茶店、大へん便利で安上りの大衆食堂、もひとついえば現代の大衆文明というものも、どうも生み立ての生卵ではない、熱気消毒を加えないと食えない代物と考えられているのではないかと察せられるのであります。

さきほども申しました通り、どこまでもエリオットは詩人であって、思想家でも、社会学者でもありません。しかし、普通のお客がテレビで満足しているのに、それを百万の泣男と考えるのには、それだけのわけがあるはずです。次回にそのことを考えてみましょう。

第四回

昨日のお話はやはり一昨日の続きで詩人としてのエリオットについて語りましたが、その要点は詩人の思想というものは思想家の思想のように簡単に分類したり抽象したりできないものであるということ、また大多数の人間がテレビに見とれていい気になっているところへ冷水三斗を浴せかけるようないたずらをやるものであることを申しました。そこでエリオットの詩のなかから二三行を引用して、その酔い醒し薬の見本をお目にかけた次第であります。

私のお話は詩人エリオットの詩を紹介するのが目的ではありませんから、その後彼がどういう詩をかいたか、またいま現にどういう詩をかいているかというようなお話は一切省略いたします。そこでここらあたりで詩の話は打ち切りにいたしまして、何ゆえにエリオットはせっかくの一座の興ざめになるような物好きな真似をことさらにするのか、そういう問題へ話を進めてみようと思うのであります。つまり仮りにエリオットに思想家の着物を着せてみたら、その思想とはどんな生地のものであるか、木綿か、羽二重か、ナイロンかという問題へ移りたいと思います。

戦後十年間の日本の思想界は、戦前の軍部の圧力から解放され、また何百年にも及ぶいわゆる封建思想から解放されまして、一時は共産主義が一挙に日本全土をセキケンする勢力を示しました。ところがどういうものか、それが共産党の思う壺へはまらないで、も少し温和な自由主義、桃色の進歩主義ともいうべき方向に進みまして、どうやら現在の状勢では赤とも黒とも白ともつかないような足ぶみの状態でドチを踏んでいるように見受けられます。その傍ら文明の利器はテレビや電蓄やマイシンやスクーターや天界旅行のロケットに至るまでどしどし輸入されまして、あの恐ろしい原爆さえ何とか始末するならば、人類の未来は科学の力によって救われるのではないかという漠然とした希望の色さえ浮んでおります。こういう精神状態を一言で言い表わすならば、それは漠然とした科学的進歩主義とでも名づけることができましょう。漠然としてはいるが、そういう考え方の雰囲気のようなものが現在の吾々を支配しておりまして、この考え方は案外に一方には思想問題とは縁のない一般世人の考え方を支配すると同時に案外に、政治学者、経済学者、文芸批評家その他いわゆる文化人の頭をも支配しているのであります。こういう漠然とした思想の状態を英語では「意見の風土」climate of opinion と申します。

ところで、これといくらか似たような意見の風土が実はエリオットが詩を書き出す直前のイギリスの思想をも支配していたのでありますが、この漠然とした思想の雰囲気を一挙に突き破って、奇想天外な考え方を持ち出したのがエリオットであります。そのあとで申し合わせたように思想界には珍らしい一つの事件が発生しました。それはあの「世界史大系」で有名なH・G・ウェルズが一九四六年に、長い彼の八十年に及ぶ進歩思想の闘将たる一生涯を閉じる直前に、自分の八十年の思想はすべて御破算にいたしまして借金棒引ならぬ思想棒引の書物を出版したのであります。夢から醒めた一人の大思想家の悲劇であります。エリオットの方はウェルズよりも三四十年も前に夢から醒めていたのであります。ところが、そのエリオットは思想として特に目の覚めるような、マルキシズムのような万能薬を取り出したわけではありません。彼の取り出した薬は一見すれば古くさい漢方薬みたいな「伝統」tradition という薬であります。

何だ馬鹿馬鹿しいとみなさんはお考えになるかも知れませんが、私は何も越中富山の薬売りではありませんから、もう二回だけ私の話をお聞き下さった上で、この薬を飲むか、飲まぬかはみなさんの御自由であります。

エリオットの提出した伝統という観念は、古いものなら、何でもいい、新しいものはみな悪いというのでは全然ありません。むしろその反対に「古いもの」とか「新しいもの」とかをそこらに転がった石ころか何かのように固定した一つの「物」と考えてはいけないというのです。伝統にあたる英語は tradition でありますが、この言葉の大切な意味は「手渡す」という意味でありまして、右から左へ、或いは過去から未来へ何か大切なものを手渡すという、現在の場において行われる一つの運動なのであります。伝統といいながら実は最も大切なのはこの一瞬の現在の動きであって、死んで動かない過去ではありません。

普通われわれは過去、現在、未来と時間には三種類あると考えていますが、考えてみれば、現在とは過去と未来の間に板ばさみになって、あると思った瞬間にもうなくなっているものである。だから現在というものはない、無だといえるのであります。ところでこの無であるはずの現在が不思議なことに非常な熱を帯びて充実感にあふれることがあるのであります。例えば十年も行方不明であった妻子に突然巡り合うとか、世界に一人しかない愛人を死なせるとかいう瞬間であります。その時の喜びと悲しみが何を表わしているかといえば、その瞬間に何ものかが右から左へ、或いは過去から未来へ手渡されたか、或いは手渡されなかったかの両極端の感情であります。ところがその中間に一種の無風帯つまり喜びも悲しみもない状態が考えられます。それは言い換えれば現在の場において何らの手渡しも行われない場合、ガラン洞の家跡みたいに人間と人間と、過去と未来との出会が消えてしまったような現在であります。それは形ばかりの現在であって、いわば時計が徒《いたず》らにチク、タクと刻《とき》を刻むばかりで、石が眠っているような時間であります。つまりノイローゼ的時間であります。

ところで、お互いに正直に自分の胸に問うてみて、現代のわれわれはこんなノイローゼ的時間の谷間へ落ちこんでいないかどうか。われわれの生活にはほんとに深い喜びとか悲しみとかがあるだろうか。エリオットは

　バタ付きまんじゅう、ホットケーキかじりながら
　泣いてるわ泣いてるわ百万の群衆が
　百軒町の喫茶店でしおたれてるわ

と歌いましたが、ひとごとではない、人間はあらゆる文明の利器のなかで、人間そのものは青菜に塩のような存在になっていないかどうか。

　このように考えてきますと伝統という問題は決して歴史家や考古学者の問題ではなくして、最も切実な現実問題となってくるのであります。つまり過去が現在へ手渡されなくなった瞬間に虚無というものがポッカリ現実のなかに大きな口を開いて現われてくるのであります。エリオットの有名な『荒地』という詩は人間がいま落ちこんでいるこの暗い虚無の谷間を指摘してみせてくれた詩であります。

　今日のお話は詩人エリオットを仮りに思想家に見立ててみたならば彼の思想の中心に伝

統の意識もしくは歴史的感覚というものがあるということを申しました。しかし彼がこういう自分の思想的立場を公然と表明した論文はわずかに一篇しかありません。彼は詩人であると同時に詩の批評家として恐らく詩人としての功績にまさるとも劣らないほどの大きな業績を残しておりますが、それは決して自分の思想をくどくどしく解説したり敷衍《ふえん》したりしたものではなくて、すべては古今東西の無数の文芸作品について自分の考えに基づいて新しい見方を提供した実物教訓ばかりであります。つまり哲学者でなくて批評家でありますそれを一々取り上げるわけには参りませんので、まずこのことを眼中に置いた上で、このような伝統の意識からみて、一般にわれわれが朝から晩まで文化文化といって夜もねられないほどに騒ぎ廻っているものの正体はなんであるか、そういう問題を次に取り上げてみたいと思います。

第五回

昨日のお話はエリオットの考え方の中心に伝統の観念というものがあること、しかもその伝統というのは単に過去の遺物で以て現在、未来を押し切ろうというのではなくして、過去が現在に手渡されること、現在からいえば現在から過去への積極的参加ということが伝統の本義であって、もしこの働きが中断したときにたちまち現在が虚無に化するというようなことをお話ししました。

これだけではまだ充分に納得していただけないかと存じますが、すべてのものの表と裏から眺めたときにその正体がもっとはっきりしてくると思いますので、この問題を裏から眺めてみましょう。

伝統の観念に対立する観念は「進歩の観念」であります。ところでこの観念はいまに始った考えではなくフランスの十七世紀のアベ・ド・サン・ピエールという坊さんの頭にひょっこり浮んだ考えが子に子を産んで英仏にまんえんして、フランスではフランス革命という政治的大事件を引き起し、イギリスでは産業革命という社会革命を引き起して、ヨーロッパ近世の性格を決定してしまった。ヨーロッパ近世だけに特有の一つの考え方でありまず。しかも現在では全世界にひろまって誰一人としてこの一片の観念の影響をまぬがれた人間はないのでありますが、十七世紀以前にはヨーロッパにも東洋にも全然知られなかった一つの観念であります。現実の勢力としてはこれに匹敵した大きな力を及ぼした観念は他に類例がないほど巨大な勢力でありますが、昨日申し上げましたH・G・ウェルズが如何にも象徴的に代表しているように、現代の特徴はこの強大な進歩の観念の動揺・崩壊という点にあるのであります。哲学の方面からその一番槍をふったのはエリオットの先輩格のT・E・ヒュームという哲学者であります。もともと進歩の観念は人間の能力に絶対の信頼を寄せる人間中心主義と並行して発展し来ったもので、人間の自然を支配する能力が無限に続く限り、人間の無限の進歩を仮定して進んで来たのでありますが、どうやら最近の実際の実例について観察してみると、結果においては科学が進歩して人間が自然を支配すればするほど人間の人間らしさがなくなって人間がいつの間にか動物的になり、さらに機械的になってゆくことがはっきりしてきました。もともと進歩の観念は遠い何百年か何千年かの将来に人間が人間として完成するという仮定のもとに進んで来たものであって、その仮定は決して証明ずみの事実ではない。ところでこの仮説を絶対のものとして信仰するとなると現在はその将来の理想のためにいつ踏み捨てても惜しくない踏み段になります。同様に過去は現在の踏み段にすぎない。この順序を一線で繋いでみますと、結局、何百年か何千年かの遠い将来に起るかも起らないかもしれないもの、ただわれわれの現在の気持でこうなって欲しいと思うだけの希望的観測にすぎないものを基として、人類が何千、何万年の昔から失敗に失敗を重ねながらも、失敗の故に発見した貴い経験をもすべて唯だ一つの希望的観測のために犠牲にしてしもうのであります。また現にこの考えを基として近代文明は現在まで、過去を破壊し現在を未知の進歩の祭壇のイケニエに祭って来たのであります。ところでこの進歩思想の母体であったヨーロッパそのものが二度の大戦によってギリシャ以来の貴重な祖先の遺産を破壊し尽くして、その暁にやっと気づいたのがこの進歩思想の誤りだったのです。さきほども申しました通りこの誤まりを哲学的に証明したのがT・E・ヒュームで、彼は前の大戦でフランスの戦線で戦死しましたが、エリオットの思想を根本的に理解するためにはこの哲学者の遺書『スペキュレイションズ』を是非一度は読んでみなければなりません。最近に未発見のヒュームの原稿が現われてそれが本になって日本にも来ているという話をききましたが私はまだ読んでおりません。

このヒュームが哲学者としていわば頭のなかで弁証によって組み立てた考えを基にして現代文明の実際の有り方を見つめながら、一個の詩人が詩作の筆を一時休めて、詩人はかくの如く信ずるという、いわば詩人の文明批評として書いたものがすなわちエリオットの『キリスト教的社会の理念』と『文化の定義のための覚書』という二冊の書物であります。つまりヒュームの本を教科書とするならばエリオットのこの二冊の書物はその教科書につけた二冊の練習帳ともいうべきものであります。いずれも日本訳が出ておりますが、この二冊は表裏一体をなして同一の問題を表と裏から考えてみたものであって、せんじつめればその問題とは「宗教と文化」の関係という問題であります。

エリオットのこの二冊の書物はエリオット自身にとっては詩人の練習帳にすぎないのでありますが、読む方の吾々にとってはどうしてどうして練習帳どころの騒ぎではなく、従来の進歩主義的宗教観を再検討するためのぎりぎりの根本的な諸々の条件について熟慮の上に熟慮を重ねて書かれた新しい文明批評の教科書なのであります。その対象は社会、政治、文化、教育、宗教など広範な領域に及んでおりますが、いわゆる社会学者、政治学者、教育家、宗教家の書きそうな何々学概論というような書物とは全然類を異にしております。専門的な理論は何んにも書いてないから、唯物史観の一本槍で三十年も教職にぶら下っているようなどこかの国の経済学の大博士にはこの本はまさにアホダラ経の見本と見えましょう。バイブル一本あれば天国へ行けると信じ込んでいる宗教家に向って

河馬の昼間は寝てくらし
夜起き出して餌をあさる
神の御業は何とあらたか
寝ながら食えるのが教会だ

なんていう針のような詩をかく詩人は敵だか味方だか、さっぱり見当がつかない。また教育者に向って「もしもわれわれが『教育』という言葉によって、文部省が管理するごとき狭義の教育制度を意味するならば、教育は全くお話にならない欠陥を暴露するのでありま

す」とエリオットがいうとき、眼を白黒しない教育者が何人ありましょうか。またエリオットが「文化と平等思想とは相容れない二つのものだ」といったり「文化とはわれわれが意識的にそれを目的とすることのできない唯一のものだ」といったりするとき、いわゆる指導者を以て自任する文化人がどんな顔をするか、それはテレビで拝見しなくてもたいてい見当はつくのであります。しかしこれらのエリオットの言葉は決してその場限りの放言ではありません。その言葉の裏には、最近の歴史学や社会学や、民俗学などの発見した学問の結論がちゃんと控えているのでありますが、根本にやはり詩人の感覚がちゃんと働いているのであって、単に頭で考えられた理論、単に組み立てられた機構、単に計画されたプランというようなものを何一つとしてエリオットが信用しないからなのであります。エリオットの思想の根本にはいつも永遠不変の人間性、有機体として考えられた社会組織、自ら造るよりさきに先ず与えられたものとしての人間的条件をまず伝統としてすなおに受け取ろうとする、己れを空しくした受け容れの心構え、宗教的にいえば神への信仰ということになりましょうが、そういう問題を坊さんの一手販売に一任しないで、宗教家に対してはもっとものごとを理性的に考えてもらいたいという気持、俗人にたいしては、お前が宗教を卒業したと思うのは、とんだ思いあがりだ。もしもお前が唯物史観を信ずるなら、それがお前の宗教ではないか、そんならお前はもっと近代人らしく理性をはたらかして、唯物史観とキリスト教歴史観との異同を研究したのち出直してこい、というのがエリオットの考え方なのであります。すべて人間が自己流の思わくで勝手に造り上げたものに対して「与えられたもの」つまり英語で nature と呼ばれるものへの尊敬がエリオットの中心思想であって、その点が Shakespeare と一致する点であります。

エリオットの思想について語る場合、最後にいちばん大切なことは、決して人間が落ちこんでしまったこの真昼の闇、この文明地獄から逃げ出すロケットのような新発明品を提供しようとしているのではないということです。一寸先はお互に闇であります。エリオットの言葉の前提にいつも文面に表われていない条件の文句があるのであります。それは「もしも人類がこんなだらしないこんな有様で万一にも滅亡しないとするならば」という一句なのであります。これは理窟ではなくしてエリオットの詩人的直観であります。その仮定の「もしも」に続いてエリオットはいうのであります。「では私にも私なりに一案がある。詩人のたわ言かもしれないがこの案はどうでしょう。」

つまり、それ以下の言葉が、エリオットの右に挙げた二つの書物に表われたエリオットの文明批評なのであります。ところがエリオットの言うことがチンプンカンプンだという多くの社会学者、経済学者の前提には、この「もしも」が抜けているのであります。つまり、そこが詩人の文明批評と進歩的批評家の文明批評との相違であります。しかし一寸先がわからなくなった現代に必要なものは或る特定の専門の学問から得られた死んだ知識ではありません。それは予言者の眼でなくてはなりません。しかし現代の予言者は過去を見るその同じ眼で将来を計る人でなくてはなりません。かつてフランスのランボーという詩人は、友人に手紙を与えて「僕は詩人になりたい」という意味を僕は「見る人に」なりたいと申しました。エリオットはこの視る人であります。

第六回

いよいよ曲りなりに私のお話も最後へ漕ぎつけましたが、昨日までのお話が果して人生読本の内容として適当かどうかまことに覚束ない次第であります。私に与えられた課題は「エリオットの人と思想」ということでしたが、第一日目には主として人としてのエリオットの大略をお話しし、それから詩人としてのエリオット、それから詩と思想との関係というようなことに話が及びまして昨日は文明批評家としてのエリオットの一面をお話ししたわけであります。それも極めて大づかみな話でありましてほんの大略の紹介の程度に過ぎませんでした。劇や文芸批評には全然触れることができませんでした。このごろは世界中がエリオット・ブームでありまして、実は昨日も日本で出版されたエリオットの研究の本を一冊その訳者から贈られた次第で、恐らく世界のどこかの国で毎日一冊くらいはこんな本が出ているのではないかと思われるくらいであります。

そこで今日はもうお終いでもありますし、エリオットの紹介はこれで打ち切りといたしまして、いったいエリオットのような考えをもっている詩人が日本人たるわれわれにとってどんな意味をもつだろうということについて私一個の考えを簡単に申し上げておいとまをしようと思うのであります。

幾度も申しました通り、エリオットの本領は詩人でありますから、エリオットの詩が日本の詩にたいしてどういう意味をもつかということが最初の問題となるわけですが、これは一番むつかしい問題でありまして、結局は、詩をかく日本の詩人自身が、エリオットの詩をどのように受け容れて、これとどう対決するかによってきまることであって、はたからわいわいいってみたところで始まらない問題であります。

エリオットの詩はたしかに難解でありますが、その難解ということの一番根本の意味は、われわれがエリオット的シチュエイションに身を置いてみることのむつかしさであります。そうでなくてただ文句の末節を模倣してもなんにもならないことは申すまでもありません。エリオットが名前だけ有名で、やっと三十年後の今日に詩人たちの関心を呼ぶような気運が生れかかっているということは恐らくこの東海の粟粒《あわつぶ》国家の日本も世界の運命に参加する糸口が開けてきたことの一端とも見えるのでありまして、これからこの詩人をどのようにこなすかは専ら将来の日本の詩人の課題といわなくてはなりません。

それはさて措いて、詩はさておいて一般にエリオット的な考え方がこれまでわれわれにピンと来なかった理由は、ソヴィエットも日本も中国も御同様に近代西洋の進歩思想の飛沫を被って、西洋近代の技術文明の御利益を追っかけるだけで命がいくつあっても足りないようないわゆる後進国では、進歩というものが日々の物質的事実である以上、その物質的進歩の反面にかくれている文明の害毒という意味はいくらこれを説明したって容易に一般人に通用しないからであります。それは無理はないとしても、日本では歴史家でも、政治学者でも、批評家でも、その専攻の学問というといかにも偉そうに聞えますが、依然として一般人の利害の学問的利益代表にすぎないので、誰も自分の腹をいためるような思想には、なるほどそれも尤もだというくらいの御挨拶を送るのが関の山で、腹の底からは決して共鳴しないのであります。現にみなさん、現在四五十歳以上の社会的地位のある文化人に向ってエリオットにたいする賛否論を問うてごらんなさい。不賛成でもないが賛成もしないという人があればそれは翻訳でも何でもきっとエリオットの書いたものを何か読んだことのある人に相違ありません。その程度が丁度日本の文化人のすみ心地のいい温度なのであります。しかし将来はこの温度は恐らくもっと冷たくなるでしょう。というのは本統の賛成者がだんだん増えてくるだろうという意味であります。

第三に、日本は、イギリスのように一国の進路を自主的に選びとったわけではありませんが、幸いに極端な専制主義も成り立たず、また極端な急進主義も成り立たない国であります。その結果お城ならば、徳川以後のお城は幸いにも外堀も埋められないでお目こぼしに与《あずか》って国宝になっているし、新しいものなら、レッテルのはぎ変えだけで万年ペンでもテレビでもロケットでも何でも即座に注文次第でお目にかけることのできる国民であります。しかし妙なことに、昔のお城にたいしてはただ骨董品として敬遠するだけであるし、そうかといってせっかく原物以上によくできた万年ペンの特許権の問題になりますと、江戸の番頭さんと同じ腰つきで、「実は、旦那、ヘイ、実は旦那」と恐縮するだけで未だに甚だ封建的でもあり得るまことに奇妙な存在であります。そこであの『菊と刀』という日本人研究の名著をかいたベネヂクトというアメリカの民族学者も「日本人はどうもわからない」といってサジを投げております。ラフカヂオ・ハーンも日本人の微笑をナゾだといっております。国際政治からいっても日本人は一面、猿みたいに厭がられながら、他面において話して馬鹿にならない優秀民族だとして認められております。日本人自身の自覚においても、インフェリオリティ・コンプレックスとスーペリオリティ・コンプレックスとは、日本の歴史に歴然たる根セキを残している、日本人の性格の表裏二面であります。自分の正体がよくわからないままに外国からの刺戟によって急にお山の大将になったりまた突然ペチャンコになるのであります。しかしそれは二重人格の悪い一面なのでありますが、そういう国民性の弱点や国際政治の弱味とは別問題として、純粋に学問的な観点から日本の古典文化に注目しようとする形勢が日毎に明瞭になりつつあることは争えない世界の学界の傾向であります。それは専ら日本がたとえ政治的には封建時代の遺物であるにもしろ、文化というものの有機的な発展の道すじを示すような無数の証拠品をいまだに保存している、殆ど世界唯一の文化国であるからに外ならないのであります。イギリスの文化学の大家として知られているクリストファ・ドウソンは戦前に日本をその意味で訪問して研究してみたいと希望をもっておられたそうですが、戦争のために沙汰やみになったという話をききました。また今年の秋には大著『歴史の研究』十巻を完成したアーノルド・トインビーが日本を訪れる予定になっているそうです。彼はいままで研究の手うすであった、スカンヂナヴィア、中央アメリカ、極東日本などにたいする認識を改めるために毎年一回ずつの割でその地方を訪問し、今年が極東の順番になっているということであります。ドウソンやトインビーの歴史観においては、西洋近代の科学文明が最後の勝利者だとは決していってはいません。トインビーほど仏教その他東洋文明に着目している歴史家はありません。日本史の個々の事実が指し示すその世界史的な意味についてはたいていの日本人よりも徹底的に理解しているのがトインビーであります。トインビーから見れば日本は二大強国のあいだに挟まれて身動きのならない後進国どころか、この地上から厖大な強権国家がローマ帝国のように滅亡したのちでも充分に自分をもち堪《こた》えてゆくだけの生命力をもった本物の文化国家なのであります。だから吾々は吾々の先祖が乏しい資源のなかから何千年もかかって築き上げた祖先の遺産を単なる骨董品と考えるのは大へんな間違いであります。一例を挙げますと、エリオットによって火ぶたを切られた詩劇の運動の原動力の一つは日本の室町時代の能狂言にあるのであります。またエリオットの親友であるエズラ・パウンドの手になる中国の唐詩、アーサー・ウェイリーの訳になる源氏物語などは、中国や日本の死んだ古典としてでなく、何のかけ値もなしに、この二十世紀の現代の現代英文学として盛んに読まれているのであります。彼等は古典日本を骨董品としてでなくそれほど切実に自分のものとしようとしているのであります。このように、われわれの祖先の残した文化財を単に死んだ骨董品としてでなく、手渡さるべき伝統として、つまり現在の虚無を充実すべき生きものとして理解すべきであることを身を以て文学の世界において実践したのがとりもなおさず五十年に及ぶエリオットの批判的活動であったのであります。

そういう意味からいってエリオットの示した先例はわれわれ日本人にとってまことにあつらえ向きの方法なのであります。

これで私のお話を終ります。この寒いのに毎朝私の長談義を御傾聴下さいました方々に厚く御礼を申し上げます。

（一九五六年）

解説　ほんとうのエリオットはどこに？

阿部公彦

一九二二年にT・S・エリオットの『荒地』が出版されてから、すでに百年近くがたつ。この百年の間に作者エリオットの評判も『荒地』の読まれ方も二転三転どころか、少なくとも四転五転はしてきた。今、私たちはこの作品とどう向き合ったらいいのだろう。

考えてみれば『荒地』は出版当初からきちんと向き合うことが難しい作品だった。冒頭のほんの数行をたどっただけで、読者の通常の読みが拒絶されているのが明らかになる。文法は崩壊し、複数の声や視点が入り乱れ、英語に割りこむようにしてドイツ語やフランス語など外国語が侵入してくる。そのタイトルにしても『荒地』*The Waste Land* におさまる前は、ちょっと変わった仮の題――He Do the Police in Different Voices――がついていた。これは、チャールズ・ディケンズの『互いの友』（一八六五）の中の一節で、新聞記事の朗読がうまい人のことを評して「彼は警官の物真似もいろんな声色でできるのさ」とある人物が言った、その台詞である。それをタイトルに使ったということは、そもそも腹話術のようにいろんな声が入り乱れる状況を詩人は想起していたのかもしれない。そうだとすると、一人の語り手のしゃべりっぷりを読者が賞味するというこれまでの叙情詩味読法は、『荒地』では通用しないとも思えてくる。詩人も作品も、誰かとしっかり目を合わせようなどは思っていないのだから。この作品を前にした当時の読者も「これはそもそも読まれるべきものなのか」「読むとしたらいったいどんな方法で？」というところから判断を迫られた。詩人自身が作品に膨大な注をつけているという珍しい出版形態も判断を難しくした。

ただ、このような難しさは同時期に発表されたジェイムズ・ジョイスの『ユリシーズ』（一九二二）やヴァージニア・ウルフの『ダロウェイ夫人』（一九二五）といった作品にも共通して見られる特徴であった。ウルフはこうした読みの困難さが生じる事情について「ベネット氏とブラウン夫人」というエッセイの中で説明している。原因は、旧来の人間認識がもはや通用しなくなったことにある、と彼女は言う。もはや十九世紀のやり方で人間を理解することはできない。何らかの新しい視座が必要なのだ。しかし、まだ作家や詩人は個々に実験をつづけている段階で、「こういうふうに真実をとらえよう」という共通認識が定着していない。だから、混沌とした状況になってしまうというのである。

しかし、そんな共通認識が徐々に醸成されてくる。今引用した例からもわかるように、エリオットにしてもウルフにしても、批評的かつ啓蒙的なエッセイのすぐれた書き手だった。〝何がリアルなのか〟をめぐる共通認識の醸成は、著者たち自身のそうした批評的な導きによってなされていったのである。彼らは「いかに作品と向き合うか」「いかに読むか」を上手に作品外の言葉で示すことで、自分たちの作品の読まれ方の指南をしたと言える。とくにエリオットが『荒地』出版と同時期に発表した「伝統と個人の才能」(一九一九)や「形而上派詩人」(一九二一)といったエッセイは、短いものであるにもかかわらず、なぜ『荒地』のような作品が書かれねばならないのか、読者がなぜそれをまじめに読まねばならないか、といったことを絶妙のタッチで示していた。

やがて『荒地』は『ダロウェイ夫人』や『ユリシーズ』とともに、文句のつけようのない立派な作品という評判を得ていく。「ほんとに?」という素朴な疑問は、エリオットの批評をフォローした批評家たちの力強いコメントにより蹴散らされた。これらの作品は、二十世紀の紛う方なき「古典」として尊ばれることになったのである。エリオットはノーベル賞も受賞した。

その後、七〇年代から八〇年代の「読み直し批評」の流れの中で、エリオットの政治的反動性が取り上げられることもあった。たとえばエリオットの反ユダヤ主義を精緻に分析したアンソニー・ジュリアスによる『T・S・エリオットと反ユダヤ主義』はそれなりの説得力を持ったし、反響も大きかった。しかし、こうした批判もエリオットの「古典らしさ」をむしろ補強したかのようにさえ見える。実際、モダニズムの詩人や作家が、読者や研究者の「読んでみたい」という欲望をかき立て続けていることはまちがいない。とくにエリオットの場合、長らく日の目を見なかった書簡などが刊行されつつあることもあって、伝記的な事実にあらためて光があたる機運がある。もちろん、ウルフやジョイスも多くの読者を引きつけつづけている。

本書に収められたのはエリオットの代表作『荒地』と、エリオットの数少ない長編評論の一つ『文化の定義のための覚書』（一九四八）である。この二つの作品は、一見、エリオットという文学者を理解するための入り口としては適切なものとも見える。しかし、多くの読者は両者をあわせ読んで当惑を覚えるだろう。『荒地』は何と言っても反逆児の作品。これをはじめて読んで、驚いたり呆れたり圧倒されたりすることはあっても、「なるほど」と納得する人はまずいない。つまり、神経を逆なですることが、この作品のそもそもの持ち味なのである。

私も学生の頃にはじめてこの作品を読んで、まずはホゲーッと口をあけているしかなかったのを覚えている。何言ってるのか全然わからない……。読んだ気がしない……。しかし、不思議なのだが、読んだ気がしないのに、どこかに連れて行ってもらったという気分は残った。おかげで私は、そうか、詩はこういうふうに出会ってもいいのか、という発見をした。相手の言葉をぜんぶ聞き取り、飲みこんで消化するばかりが「読む」ということではない。その向こうに間違って何かを見てしまうこと。うっかりわかってしまうこと。あるいは横目で見ること。

ロマン派の詩が「どうだ、すごいだろ！　感動しろ！」と押しつけがましくせまってくるのに対し、『荒地』は何も要求してこないし、こちらと目を合わせようとさえしない。でも、その分、読み心地に、何というか風穴のようなものがあいていた。だから、窮屈な感じがしない。作品の解説にはしばしば「ヨーロッパを中心とした文明の閉塞を描いた」というようなことが書いてあった。おそらくそれは〝正解〟なのだろう。しかし、私の実感とは少し違う。『荒地』は、読んでいるとわけもわからず興奮する作品だった。

もちろん『荒地』の背景にはエリオットの混沌とした私生活もあった。銀行員として働きつつ詩作を続け、さまざまな雑文も書いた。妻のヴィヴィアンの体調不良と精神の不安定。自身のノイローゼ。執筆の行き詰まり。エズラ・パウンドによる介入と書き直し。エリオットはまだ詩人として名声を確立したわけではなかった。ハーヴァードで哲学の勉強をした青年がソルボンヌではベルクソンの授業を聞き、オックスフォード大学のマートン・コレッジにも籍を置いた。ロイズ銀行に職を得る前は、教員として働いた時期もあった。古今東西の引用を散りばめたきらびやかな詩行を統御しているのは、そんな不安定な〝私人〟としてのエリオットだった。解体寸前のきわどい危うさこそが、作品に輝きを与えているのだ。

エリオットの本領は、『荒地』に見られる転覆性にある。エリオットのエッセイの魅力も、既存のものの見方を転覆し、その土台を揺るがせる鋭い洞察や分析からきている。彼の口調はしばしば「お偉そう」なのだが、それは絶対的な権威を構築するわけではない。彼の思考法にはどこかジャーナリスティックでディレッタント的なところがあり、システマティックに淡々とすべてを網羅するよりは、一節一節の鋭いインパクトに依存する書き方になっている。

そういうわけで、エリオットが徐々にシステマティックな方向に舵を取ろうとする姿勢には私は違和感を覚えざるを得なかった。後年の『四つの四重奏』（一九四三）にもそういう傾向がある。そして最晩年の『文化の定義のための覚書』である。相手と目を合わせない『荒地』の詩人が、こんなに風呂敷をひろげてどうしようというのだろう。しかも、その要所要所で露骨なエリート主義が見え隠れする。

はじめの章において階級と「エリット」について述べておいたわたくしの考えからして当然、教育とは階級を保存し「エリット」を選択するに役立つものでなくてはならないという結果になります。特に優れた才能をもつ個人が社会の上層に登り、みずからの才能を自己と社会の最大の利益となるように使用し得る地位に達する機会をもつことは正しいことであります。（第六章）

エリオットのエリート主義の特徴は、それが階級保存という考えと結びつくところにある。教育制度の中ですぐれた知性の持ち主を見つけ出そうとする〝メリトクラシー〟には、エリオットはきわめて懐疑的でもある。

「機会均等」説の臆断、それは優秀性といえばつねに知力の優秀性であり、何か絶対不謬の方法が知力の検出のために考案し得るものと考え、絶対不謬に知力を育成するごとき制度が設けられ得るとする信念と密接に結びついているのですが、この臆断は「埋れた天才」説の信仰によって更に感情的な刺戟を加えられるのであります。（同前）

エリートたる者は、上層にある少数の「文化」の中でしか育てられないというのがエリオットの主張なのである。これは戦後の教育の民主主義化に真っ向から対立するものだと言える。エリオットによれば「少数文化の質の保存にとって必須の条件とは、その文化がいつまでも少数文化たることをやめないということにほかならない」のであり、「「青年学校」をいくら増設しても、オクスフォド大学、ケンブリジ大学の質の低下を補充することにはならない」という話になる。

こうした箇所を見るだけで、抵抗感を覚える人もいるだろう。ただ、私にはこうした後年のエリオットの妙なシステム志向もまた、反逆児の抜きがたい一面として理解できなくはないと思える。むしろ本来的に統合性を持たないからこその、きわめて独特な統合への意志ではないかと感じられるのである。そういう意味では『四つの四重奏』に見られる宗教への帰依も、背後にある不明朗さとセットでとらえる必要があるだろう。宗教の光は、根源的な混沌を照らし出すためのものなのだから。

『文化の定義のための覚書』もそうである。四苦八苦して「文化」という概念をあれこれいじくりまわし、結局は保守的なところに帰結点を見い出すのはなぜか。訳者の深瀬基寛があるエッセイの中でうまくエリオットを引用しながら語っているように、案外エリオットが「文化」に求めていたのは簡単なことだったのかもしれない。

エリオットの「文化論」のなかに、ちかごろ会心の文句を得た。こういう意味のことが書いてあった。——ちかごろ無やみに新刊書が出版されるが、あんまり沢山出るものだから誰も同じ本を読んでそれを話題にすることができない。互に同好の士が集まって時たま会話を交え、逢えない人とだけ書物を通じて話をすることの出来るくらいの大きさの社会だけに書物というものの意味がある。それが文化というものだ——というのである。

（「文学講釈業」『日本の沙漠のなかに』）

エリオットというと、つい初期から中期『荒地』に至るまでの作品に注目が集まりがちになる。それが「ほんとうのエリオット」。後は「堕落し保守化したエリオット」。しかし、長い目で見てみると、両者はつねにバランスをとりあっていた。『荒地』と『文化の定義のための覚書』とをならべて読むと、そんな気分がいよいよ強くなるのである。

（あべ・まさひこ　英文学者）

底本一覧

荒地　*The Waste Land*, 1922
　中央公論社版『エリオット全集』第一巻（改訂版）、一九七一年
文化の定義のための覚書　*Notes towards the Definition of Culture*, 1948
　中央公論社版『エリオット全集』第五巻（改訂版）、一九七一年
訳後に
　『文化とは何か』清水弘文堂、一九六七年
エリオットの人と思想
　筑摩書房版『深瀬基寛集』第一巻、一九六八年

編集付記

一、本書は中央公論社版『エリオット全集』（改訂版、一九七一年）を底本として独自に編集したものである。文庫化にあたり訳者の関連論考を付した。中公文庫オリジナル。

一、底本中、明らかな誤植と思われる箇所は訂正し、難読と思われる語にはルビを付した。表記のゆれが見られるが統一は最小限にとどめた。

一、本文中、今日の人権意識に照らして不適切な語句や表現が見受けられるが、訳者が故人であること、執筆当時の時代背景と作品の文化的価値に鑑みて、底本のままとした。

中公文庫

荒地《あれち》／文化《ぶんか》の定義《ていぎ》のための覚書《おぼえがき》

2018年4月25日　初版発行

著　者　T・S・エリオット

訳　者　深瀬《ふかせ》 基寛《もとひろ》

発行者　大橋 善光

発行所　中央公論新社
〒100-8152　東京都千代田区大手町1-7-1
電話　販売 03-5299-1730　編集 03-5299-1890
URL http://www.chuko.co.jp/

DTP　嵐下英治
印　刷　三晃印刷
製　本　小泉製本

Published by CHUOKORON-SHINSHA, INC.
Printed in Japan　ISBN978-4-12-206578-9 C1198

定価はカバーに表示してあります。落丁本・乱丁本はお手数ですが小社販売部宛お送り下さい。送料小社負担にてお取り替えいたします。